CHARLES BAUDELAIRE

DER MENSCH UND DAS MEER

Du freier Mensch, der Meere liebt und preist!
Dein Spiegel sind sie, der die Seele zeigt,
Wo ohne Ende Brandung fällt und steigt;
Nicht minder bittrer Abgrund ist dein Geist.

Und du vertiefst dich und umgreifst dein Bild,
Mit Aug und Arm, aus seinem eigenen Brüten
Löst manchmal sich dein Herz bei diesem Wüten
Und dieser Klage, unbezähmbar wild.

Verschwiegen beide, dunkel wie die Nacht:
Mensch, wer kann deine Tiefe je ergründen;
Meer, wer kann deinen inneren Reichtum finden,
Da ihr Geheimnisse mit Eifersucht bewacht!

Seit ungezählten Zeiten, immer wieder
Stürzt ihr euch mitleidslos in euren Streit,
Ihr liebt so sehr den Tod und Grausamkeit,
O ewige Kämpfer, o entzweite Brüder!

BLÜCHER III

VON MEEREN UND MENSCHEN

Wind und Wetter, Brisen und Brecher,
Liebe, Landgang, Abenteuer –
und die Entdeckung des luxuriösen Reisens.

Eine Kreuzfahrt durch die Zeit
mit Elke Heidenreich, Nora Bossong,
Andreas Altmann, Daniel Kehlmann,
Gerald Hüther, Tilman Rammstedt
und vielen anderen.

Herausgegeben von Rainer Groothuis.
Carl Hanser Verlag

Das Schiff

Der Hafen

Die Ruhe

SUSANNE WIBORG

AUF VERGNÜGUNGSREISE IN DEN ORIENT – DIE ERSTE KREUZFAHRT

Mit an Bord der AUGUSTA VICTORIA auf der ersten Kreuzfahrt der Geschichte war der bedeutende Reportagezeichner Christian Wilhelm Allers, der die Stationen der Reise festhielt.

Niemals ist eine Vergnügungsreise unternommen worden, die sich mit der heute angetretenen vergleichen ließe.«

»Es fehlte selbst in meiner allernächsten Umgebung nicht an Leuten, die glaubten, es sei in meinem Oberstübchen nicht ganz richtig.« Kurz gesagt: »Der spinnt!« So fasste Albert Ballin die Reaktionen seiner Kollegen zusammen. Dabei war das Direktorium der Hapag, der Hamburg-Amerikanischen Packetfahrt-Actiengesellschaft, von seinem jüngsten Mitglied inzwischen Überraschungen gewohnt. Seit die Herren 1886, wirtschaftlicher Not gehorchend, den jungen Außenseiter Ballin in ihren erlauchten Kreis berufen hatten, hatten seine unkonventionellen Ideen der Reederei schon erfreulich viel Geld eingebracht. Doch jetzt, im Herbst 1890, schien Ballin zu weit zu gehen: Er schlug vor, das Flaggschiff der Hapag, den Doppelschrauben-Schnelldampfer AUGUSTA VICTORIA, mit 145 Meter Länge und 7661 BRUTTOREGISTERTONNEN eines der größten und modernsten Schiffe der Welthandelsflotte, über Winter ins Mittelmeer zu schicken – und zwar als »Lustschiff« für Vergnügungsreisende. Seefahrt nur zum Vergnügen? Das schien geradezu provozierend absurd.

»Betrüben Sie nicht die anderen, die so sehr bemüht sind, ebenfalls tapfer zu sein. Geben Sie sich und Ihre Lieben in Gottes Hand, und ER wird bei Euch sein, auch wenn Euch die unergründliche Tiefe trennt.« Dieser

1877 erschienene »Ratgeber für Damen auf Seereisen« zeigt deutlich, mit welchen Ängsten eine Schiffsreise jahrhundertelang verbunden war. Sie waren mehr als berechtigt: Über den unergründlichen Tiefen half auch das größte Gottvertrauen nur allzu oft nicht weiter. Die Reisen waren unberechenbar lang und gefährlich, die Schiffe klein, mit entsprechend qualvoller Enge an Bord. Seekrankheit, schlechtes Essen und Wasserknappheit waren gleichermaßen gefürchtet, und von irgendwelchem Service konnte ohnehin nicht die Rede sein. Ein Schiff fuhr um der Ladung willen, und die ging allemal vor. Passagiere wurden geduldet, hatten ihren Proviant selbst mitzubringen und konnten ansonsten sehen, wie sie zurechtkamen. Das galt nicht nur für die Auswanderer in den Massenquartieren des berüchtigten Zwischendecks. Auch begüterte First-Class-Reisende, die sich eine der raren Kajüten leisten konnten, mussten hart im Nehmen sein. Als »Gang ins Gefängnis mit der Aussicht zu ersaufen« bezeichnete einer von ihnen eine Atlantikpassage. Wer da von »Traumschiffen« gesprochen hätte, wäre wohl, wie in der Seefahrt üblich, wegen Irrsinns »in Eisen geschlossen« worden. Eines nämlich stand fest: Wer nicht unbedingt musste, betrat kein Schiff!

Doch 1847, mit der Gründung der Hapag, hatten sich die Zeiten zu ändern begonnen. Die Hamburger Gesellschaft florierte dank eines ganz neuen Erfolgsrezepts: Service zur See. Sie behandelte ihre Passagiere nicht als lästiges lebendiges Frachtgut, sondern als Kunden mit – wenn auch zunächst noch bescheidenen – Ansprüchen. Das war in der Branche eine kleine Revolution.

Ende des 19. Jahrhunderts schien die Welt dank moderner Verkehrsmittel zum ersten Mal zusammengerückt. Mit den eisernen Schraubendampfern kamen die ersten »schwimmenden Grandhotels« in Fahrt, die nicht nur Sicherheit, sondern auch deutlich mehr Raum und Komfort an Bord boten, unter ihnen die luxuriöse AUGUSTA, die 1888 vom Stapel lief. Die Fremde wurde erreichbar, und es gab ein immer größeres wohlhabendes Publikum, das diese Fremde erleben wollte, aber möglichst ohne die Strapazen und Gefahren, die eine Reise bis dahin mit sich brachte. Doch die Möglichkeit, sowohl Transport als auch Unterkunft und touristisches Programm anzubieten, besaß keines der ersten Reisebüros, keine Eisenbahn und kein Hotel. Nur die Schifffahrt kombinierte eigene Transportmittel, die zugleich Hotels waren, mit Gastgebererfahrungen und internationalen Kontakten.

Die AUGUSTA VICTORIA war eines der größten deutschen Passagierschiffe und bot den Reisenden überdurchschnittlichen Komfort.

Das Rokoko-Design mit den vielen Spiegeln war für manch einen Seekranken zu viel des Guten.

1890 hatte der Norddeutsche Lloyd aus Bremen seinen Postdampfer KAISER WILHELM II. auf eine Sonderfahrt buchstäblich im Kielwasser des dort mit seiner Jacht HOHENZOLLERN urlaubenden deutschen Kaisers in die norwegischen Fjorde geschickt. Trotz des großen Erfolgs betonte die Reederei, dass es sich bei dieser Tour nur um eine Ausnahme gehandelt habe. Dass es nun gerade Albert Ballin war, der den Schritt zum regulären Angebot gehen und damit ein neues Reisezeitalter eröffnen wollte, war kein Zufall. Ballin, damals 33 Jahre alt, war ein pragmatischer Visionär. Als 13. Kind eines dänisch-jüdischen Kaufmanns am Hamburger Hafen geboren und aufgewachsen, verdankte der Außenseiter seinen so unwahrscheinlichen Erfolg vor allem einer außergewöhnlichen Intuition, gepaart mit der Fähigkeit, Zeitströmungen nicht nur zu erfassen, sondern sie auch praktisch und gewinnbringend zu nutzen.

Ballin sah genau da die Chance, wo die Hapag ein Problem hatte: Ihr Renommierschiff AUGUSTA VICTORIA lag im Winter nutzlos auf Reede, brachte also nichts ein und verursachte nur Kosten. Kaum ein Reisender mochte den grimmigen Nordatlantik zur Sturmsaison überqueren – ein Problem, das durch das überschwängliche Rokoko-Design des vielbewunderten Luxusliners noch deutlich verschärft wurde. »Die Jubelmelodien ruhelos schwingender Rundstukkaturen (...), die Überfülle der Spiegel« waren, so die Reederei später selbstkritisch, »durchaus kein Trost, sondern eher das Gegenteil für nicht seefeste Passagiere«.

In ruhigeren Gewässern, so Ballins Überlegung, war die Rokokopracht eher zu genießen, und der Orient war das Traumland der Epoche, das Mode- und Sehnsuchtsziel wohlhabender Europäer und Amerikaner. Die Hapag sollte es ihnen nun per Luxusdampfer erschließen, mit einer zweimo-

Christian Wilhelm Allers' Skizzenbuch, in dem er die Abenteuer der ersten Kreuzfahrt dokumentiert hat

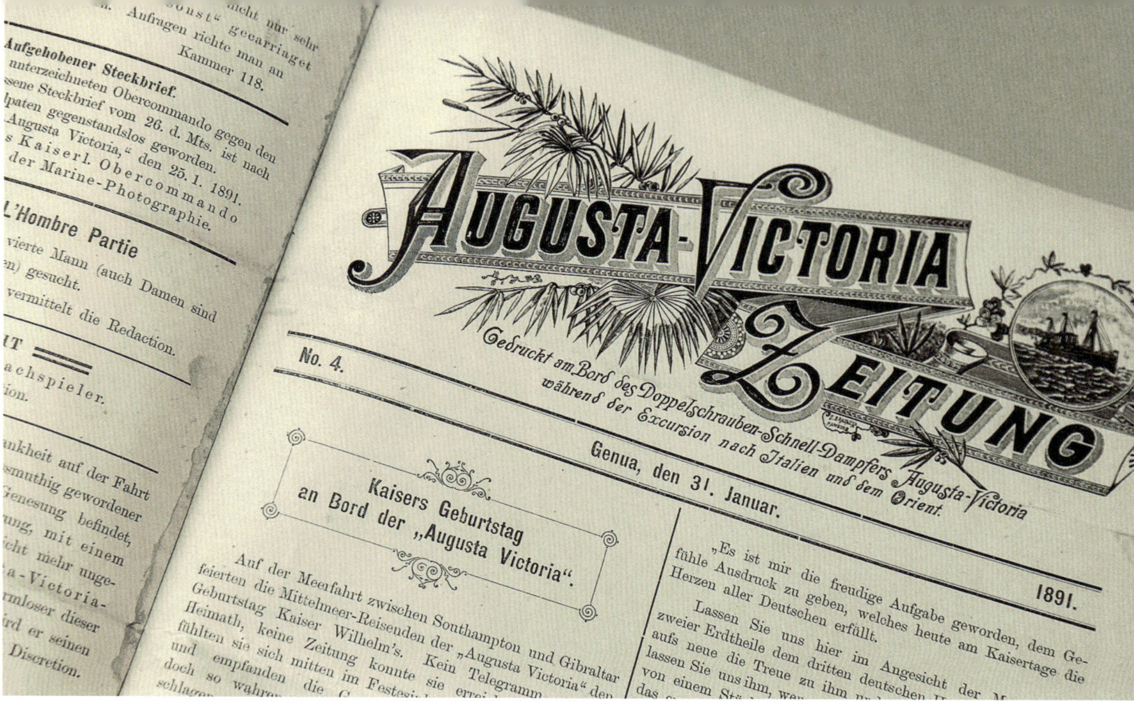

Nicht nur die erste Kreuzfahrt, sondern auch die erste Bordzeitung erfand Albert Ballin.

natigen Tour, begleitet von organisierten Landausflügen in 13 Häfen – mit der ersten modernen Kreuzfahrt also. Doch niemand, so der Einwand der älteren Direktoren, würde für so etwas Geld ausgeben. Erst recht nicht derart viel: Die klassenlose, nämlich nur mit First-Class-Service angebotene Tour sollte mit 1600 bis 2400 Goldmark etwa das doppelte bis dreifache Jahreseinkommen eines Arbeiterhaushalts kosten.

Ballin setzte sich schließlich durch, und schon das erste Angebot der »Excursion« stieß auf ein internationales Echo, das alle Erwartungen übertraf. Längst nicht alle Interessenten konnten mitgenommen werden. Der Hapag-Direktor, der seine Premiere als Gastgeber begleitete, begrüßte schließlich 174 »kühne Reisende«, Deutsche, Briten und Amerikaner, die in Cuxhaven an Bord gingen. Darunter waren nur 67 Damen, vorwiegend abenteuerlustige britische Ladys. Für die brave deutsche Gattin und Mutter galten lange Bildungsreisen damals noch als körperlich und geistig viel zu anstrengend, und überdies als ungehörig. Diesen im teutonischen Patriarchat verbreiteten Standpunkt teilte Ballin offenbar nicht: Seine Gattin Marianne war mit von der Partie.

Unverhofft erhielt das ganze Unternehmen sogar noch das, was die Hapag als »glückbringende Weihe« bezeichnete: Wilhelm II., deutscher Kaiser, König von Preußen und als leidenschaftlicher »ship lover« auch ranghöchster Trendsetter seines Reiches, weilte just in Cuxhaven. Er ließ es sich nicht nehmen, dem Hapag-Flaggschiff spontan die Ehre zu geben, und seine Aufmunterung erwies sich – ausnahmsweise – als prophetisch: »Bringen Sie unsere Lands-

Bei gutem Wetter genossen die ersten Kreuzfahrtreisenden die frische Brise an Deck.

leute nur auf die See, das wird der Nation und Ihrer Gesellschaft reiche Früchte tragen!«

Als die AUGUSTA VICTORIA am 22. Januar 1891 bei heftigem Eisgang unter dem Kommando von Kapitän Heinrich Barends zu ihrer historischen Reise auslief, waren nicht nur Journalisten führender Zeitungen an Bord, um diese erste All-inclusive-Tour aus einer Hand festzuhalten, sondern mit Christian Wilhelm Allers auch einer der bedeutendsten deutschen Reportagezeichner. Mit ihnen schuf Ballin eine weitere Novität, die zum Klassiker wurde: die Bordzeitung. Unter dem Titel »Was wir wollen« stand in deren erster Ausgabe so etwas wie das zeitlose Credo der Kreuzfahrt: »Niemals ist eine Vergnügungsreise unternommen worden, die sich mit der heute angetretenen vergleichen ließe. Das herrliche und bewährte Schiff, die hervorragendste Leistung deutschen Schiffbaus, die Perle der deutschen Handelsmarine, macht eine Fahrt zu den Stätten ältester Cultur, nach Ägypten, Palästina, Syrien, Konstantinopel, Griechenland und Italien sowie nach Algier, Spanien und Portugals Hauptstadt. Für zwei Monate bilden die Passagiere ein Gemeinwesen unter sich, abgelöst von den gewohnten Beziehungen, befreit von Sorgen und Lasten des Amts und der Geschäfte und nur auf sich selbst angewiesen. Jedem steht es in weiten Grenzen frei, zu leben, wie es ihm gefällt, theilzunehmen an der Geselligkeit oder sich abzusondern, wenn es seine Stimmung mit sich bringt. Nicht nur für das leibliche Wohl ist auf das Umfassendste gesorgt, sondern auch Musik und Spiel werden die Stunden beflügeln, während der schwimmende Palast immer neuen Zielen entgegenfliegt.«

Das größte und modernste Schiff, das bis dahin je Mittelmeerhäfen angelaufen hatte, wurde überall offiziell begrüßt und begeistert gefeiert. Die Stimmung der Reisenden hätte nicht besser sein können, und auch ihr Appetit ließ nichts zu wünschen übrig. »Drei Dinge sind den Hamburgern an Bord eigen«, überlieferte die Bordzeitung. »Sie sind bemüht gewesen, sich gleiche Reisemützen anzuschaffen, lassen sich alle Mahlzeiten vortrefflich schmecken – und sie essen Caviarbrötchen, als ob sie dafür bezahlt werden.«

Im Gegensatz zum wohlorganisierten Rundum-sorglos-Leben an Bord gerieten die langen Landausflüge oft unversehens zu regelrechten Abenteuerreisen. Die Fremde war damals noch wirklich fremd und nur ansatzweise touristisch erschlossen. Eine unternehmungslustige Hamburger Herrenrunde zum Beispiel wäre auf den Passhöhen des Libanon fast einem Schneesturm zum Opfer gefallen. Ballin ließ das Schiff in Beirut warten, bis die unfreiwilligen Survival-Touristen mithilfe eilig angeheuerter Maultiertreiber aus ihrer misslichen Lage befreit waren. Als die AUGUSTA VICTORIA im März im Triumph nach Hamburg zurückkehrte, war klar: Ballin hatte eine Marktlücke entdeckt. Die Kreuzfahrt, der All-inclusive-Urlaub zur See, erwies sich als eines der bis heute erfolgreichsten Tourismusangebote. ✶

Die Route der ersten Kreuzfahrt der Geschichte im Jahr 1891 führte die AUGUSTA VICTORIA ins Mittelmeer.

SUSANNE WIBORG
PORTRÄT ALBERT BALLIN

Keiner stieg aus so ungünstigen Verhältnissen so hoch hinauf«, urteilte der berühmte Journalist Theodor Wolff, und Albert Ballins Karriere war die steilste des wilhelminischen Kaiserreichs: vom 13. Kind eines armen jüdischen Auswanderungsagenten zum Chef der größten Reederei der Welt und zum, wie es hieß, »Freund des Kaisers«. Der Topmanager, den selbst seine schärfsten Gegner als »zweifelsohne eine geniale Persönlichkeit« bezeichneten, war hochintelligent, brennend ehrgeizig und ein Mann großer Widersprüche, ebenso charmant wie schwierig. »Mehr Künstler als Rechner«, charakterisierte ihn sein enger Vertrauter, der Hamburger Bankier Max Warburg.

Am 15. August 1857 wurde Albert Ballin am Hamburger Hafenrand geboren. Er wuchs dort auf, doch mit 17 Jahren war seine Jugend zu Ende: Nach dem Tod seines Vaters musste er dessen Geschäft übernehmen und Mutter und Schwestern versorgen. Der junge Auswanderungsagent bot Emigranten konkurrenzlos günstigen Massentransport nach New York an. Zum Ausgleich für die drangvolle Enge unter Deck durften sich die Passagiere auf dem ganzen Schiff frei bewegen – bei den etablierten Reedereien undenkbar. Dieses Angebot erwies sich als derart erfolgreich, dass Ballin der Hapag einen jahrelangen erbitterten Konkurrenzkampf liefern konnte. 1886 zog die Großreederei es vor, den unbequemen Aufsteiger als Chef der Passageabteilung zu übernehmen und ihn, den denkbar größten Außenseiter, zwei Jahre später zum jüngsten Direktor zu ernennen. Eine ebenso unkonventionelle wie gewinnbringende Entscheidung: 1899 war die Hapag die größte Reederei der Welt, und der 42-jährige Ballin, dem sie ihren Aufstieg verdankte, ihr autokratischer Generaldirektor. Er, der Angestellte, verschrieb sich dem Unternehmen derart rückhaltlos, dass es bald hieß: »Er war die Hapag, und die Hapag war er.«

Ballins »Gesamtkunstwerk Hapag«, um dessen kleinstes Detail der pragmatische Visionär sich selbst kümmerte, stand immer auf solider wirtschaftlicher Basis. Der Generaldirektor räumte dem Frachtgeschäft Vorrang vor der konjunkturanfälligen Passagierfahrt ein, sodass Frachter und Kombischiffe für finanziellen Rückhalt sorgten. Glamouröse Luxusliner brachten Prestige und Passagiere: 1888 stellte die Hapag mit der AUGUSTA VICTORIA den ersten deutschen Doppelschrauben-Schnelldampfer in Dienst. 1900 gewann ihr Schnelldampfer DEUTSCHLAND das Blaue Band für die schnellste Atlantiküberquerung. Mit dem Stapellauf der AMERIKA hatte Ballin 1905 ein neues Erfolgsrezept gefunden: nicht mehr Rekordgeschwindigkeit, sondern möglichst viel Komfort in allen Klassen zog nun die Passagiere auf die Hapag-Dampfer. Höhepunkt dieser Entwicklung waren drei gewaltige Luxusliner, die größten Schiffe der Welt. Der erste von ihnen wurde 1912 von Kaiser Wilhelm II. auf den Namen IMPERATOR getauft.

Service zur See, hieß Ballins Erfolgsrezept, und zum Erfolg der Hapag trug entscheidend bei, dass er auch die Emigranten als Kunden mit – wenn auch zeitgemäß bescheidenen – Ansprüchen ernst nahm. 1900 ließ er die Auswandererstadt am Hamburger Hafen errichten, eine komplette Kleinstadt für bis zu 6000 Personen, deren Angebot einen beispiellosen Rundum-Service einschloss. Millionen von Europäern nutzten dieses Tor zur Welt zum Start in ein neues Leben.

Zu dieser Zeit war die Hapag längst mehr als eine Reederei: 1891 hatte Ballin die moderne Kreuzfahrt erfunden, damit eine Marktlücke entdeckt und die Gesellschaft fortan konsequent zu einem großen Tourismusanbieter ausgebaut. Der Hamburger war auch einer der geschäftlichen Pioniere der Zivilluftfahrt: Die Hapag-Reisebüros verkauften exklusiv die Tickets für die Luftschiffe des Grafen Zeppelin, bis 1914 schon an 42.000 Passagiere. »Mein Feld ist die Welt«, das alte hanseatische Motto, das Ballin für die Hapag übernommen hatte, traf auf das Unternehmen, das er geprägt hatte, vollauf zu: Seine 46 Liniendienste umspannten vor dem Ersten Weltkrieg nahezu den gesamten Globus, seine Schiffstonnage betrug 1,36 Millionen Bruttoregistertonnen. Die Hapag hatte mehr als 25.000 Mitarbeiter weltweit, und ihre Aktionäre erhielten 1913 stolze zehn Prozent Dividende.

Der Generaldirektor war ein brillanter Schifffahrtsdiplomat und galt als »Souverän der Seefahrt«. In internationalen Poolverhandlungen unter Ballins Vorsitz gelang es immer wieder, auch scharfe kommerzielle Rivalität einvernehmlich zu regeln. Beim Versuch, diese kaufmännische Vernunft auch auf die große Politik zu übertragen, musste Ballin scheitern. Der kosmopolitische Hamburger war zwar glühender deutscher Patriot, doch viel zu klug, um Chauvinist zu sein. Er trat stets für deutsch-britische Verständigung und Rüstungskontrolle ein, und seine zunehmende Sorge um den Frieden in Europa trieb ihn seit 1908 zu zahlreichen halb offiziellen politischen Missionen. Sogar im Juli 1914 war der Hapag-Chef noch zu einem letzten verzweifelten Vermittlungsversuch in Großbritannien. Vergeblich. Ballin zerbrach am Ersten Weltkrieg, dem, wie er von Anfang an meinte, »dümmsten aller Kriege«, in dem er sein Lebenswerk vernichtet und seine Epoche untergehen sah. Als die Revolution Hamburg erreichte, vergiftete sich Albert Ballin und starb mit dem Kaiserreich, am Mittag des 9. November 1918. ✶

Siehe auch Seite 77

Albert Ballin, als Freund des Kaisers bekannt, zusammen mit Wilhelm II. auf der IMPERATOR im Sommer 1913

Das Meer

ELKE HEIDENREICH

MEER

Als ich ein Kind war, schickte man mich aus dem Ruhrgebiet an die Nordsee, auf die Insel Borkum. Ich hustete zu viel, ich sollte Meeresluft atmen, und ich war sehr neugierig darauf, was das ist, das Meer. Es war zunächst ein Licht. Der Himmel wurde irgendwie anders, je näher man dem Meer kam – weiter, heller. Dann war es ein Geruch. Es roch frisch, salzig, anders als alles, was ich bis dahin gerochen hatte. Damals gab es für das kleine Mädchen viel zu bedenken: Wie funktioniert das, dass eine Insel fest im Meer liegt und weder wegschwimmt noch untergeht? Woher kam der Sand? Warum war der Strand mal weit, dann wieder klein und vom Wasser verschlungen? Und wohin ging das Wasser, wenn es zurückwich? Ich konnte das alles nicht fassen und begriff zum ersten Mal, dass die Welt groß und wunderbar und geheimnisvoll ist. Dazu kam ein Geräusch, ein ziemlich energisches, gleichmäßiges Rauschen. Und dann erst sah ich es. Es schien endlos, am Horizont in den Himmel übergehend, keine Sekunde stillstehend, rollend, sich bewegend, sich verändernd, lockend, abweisend, sanft und gefährlich zugleich. Ich zog die Schuhe aus, lief über den Strand und ging hinein. Es war kalt, es umspülte meine Füße, ich bückte mich und probierte: salzig, ich lief wieder hinaus, es lief mir in ausrollenden Wellen nach, wir spielten miteinander, wir verstanden uns sofort.

Ich blieb damals sechs Wochen. Ich war bei jedem Wetter am Strand, ich lief am Wassersaum entlang und atmete und vergaß zu husten und hatte ein Glück für mein ganzes Leben gewonnen. Heute noch fahre ich ans Meer, wenn ich durchatmen muss, wenn alles unentwirrbar ist. Das Meer glättet, beruhigt, stellt wieder Regeln auf. Heute noch, wenn ich mich – egal, wo – dem Meer nähere, habe ich dieses Herzklopfen der ersten Liebe, diese Freude über die Einheit von Himmel und Wasser, dieses vertraute Gefühl.

In der Literatur ist das Meer ein schier unendliches Thema, seltsamerweise öfter bei Männern als bei Frauen. Die Beziehung der Geschlechter zum Meer könnte auch unterschiedlicher kaum sein:

Männer bezwingen nicht erst seit Odysseus die Meere, fahren über die Ozeane, um Kontinente zu entdecken und zu erobern oder Handel zu treiben, sie sind auf Abenteuer aus, nicht das Meer ist ihr Ziel, sondern das, was an dessen Ende liegt.

Frauen stehen derweil am Ufer, warten und singen: *»Ein Schiff wird kommen, und das bringt mir den einen ...«*

Frauen schauen auf das Meer, kneifen die Augen zusammen und versuchen, hinter den Horizont zu blicken.

»Und an dem Ufer steh ich lange Tage, das Land der Griechen mit der Seele suchend«, sagt Goethes Iphigenie auf Tauris. Sie hat Heimweh, und das Meer ist die Verbindung zur Heimat da drüben, am Horizont, noch weiter.

»Wer an der Küste lebt, sieht nichts Neues«, sagt Melville trotzig und bricht auf zu seinen Meeresreisen, die in dicken Romanen wie »Mardi« oder »Moby Dick« enden. Wie Melville in »Mardi« die verschiedenen Arten von Haien charakterisiert, das gehört zum Witzigsten, was es an Meeresliteratur gibt.

Männer beschreiben ihre Abenteuer als Seefahrer, Fischer, Kämpfer gegen Ungeheuer wie weiße Haie, riesige Wale, verführerische Sirenen, wilde Stürme und noch wildere Piraten. Männer sitzen zusammen und erzählen sich bei starken Getränken starke Geschichten von Gefahr und Kampf. Männer verlegen Telefonkabel auf Meeresböden von Kontinent zu Kontinent und schreiben über die Rettung Schiffbrüchiger – John Griesemer, Herman Melville, Gabriel García Márquez, Joseph Conrad, Ernest Hemingway, B. Travens »Totenschiff«. Von Sindbad dem Seefahrer bis zu Frank Schätzings »Schwarm« – es geistert durch die Männerliteratur, das Meer, das Meer. Frauen schreiben Gedichte wie dieses:

»Die andern sind das weite Meer,
du aber bist der Hafen.
So glaube mir: kannst ruhig schlafen,
ich steure immer wieder her.«
MASCHA KALÉKO

Frauen leben im Meer als Sirenen, Nereiden, Neptuns schöne Töchter, sie singen tapfere Seefahrer in den Untergang wie auch die Loreley am Rhein. Es gibt die verführerischen Nixen, halb Weib, halb Fisch, und wenn sie aus Liebe an Land dürfen und Beine bekommen, müssen sie meist an entsetzlichen Enttäuschungen sterben – Stoff für manche Geschichte und manche Oper. Es sind die Mädchen, die – wie Ophelia und Senta – bei Liebeskummer und Verzweiflung ins Wasser gehen, nicht die Männer, die erschießen sich, wenn es denn schon sein muss.

Am Meer bei Travemünde hat Tony Buddenbrook als junges Mädchen mit Morten Schwarzkopf ihre einzige wirkliche Liebe erlebt, die aber nicht sein durfte: *»Sie gingen, das rhythmische Rauschen der langgestreckten Wellen neben sich, den frischen Salzwind im Gesicht, der frei und ohne Hindernis daherkommt, die Ohren umhüllt und einen angenehmen Schwindel, eine gedämpfte Betäubung hervorruft … Sie gingen in diesem weiten, still sausenden Frieden am Meere, der jedes kleine Geräusch, ob fern oder nah, zu geheimnisvoller Bedeutung erhebt …«*

Das Meer lässt die Gefühle groß werden, es gaukelt uns vor, alles sei ganz einfach. Tony Buddenbrook fällt auf diesen *»still sausenden Frieden«* mit seinem Freiheitsversprechen ebenso herein wie auf die beiden furchtbaren Ehegatten Grünlich und Permaneder. Vater und Bruder, Handelsherren, deren Waren über das Meer kommen, haben andere, handfestere Vorstellungen vom Leben und hängen keinen Träumen von des Meeres und der Liebe Wellen nach.

Frauen sind von Männern fasziniert, die mit dem Meer zu tun haben – das sind raue, wilde Kerle, die man nicht halten kann, die es immer wieder hinaustreibt – ja, seine Braut ist das Meer, und nur ihr kann er treu sein! Oft umgibt finstere Kapitäne ein düsteres Geheimnis. Senta scheitert am Fliegenden Holländer, Ellida, Ibsens »Frau vom Meer«, wartet das halbe Leben auf den irritierenden Fremden, der einst vom Meer zu ihr kam.

»Du bist mit dem Meer verwandt«, sagt Wangel, ihr Mann, kummervoll. *»Das Grauenvolle ist in dir. Du schreckst ab und ziehst an«*, und: *»Ellida – deine Seele ist wie das Meer, mit Ebbe und Flut.«*

Das Meer kommt und geht, und es zieht Ellidas Leidenschaft mit sich. *»Es zieht und lockt und treibt mich – ins Unbekannte! Das ist die Macht des Meeres!«*

Das Meer als ein Topos für Leidenschaft, Kraft, Sehnsucht. Der Mann auf dem Meer nimmt das Meer kaum wahr. Er will es bezwingen, es treibt ihn nur um zu den Taten, den Leistungen, die er begehen will. Die Frau ist dem Meer verbunden wie dem Mond, und Mond und Meer, das ist eine enge

Allianz. Der Mond hat Macht über das Meer, er bestimmt die Gezeiten. Der Mond hat Macht über die Frauen, sie können bei Vollmond nicht schlafen und ihr Zyklus entspricht seinem Gang. Es hängt alles zusammen, erklärbar und doch seltsam. Der Mond und das Meer – in der französischen Sprache beide, sehr passend, weiblich: *la lune, la mer*. Das Meer und die Frauen – das ist in erster Linie eine unterschwellig erotische Beziehung. Das Meer und die Männer – das ist eine Geschichte von Kraft und Macht.

Männer am Meer fischen, lassen Drachen steigen oder surfen, sie gehen jedenfalls kaum einsam romantisch und gedankenvoll am Ufer entlang und sammeln Muscheln.

Wenn Botticelli und andere die Geburt der Venus malen, dann steht die Göttin in einer Muschel, Wasser ist immer in der Nähe. Aphrodite, das griechische Pendant der Liebesgöttin, hat den Beinamen »die Schaumgeborene«. Der Meerstern, *stella maris,* schützt oben am Himmel die Seeleute, und *»Maria, Meerstern, ich dich grüße«* beten die Katholiken zur Gottesmutter. Das Meer ist die Wiege der Zivilisation, der große Prüfstein der Seele, wie Robert Musil es sagt, es ist Symbol der Ewigkeit, Urheimat des Lebens und ewiger Mythos. Das Meer ist wie die Leidenschaft, unergründlich, ewig, nie stillstehend, *»non sta fermo mai«,* heißt es in einem Meeressehnsuchtslied von Paolo Conte.

Im Nordatlantik, vor Irland, gibt es die Insel Clare Island. Dahin kommen vor allem unglückliche Frauen, um Kraft zu tanken, damit sie sich von ihren Männern trennen können. Man steigt auf den alten Leuchtturm und wirft von dort den Ehering ins Meer – der erste Schritt ist getan …

Leider werden nicht nur Eheringe ins Meer geworfen, sondern Abfälle ohne Ende, die Meere verdrecken, die Tiere sterben, wir bringen unsere Erde und ihre Meere um, wir bringen damit uns um. Der englische Wissenschaftsjournalist Simon Winchester schreibt in seiner großen Biografie des Atlantiks nüchtern: *»Es gab keine Menschen, als der Ozean sich bildete. Es wird keine geben, wenn er zu existieren aufhört.«*

Auf dem Grund aller Meere liegen seit Jahrtausenden die Wracks der Schiffe, die aufgebrochen waren, um die Welt zu entdecken und zu erobern, und die Knochen der Menschen, die diese Schiffe gelenkt und sich ihnen und dem Meer anvertraut haben. Das Meer ist in all seiner wilden Schönheit zugleich Quelle des Lebens und riesiger Friedhof. Einmal bin ich mit dem Schiff von England nach Amerika gefahren, um mal wieder die Entfernung zwischen den Kontinenten zu spüren, die sich einem beim Darüberfliegen nicht vermittelt. Sieben Tage und sieben Nächte waren wir unterwegs, ohne Land zu sehen – gegen Ende konnte man in der Ferne Neufundland erahnen. Und das Meer war immer anders, mal grau und still, mal wild schäumend und das Blau des Himmels spiegelnd, mal mit kleinen netten Schaumkronen lockend, vorgaukelnd, dass ein Sprung hinein erfrischend und ohne Konsequenzen wäre – ja, von wegen. Man darf das Meer durchaus lieben, aber man darf es nie unterschätzen.

Ich bin schon über viele Meere gefahren, ich bin im Süden mit Schildkröten und in Neuseeland mit Pinguinen geschwommen, ich habe alle Farben gesehen, die das Meer haben kann, habe es still wie eine Bleiplatte und wildbewegt in Stürmen mit meterhohen Wellen erlebt. Ich habe es immer geliebt. Und nirgends schlafe ich so tief und gut wie auf dem Wasser.

Aber ich habe es gut. Ich bin auf sicheren Schiffen, nicht in kleinen, unzuverlässigen Booten, nicht in Not, Angst und Armut auf der Flucht.

*

ERNEST HEMINGWAY

WARTEN AUF DAS GLÜCK

Im Dunkeln konnte der alte Mann das Kommen des Morgens fühlen, und während er ruderte, hörte er einen surrenden Laut, als fliegende Fische das Wasser verließen, und das Zischen, das ihre starr gestellten Flügel machten, als sie in der Dunkelheit davonsegelten. Er hatte die fliegenden Fische besonders gern; sie waren seine besten Freunde auf dem Ozean. Ihm taten die Vögel leid, besonders die kleinen, zarten dunklen Meerschwalben, die immer flogen und suchten und fast niemals etwas fanden, und er dachte, die Vögel haben ein schwereres Leben als wir, bis auf die Raubvögel und die schweren großen. Warum machte man die Vögel so zart und fein wie jene Meerschwalben, wenn die See so grausam sein kann? Sie ist gütig und wunderbar schön. Aber sie kann so grausam sein, und es kommt so plötzlich, und diese fliegenden, dippenden und jagenden Vögel mit ihren kleinen, traurigen Stimmen sind zu zart für die See.

Er dachte an die See immer als an *la mar*, so nennt man sie auf spanisch, wenn man sie liebt. Manchmal sagt einer, der sie liebt, böse Dinge über sie, aber er sagt es immer, als ob es sich um eine Frau handle. Manche der jüngeren Fischer, die Bojen als Schwimmer für ihre Leinen benutzten und Motorboote besaßen, die sie gekauft hatten, als die Haifischlebern viel Geld einbrachten, sprachen von ihr als *el mar*, was das Maskulinum ist. Sie sprachen von ihr wie von einem Konkurrenten oder einer Ortsbezeichnung, ja selbst wie von einem Feind. Aber der alte Mann dachte immer an sie als an etwas Weibliches, als etwas, was große Gunst gewähren oder vorenthalten kann, und wenn sie wilde oder böse Dinge tat, geschah es, weil sie nicht anders konnte. – Der Mond beeinflußt sie, wie er eine Frau beeinflußt, dachte er.

Er ruderte jetzt gleichmäßig, und es war keine Anstrengung für ihn, da er sich gut innerhalb seines Tempos hielt und die Oberfläche des Meeres bis auf die gelegentlichen Wirbel der Strömung glatt war. Er ließ die Strömung ein Drittel der Arbeit tun, und als es hell zu werden begann, sah er, daß er bereits weiter draußen war, als er es zu dieser Stunde erwartet hatte.

Ich habe die tiefen Tanks eine Woche lang durchgekämmt und habe nichts geschafft, dachte er. Heute werde ich draußen arbeiten, wo die Bonito- und Albacore-Schwärme sind, und vielleicht wird ein Großer bei ihnen sein.

Ehe es richtig hell war, hatte er seine Köder ausgeworfen und trieb mit der Strömung. Ein Köder war in vierzig Faden Tiefe. Der zweite war in fünfundsiebzig, und der dritte und vierte waren unten in der blauen See in hundert und hundertfünfundzwanzig Faden Tiefe. Alle Köder hingen mit dem Kopf nach unten, mit dem Schenkel des Hakens im Köderfisch festgemacht und festgebunden, und der ganze hervorstehende Teil des Hakens, der Bogen und der Widerhaken, war mit frischen Sardinen bedeckt. Jede Sardine war durch beide Augen gehakt, so daß sie eine Halbgirlande an dem hervorstehenden Stahl bildeten. Es gab keinen Teil des Hakens, an den ein großer Fisch herankonnte, der nicht lieblich roch und gut schmeckte.

Der Junge hatte ihm zwei frische kleine Thunfische oder Albacore gegeben, die an den beiden untersten Leinen wie Bleigewichte hingen, und an den anderen hatte er eine große blaue Schustermakrele und einen gelben Stöcker, die schon einmal benutzt worden waren, aber sie befanden sich noch in gutem Zustand und waren von den köstlichen Sardinen umgeben, die ihnen Duft und Reiz verliehen. Jede Leine war so stark wie ein dicker Bleistift und war an einem frischen saftigen Stock angeschlungen, so daß der Stock bei jedem Zerren oder jeder Berührung des Köders eindippen mußte, und jede Leine hatte zwei Rollen von vierzig Faden, die an den anderen Reserverollen angeschlungen werden konnten, so daß ein Fisch, falls es notwendig werden sollte, über dreihundert Faden Leine herausziehen konnte.

Jetzt beobachtete der alte Mann querab von dem Boot das Eindippen der drei Stöcke und ruderte langsam, um die Leinen auf und nieder und in den richtigen Tiefen zu halten. Es war ganz hell, und jeden Augenblick mußte jetzt die Sonne aufgehen.

Die Sonne erhob sich bläßlich aus dem Meer, und der alte Mann konnte die anderen Boote tief auf dem Wasser über den Strom verteilt und ziemlich in Ufernähe sehen. Dann schien die Sonne heller, und ein Gleißen lag auf dem Wasser, und dann, als sie sich völlig löste, spiegelte sie die flache See, so daß seine Augen heftig schmerzten, und er ruderte, ohne in sie hineinzusehen. Er blickte ins Wasser hinab und beobachtete die Leinen, die gerade hinunter in das Dunkel des Wassers liefen. Er hielt sie gerader als irgendein anderer, so daß in jeder Tiefe in der Dunkelheit des Stroms genau an der von ihm beabsichtigten Stelle auf jeden Fisch, der dort schwimmen würde, ein Köder wartete. Andere ließen sie mit der Strömung treiben, und manchmal waren sie in sechzig Faden Tiefe, wenn die Fischer dachten, daß sie in hundert seien.

Aber, dachte er, ich halte sie mit peinlicher Genauigkeit. Ich habe nur kein Glück mehr. Aber, wer weiß? Vielleicht heute. Jeder Tag ist ein neuer Tag. Es ist besser, wenn man Glück hat. Aber lieber noch bin ich exakt. Wenn dann das Glück kommt, ist man parat.

ALESSANDRO BARICCO
DAS ENDE DES MEERES

Sie arbeiten?«

»Ja, ich mache … ich mache Untersuchungen, wissen Sie, Untersuchungen …«

»Aha.«

»Wissenschaftliche Untersuchungen, meine ich …«

»Wissenschaftliche.«

»Ja.«

Schweigen. Die Frau zog ihren violetten Mantel enger um sich.

»Muscheln, Flechten oder so was?«

»Nein, Wellen.«

»Einfach so: *Wellen*.«

»Das heißt … schauen Sie mal dort, wo das Wasser aufläuft … es läuft den Strand hinauf und bleibt dann stehen … da, genau der Punkt, an dem es stehenbleibt, es dauert nur einen Augenblick, sehen Sie, genau, da zum Beispiel … sehen Sie, daß es nur einen Augenblick lang anhält und dann versickert, wenn man diesen Augenblick doch festhalten könnte … wenn das Wasser stehenbleibt, genau diesen Punkt, diese Kurve … das ist es, was ich erforsche. Wo das Wasser stehenbleibt.«

»Und was gibt es daran zu erforschen?«

»Nun, das ist ein wichtiger Punkt … manchmal achtet man nicht darauf, aber wenn Sie es genau überdenken, geschieht hier etwas Außergewöhnliches, etwas … Außergewöhnliches.«

»Wirklich?«

Bartleboom beugte sich leicht zu der Frau hinüber. Es sah aus, als wolle er ihr ein Geheimnis verraten, als er sagte:

»Da hört das Meer auf.«

Das ungeheure Meer, das Ozeanmeer, endlos, weit über jeden Blick hinaus, das gewaltige, allmächtige Meer – es gibt eine Stelle, an dem es endet, und einen Augenblick –, das riesige Meer eine winzige Stelle und ein unmerklicher Augenblick. Das war es, was Bartleboom sagen wollte.

JOHN GRIESEMER
IM WELLENTAL

Der Ausguck hatte den Himmel in allen Richtungen nach Schiffen abgesucht. Offensichtlich konnte er nichts entdecken. Er schien verwirrt, fast verärgert wegen des blindwütigen Regensturms. Dann schaute er Backbord voraus und erstarrte. Seine linke Hand hob sich langsam, dann stieß er einen langen Schrei aus, wobei sich seine Stimme überschlug: *»Brecher!«*

Die *Agamemnon* wurde gerade von einer Woge emporgehoben, deren Kamm annähernd vierzig Fuß hoch war. Als sie diesen erreicht hatten, sahen Chester, Kapitän Preedy und alle Seeleute an Deck in die gleiche Richtung.

»… Zwei! Drei! Vier!«, rief der Ausguck.

Am Horizont, oder was Chester und die anderen dafür hielten, erhob sich eine

Welle, die wie eine gewaltige Klippe wirkte, von der aus Frauen und Kinder das Meer nach heimkehrenden Seeleuten absuchten. Diese Welle, oder eher dieser Wasserberg, bewegte sich anscheinend nicht auf die *Agamemnon* zu, er schien vielmehr still zu stehen und das Schiff anzuziehen. Die Welle war mehr als doppelt so hoch wie alle anderen, die sie bisher überstanden hatten, und nach den Schaumkronen zu urteilen, war das Ungetüm nicht allein. Deshalb hatte der Ausguck gezählt. Ein Quartett von Riesenwellen rollte auf das Schiff zu. Ihre Länge war nicht zu schätzen. Sie verloren sich in Dunst und Regen. Sie mochten tausend Seemeilen breit sein. Die Stirn der Welle war grau, zerfurcht und vom Wind aufgeraut, sodass sie wie gekrümmtes, geriffeltes Glas aussah.

Dann verschwand sie wieder. Die *Agamemnon* war in ein Wellental gesunken, und die Mannschaft sah nur noch die Wellen in ihrer unmittelbaren Nähe.

Jeder an Deck sah sofort seinen Nebenmann an, um sich das Unfassbare des eben Gesehenen bezeugen zu lassen. Im Wellental waren sie für einen Moment vor diesem furchtbaren Anblick geschützt. Das Ungeheuer war da draußen, hinter diesen kleineren Wellen, aber im Augenblick konnten sie es nicht sehen, und sie fühlten sich in trügerischer Sicherheit.

Chester war froh, dass Katerina dies nicht mit ansehen musste. Er war froh für alle, die unter Deck waren und es nicht gesehen hatten. Sie hatten sich vielleicht durch eine schlaflose Nacht gequält und waren vom Sturm umhergeschleudert worden, aber immerhin war ihnen dieser erschütternde Anblick erspart geblieben, dieser Ausreißer in den Naturgesetzen der Erdkugel.

Wieder stieg die *Agamemnon* auf einen Wellenkamm. Es würde weniger, viel weniger als eine Minute dauern, bis das Schiff sich der ersten gigantischen Wasserwand stellen musste. Keine Zeit mehr für den Ausguck, herunterzuklettern, keine Zeit, Passagiere und Mannschaft unter Deck zu warnen, keine Zeit für die Männer an Deck, von Kapitän Preedy bis hinunter zum letzten Schiffsjungen, etwas anderes zu tun, als irgendeinen Halt zu suchen.

Im nächsten Wellental sah Chester sich fieberhaft an Deck um. Er kniete nieder und steckte die Arme durch zwei Wanten des Großmastes, so, als wollte er Weiden zu einem Korb flechten. Dann stieg das Schiff auf den letzten Kamm, wenige Augenblicke bevor das Meer unter ihm wegsacken und das erste der Ungeheuer sie verschlucken würde.

Das Hinabgleiten ins letzte Wellental war nicht anders als zuvor. Doch die Konfrontation mit dem Angesicht der Riesenwelle änderte alles. Das Meer lag auf der Seite. Chester spürte sein Körpergewicht an seinen Armen reißen, als ihm der Boden unter den Füßen weggezogen wurde. Er hing wie ein Lot an den Wanten. Wollte man jetzt aufs Vorschiff gehen, wäre es wie ein steiles Dach zu erklimmen. Über dem Bugspriet sah Chester – wie einen massiven Alpengipfel – den Wellenkamm mit seiner weißen Krone, von dem Gischtfahnen stoben wie Schneewirbel. Die Woge war so riesig, dass sie unbeweglich schien, und das Schiff glich einer Spielzeugbahn, die sich einen Hang hinaufmühte.

CEES NOOTEBOOM
AM SÜDLICHSTEN PUNKT

K*ap Agulhas.* Unausrottbar, der Drang zum weitest entfernten Punkt. Auf der Karte habe ich gesehen, daß der südlichste Punkt dieses gesamten unermeßlich großen Kontinents Kap Agulhas heißt, woraus folgt: Ich muß dorthin. Ich habe auf der R43 Kurs darauf genommen, muß dann aber an Wolvengat und Zoetendalsvlei vorbei zur R319, die nach Süden führt. Wind, leere Landschaften, Raum. Und stets die Verführung der Namen, jetzt noch verstärkt durch das Afrikaans, diese merkwürdige Enkelin meiner eigenen Sprache, Hand in Hand mit dem Englisch der anderen: Gansbaai, Danger Point, Uilenkraalsmond, Pearly Beach, Buffeljags, die Dam, Struisbaai: Gänse, Gefahr, Eulen, Perlen, Büffel, Strauße, Wölfe und süße Täler – Namen haben immer so viel zu erzählen. Erst danach, am Ende meines Wegs, kommt die dritte Sprache hinzu, Portugiesisch, denn wer als erster da ist, darf den Namen vergeben. Das ist ungerecht, denn dieses Kap hatte natürlich längst einen einheimischen Namen in einer Sprache, die die Portugiesen weder verstehen noch aussprechen konnten. Doch der erste portugiesische Seefahrer hier hatte einen Kompaß bei sich, der ihn völlig verwirrte, weil die Nadel ohne ein einziges Grad magnetischer Mißweisung schnurgerade nach Norden zeigte, und das galt nicht nur für diesen einen Kompaß, was den Namen erklärt: Cabo Agulhas, Kap der Nadeln. Hier stößt das warme Wasser des Indischen Ozeans auf das viel kältere des Atlantiks, und das bringt beide in Aufruhr. Im Süden fließt der warme Agulhasstrom an der ostafrikanischen Küste entlang und prallt dann in den Indischen Ozean zurück, wobei sich Teile des Mahlstroms abschnüren, Wirbel, die er in den Atlantik schwemmt – die sogenannten Agulhasringe – und die große Mengen salziges und warmes Wasser mitführen. Ruhe herrscht dort folglich nie, es ist ein aufgewühltes Seemannsgrab mit bis zu dreißig Meter hohen Wellen und einer langen Totenliste an Wracks. Die heftigen Winde, die zum vierzigsten Breitengrad gehören, rasen von West nach Ost in die gleiche Richtung wie der Polarstrom, mit dem sie auf den viel wärmeren Agulhasstrom prallen, und wenn das geschieht, ist der Teufel los, um so gefährlicher, als das Wasser flach ist und voller Felsen, ein Unterwasser-Afrika, das sich südlich des Kaps noch zweihundert Kilometer weit fortsetzt, bis es sich mit einem Steilabhang plötzlich verabschiedet. In Seemannsgeschichten ist das so harmlos aussehende Kap Agulhas mit seinem eher sanften Küstenverlauf deshalb der schroffe Konkurrent von Kap Hoorn, das hoch und dramatisch aus dem Ozean aufragt. Am Tag, als ich Kap Agulhas besuche, ist es ruhig.

ALBAN NIKOLAI HERBST

DAS DIENSTAGSMEER

Woran ich mich nämlich viel mehr als an meinen Besuch erinnere, ist, dass es zum Beispiel das Dienstagsmeer gibt. Während ich mich an meinen Besuch eigentlich g a r nicht erinnere, sondern immer nur dann, wenn er da ist. Alleweil ist es ein Erschrecken.

Es gibt tatsächlich eine Dienstagsfarbe des Meeres. Sie ist deshalb bemerkenswert, weil sie nicht etwa nur dienstags auftritt. Das Meer kann diese Dienstagsfarbe auch an einem Mittwoch annehmen oder an einem Donnerstag oder sonstwann in der Woche. Genauso kann es mittwochsfarben an einem Dienstag sein. Dass es solche Tagesfarben gibt, ist für das Bewusstsein von Bedeutung. Angesichts solch eines Mysteriums, wie hätten Monsieur Bayoun und ich da noch über Keltinnen sprechen können, oder Besuche? Dass etwas nicht nur rot sein kann, etwas anderes gelb und ein Drittes mattviolett, sondern ein Viertes leuchtend dienstag, und pastellen mittwoch ein Fünftes.

Das hat ihn und mich bis in unsere Träume beschäftigt. Darüber habe ich nachgesonnen, indem ich auf das Meer schaute, als dieser Besuch zum ersten Mal in mein ruhiges Bordleben trat.

HERMAN MELVILLE

WELTMEERE

Für jeden grüblerischen, den dunklen Mächten zugeneigten Wanderer muss der magisch blaue Pazifik, einmal gesehen, für alle Zeiten das erwählte Meer sein. Im Stillen Ozean kreisen die Wasser der Weltmitte, der Indische und der Atlantik sind nur seine Arme.

MARGRIET DE MOOR
DIE WUCHT DER WELLEN

Acht kleine Häuser. Die Flutwelle war auf der einen Seite auf sie losgegangen, genau als Hocke auf der anderen Seite entlang dem Graben hinunterfahren wollte. Die Familien von zweien seiner Knechte und ein paar Tagelöhner wußten nicht, was sie eher hörten, die atemlose Hupe des Traktors oder die Bombe, die ihre Hauswände spaltete und die Dächer abriß. Die in Wasser umgesetzte Energie eines Orkans kann in einem Raum voller Hindernisse wahnsinnig wüten. Haarscharf an den einstürzenden Deichen entlangschießend, kenternd, zur Seite drängend und wieder zurückströmend, hatte die Flutwelle einen Druck von Dutzenden von Tonnen pro Quadratmeter in sich gesammelt, als sie Naweg 1 bis 8 erreichte und wie ein Punchingball darauf zuschoß. Die meisten Bewohner schafften es gerade noch bis zur Leiter im Treppenschacht. Bilder, die kein Mensch je festhalten sollte, folgten.

RAINER MARIA RILKE
LIED VOM MEER

Uraltes Wehn vom Meer,
Meerwind bei Nacht:
du kommst zu keinem her;
wenn einer wacht,
so muß er sehn, wie er
dich übersteht:
uraltes Wehn vom Meer,
welches weht
nur wie für Ur-Gestein,
lauter Raum
reißend von weit herein …

O wie fühlt dich ein
treibender Feigenbaum
oben im Mondschein.

TSCHINGIS AITMATOW
DAS MEER ATMET

Da ließ sich die Ente Luwr auf dem Wasser nieder, zupfte sich Federn aus der Brust und flocht ein Nest. Und aus diesem schwimmenden Nest wuchs die Erde. Nach und nach weitete sich die Erde, wurde sie von mancherlei Geschöpfen bevölkert. Der Mensch aber tat sich unter allen hervor – er lernte, auf Skiern über Schnee zu laufen, im Boot auf dem Wasser zu fahren. Er begann Wild zu erlegen und Fische zu fangen, nährte sich so und mehrte sein Geschlecht.

Hätte die Ente Luwr nur geahnt, wie hart das Dasein wurde mit der Entstehung des festen Landes inmitten des reinen Wasserreichs! Kann sich doch, seit es die Erde gibt, das Meer nicht beruhigen; das Meer kämpft gegen das Land und das Land gegen das Meer. Der Mensch aber hat es zuweilen bitter schwer zwischen Land und See, zwischen See und Land. Das Meer liebt ihn nicht, denn er ist mehr der Erde verhaftet ... Der Morgen zog herauf. Wieder ging eine Nacht zu Ende, wieder wurde ein Tag geboren. Wie sich das Maul eines Rentieres durch dessen graublaue Atemwolke abzeichnet, so trat aus dem sich lichtenden, hellgrauen Dämmer allmählich der tosende Zusammenprall von Meer und Ufer. Das Meer atmete. Entlang der ganzen brodelnden Frontlinie von Land und Meer ballte sich der kalte Dampf von dahinziehendem Sprühregen, und übers Ufer, so weit es sich auch erstreckte, hallte das Dröhnen der Brandung.

Die Wellen verfolgten hartnäckig ihr Ziel: Das Festland zu stürmen, rannte Woge auf Woge machtvoll hinauf – rannte über die kalte und harte Kruste ausgewaschenen Sandes, auf braune, glitschige Steinhaufen hinauf, so weit Kraft und Schwung reichten; doch Woge auf Woge verebbte auf dem äußersten Rand des Brandungsgürtels, ließ flüchtigen Schaum zurück und den fauligen Geruch aufgerührter Wasserpflanzen.

Von Zeit zu Zeit wurden mit der Brandung Bruchstücke von Eisschollen ans Ufer geschleudert – wer weiß woher angeschwemmt von dem frühlingsbewegten Ozean. Auf den Sand geworfen, verwandelten sich die verirrten Schollen alsbald in närrisch hilflose Trümmer eines gefrorenen Meeres. Doch schon eilten neue Wogen herbei und trugen sie wieder zurück in ihr Element.

THOMAS MEINECKE

ZART & STARK

Tillmann hat auch herausgefunden, daß sich die erste Silbe von Aphrodite in griechischer Etymologie auf jenen Schaum bezieht, aus dem sie geboren wurde. Und mir das ganze an Sigmund Freuds sechzigstem Todestag gefaxt. Nun gut. Anfang November soll ein neues Album von Drexciya auf dem Berliner Tresor Label herauskommen und den Titel Neptune's Lair tragen. Neptun, römisch. Alias Poseidon, griechisch. Als Zeus, Poseidon und Hades sich ihres Vaters Kronos entledigt hatten und die Oberherrschaft über den Himmel, das Meer und die Unterwelt unter sich auslosten, die Erde dabei im gemeinsamen Besitz beließen, gewann Zeus den Himmel, Hades die Unterwelt und Poseidon das Meer. Letzterer, seinem Bruder Zeus an Würden, jedoch nicht an Macht gleich, wird bei Ranke-Graves als so eigensinniger wie streitsüchtiger Charakter beschrieben. Sofort ging er daran, seinen Unterwasserpalast, nach Drexciya: Neptune's Lair, bei Aigai in Euboia zu erbauen. Und hielt in dessen geräumigen Stallungen weiße Wagenpferde mit kupfernen Hufen und goldenen Mähnen sowie einen goldenen Wagen, bei dessen Nahen die Stürme sich legten und Meeresungeheuer sich tanzend erhoben. In seiner drängenden Gier nach irdischen Königreichen schleuderte Poseidon seinen Dreizack sogar in die Akropolis von Athen. Woraufhin dort ein Quell von Seewasser hervorgesprudelt sein soll, aus dessen Tiefe sich das dunkle Donnern der Meeresbrandung habe vernehmen lassen. Drexciyas anonymes Mitglied äußert gegenüber De:Bug, Wasser sei das stärkste, gefährlichste, aggressivste und zugleich das schönste, zarteste Element auf diesem Planeten. Drexciyas Musik sei entsprechend: aggressiv, rau, häßlich, ruhig, leicht, schön. Wasser sei jener Ort, der die Probleme nicht kenne, die das Leben hier oben, an Land, so anstrengend machten.

JUAN RAMÓN JIMÉNEZ
HEUTE BLAUES BEWUSSTSEIN

Bewußtsein aus tiefem Blau des Tages, heute
Verdichtung von Transparenz blau;
Meer, das zu meiner Hand aufsteigt, um mir Durst zu machen
nach Meer und Himmel in Meer
In umarmenden Wellen, nach
lebendigem Salz.

REPORTAGE

PELIKAN UND BELUGAWAL

Dort, wo andere ihren Urlaub verbringen, hat Juliana Schmidt-Theurer ihren Arbeitsplatz: auf einem Expeditionskreuzfahrtschiff. Seit wenigen Monaten arbeitet sie als Dritte Offizierin auf der Brücke, gerade erst hat sie ihr Studium abgeschlossen. Während die Passagiere entspannt an Deck liegen oder Vorträge besuchen, steht die 24-Jährige vor einer Vielzahl technischer Geräte. Sie überwacht die Bewegungen der BREMEN und der anderen Schiffe, die auf derselben Route fahren und den Weg kreuzen könnten – um dann entsprechend den Verkehrsregeln auf See zu handeln. Zur Positionsbestimmung verwendet sie das GPS, zur Bestimmung der Route die terrestrische Navigation und die elektronische Seekarte. Ein wichtiges Hilfsmittel ist nach wie vor der Kompass, gerade wenn kein Land zu sehen ist. Aber auch die astronomische Navigation mithilfe von Sonne, Mond und Sternen wird teilweise noch angewendet, allerdings ist sie nicht ganz unkompliziert und erfordert gute Sachkenntnis: Zunächst schätzt der Offizier, an welcher Position er sich befindet. Mit dem Sextanten lässt sich dann der Winkel messen, in welchem ein bestimmtes Gestirn zu ihm stehen müsste, wobei sich der gemessene und der angenommene Winkel unterscheiden werden. Der Almanach für Seefahrer gibt dann Aufschluss, inwieweit die angenommene Position von der gemessenen abweicht – so ergibt sich der tatsächliche Standort.

Wann immer möglich, empfängt Schmidt-Theurer auch Passagiere an ihrem Arbeitsplatz, die sich mit ihr über ihre Reisen austauschen. Von den unterschiedlichen Farben des Meeres und der Flüsse in den entlegensten Regionen der Welt wird dann gesprochen und von den tierischen Begleitern, die man von Bord aus beobachten kann. Die junge Offizierin hat bereits Hunderte Delfine, Flamingos und Pelikane gesehen, die sie auf ihrer Reiseroute zeitweise begleitet haben. Selbst ein großer Belugawal tauchte einmal kurz auf und verschwand dann wieder in der Tiefe. Viele Fragen werden der Nautikerin gestellt – wie es ist, wenn unruhiges Wetter die Wachhabenden auf Trab hält, oder wie es sich anfühlt, wochenlang auf hoher See zu sein – weit weg von Freunden und Familie.

Obwohl sie erst seit verhältnismäßig kurzer Zeit als Offizierin arbeitet, ist für Schmidt-Theurer das Unterwegssein auf dem Meer schon seit Langem fester Bestandteil ihres Lebens. Aufgewachsen auf Barbados verdankt sie das Interesse an der Seefahrt allerdings einem Zufall: Der Vater einer Schulfreundin war Kapitän eines Kreuzfahrtschiffs. Zum Geburtstag durften alle Freundinnen auf das Schiff kommen und feiern – für Schmidt-Theurer die Initialzündung für die Lust auf ein Leben an Bord. Um ein wenig Taschengeld zu verdienen, jobbte sie später parallel zu den Abiturvorbereitungen als Dolmetscherin auf einem Katamaran. Spätestens da stand fest: Aus der Leidenschaft für Schiffe sollte ein richtiger Beruf werden. Und so zog sie nach dem Abitur

Intensives Entdecken mit expeditionstauglichen Schlauchbooten

Stimmt die Position? Beim Wachdienst auf der Brücke der BREMEN sorgt Juliana Schmidt-Theurer unter anderem dafür, dass der Kurs gehalten wird.

von Barbados nach Bremen, um dort Nautik zu studieren – ein Studium, in dem junge Frauen noch immer in der Minderzahl sind. Neben Seeverkehr, Terrestrischer Navigation, Seehandelsrecht und Ingenieurswissenschaften stehen auch medizinische Vorlesungen auf dem Stundenplan. Denn im Notfall müssen die nautischen Offiziere aushelfen: Da auf Frachtschiffen die Besatzung oft wochenlang alleine auf hoher See unterwegs ist, kann ein Grundwissen über gängige Erkrankungen und deren Behandlung Leben retten. Unterstützt werden sie bei Bedarf von Medizinern, die dafür an Land per Satellitentelefon bereitstehen.

Die Route der aktuellen Seereise Schmidt-Theurers als Dritte Offizierin führt von Lima in Peru durch den Panamakanal bis nach Belém in Brasilien und von dort aus weiter den Amazonas flussaufwärts nach Iquitos. Dort können nur Schiffe auf Expedition gehen, die einen geringen Tiefgang haben; die Navigation wird zur Herausforderung für die junge Nautikerin – aber gerade hier sind Ausflüge in die Uferregion besonders spannend. Expeditionstaugliche Schlauchboote werden dann ins Wasser gelassen, in denen die Gäste in kleinen Gruppen auf Entdeckung gehen können. Auch der gewaltige Garibaldi-Gletscher in Chile erschließt sich aus der Nähe auf ganz eigene Art: Erst von den Booten aus können versteckte Wasserfälle oder auch Seelöwenkolonien nicht nur entdeckt, sondern auch gehört werden. Es sind diese wenig berührten Gegenden, die für die Nautikerin einen ganz besonderen Reiz an ihrem Beruf ausüben, die Fahrten in entlegene Regionen der Erde und die ständig wechselnden Eindrücke. Und doch ist es für Schmidt-Theurer immer wieder ein besonderer Moment, wenn die BREMEN einen vertrauten Hafen anläuft. Nach Monaten auf See wieder nach Hause zu kommen, zu Freunden und Familie – auch ein besonderes Erlebnis, das zum Traumberuf der Nautikerin fest dazugehört. *

Auf die Perspektive kommt es an: Aus nächster Nähe bietet das Eis einen einzigartigen Anblick.

DIE GESCHICHTE VON 1847 BIS 1886
»ETWAS AUSGEZEICHNETES SCHAFFEN«
DIE HAPAG SETZT MASSSTÄBE

Die Gesichter erzählen von dem, wovor die Menschen flüchteten: verhärmte Frauen und Kinder bei ihrer Einschiffung in Bremerhaven, um 1880.

Wie sehr sie die Schifffahrtswelt verändern würden, ahnten sie noch nicht, die 30 Hamburger Reeder und Kaufleute, die sich am Nachmittag des 27.Mai 1847 in der Börse ihrer Heimatstadt trafen. Sie wollten teilhaben am wachsenden Geschäft auf dem Nordatlantik und einen direkten Liniendienst zwischen Hamburg und New York einrichten. Dafür gründeten sie an diesem Nachmittag eine neue Reederei: »Hamburg-Amerikanische Packetfahrt-Actiengesellschaft«, kurz Hapag, hieß das junge Unternehmen, und schon dieser Name war ein ehrgeiziges Programm: In »Packeten«, geölten Leder- oder Leinensäcken, wurde damals besonders wertvolle oder eilige Post befördert. Die vertraute man nur renommierten, besonders zuverlässigen Schifffahrtslinien an – und zu denen wollte die neue Hapag von Anfang an gehören.

Zunächst setzte sie dabei auf Segelschiffe, und ihre neuen »Packetsegler« erwiesen sich auf Anhieb als außerordentlich zuverlässig. Am 15.Oktober 1848 ging das Vollschiff DEUTSCHLAND auf die Jungfernreise nach New York und erreichte seinen Zielhafen in nur 40 Tagen. Zurück mit dem Westwind schaffte es der Segler sogar in nur 28. Eine durchschnittliche Überfahrt dauerte damals 70 bis 100 Tage.

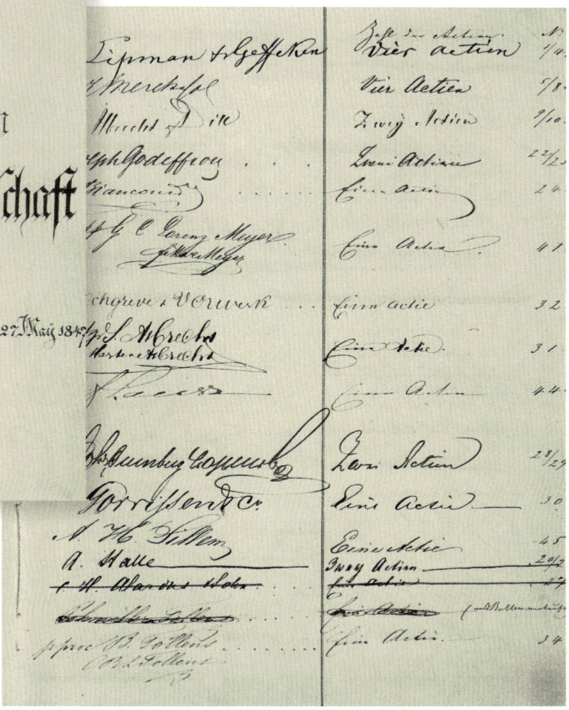

Das Gründungsdokument der Hapag: 30 Hamburger Kaufleute setzten 1847 den Grundstein für das Traditionsunternehmen und revolutionierten das Auswanderergeschäft.

Ein Bett für jeden Passagier

»Es ist das Streben der Direktion gewesen, etwas Ausgezeichnetes zu schaffen«, konnte Hapag-Direktor Adolph Godeffroy stolz festhalten, und in diesem Streben kam man vor allem den Passagieren ungewohnt weit entgegen. Das Erfolgsgeheimnis der Hapag hieß Service zur See, wenn auch zunächst nur im zeitgemäß bescheidenen Rahmen. Doch dass Auswanderer überhaupt als Kunden, nicht nur als Menschenfracht wahrgenommen wurden, war schon neu, geradezu revolutionär und sprach sich schnell herum. Bis dahin herrschten oft unmenschliche Zustände auf den Überfahrten, die Passagiere wurden zusammengepfercht, ohne medizinische Hilfe und meist mit zu wenigen Lebensmitteln für die lange Überfahrt. Regelmäßig überlebten etwa zehn Prozent der Fahrgäste so eine Reise nicht. Bei der Hapag aber hatte nun jeder ein eigenes Bett an Bord, bekam Bettzeug und Essen gestellt. Schon das wurde als großer Fortschritt wahrgenommen und zahlte sich aus. Von Beginn an hatten die Reeder ihre Kunden und deren Bedürfnisse im Blick – ein Konzept, das sich bis heute bewährt.

Die Kunden der Hapag waren in den Anfangsjahren vor allem Auswanderer, und

Der erste Vollsegler, die DEUTSCHLAND, verließ 1848 den Heimathafen Hamburg – die Hapag bot den Auswanderern einen bisher nicht dagewesenen Komfort: Jeder Auswanderer hatte sein eigenes Bett.

deren Zahl stieg im 19. Jahrhundert stetig an: Medizinischer Fortschritt ließ die Geburtenrate steigen, rückständige Feudalstaaten boten den Menschen in Europa keine Perspektive auf ein besseres Leben, Kriege und gescheiterte Revolutionen forderten Opfer. Die industrielle Revolution brachte in Europa neue Möglichkeiten, aber auch neues Leid mit sich: Maschinen vereinfachten Arbeitsprozesse und entzogen gleichzeitig vielen traditionellen Berufen die Grundlage.

Der technische Fortschritt machte die Menschen aber auch mobil wie nie zuvor, und so entschlossen sich Millionen Europäer, ihr Glück in den USA zu suchen. Zum ersten Mal war dieser Traum realistisch: Neue Reise- und Transportmöglichkeiten ließen die Welt zusammenrücken. Die Eisenbahn und das Dampfschiff spielten dabei bald eine entscheidende Rolle: Sie stellten Geschwindigkeitsrekorde auf und transportierten zugleich ein Vielfaches von dem, was vorher mit Kutschen oder Segelschiffen befördert wurde. 1835 fuhr der erste Zug zwischen Nürnberg und Fürth. Bis 1850 war das Eisenbahnnetz auf dem Gesamtgebiet des Deutschen Bundes auf über 6500 Kilometer ausgebaut. Auch mithilfe der Bahn erreichten immer mehr Menschen immer schneller die Hafenstädte und wollten dann den Atlantik überqueren – wenn möglich, sowohl billig als auch zuverlässig und rasch. So konnte sich die Hapag zügig am Markt etablieren. Schon mit der ersten Überfahrt der DEUTSCHLAND erwirtschaftete die Reederei Gewinne und zahlte bereits 1852 die ersten Dividenden an ihre Aktionäre aus.

Wer erfolgreich sein wollte, musste fortschrittlich denken: Hapag-Direktor Godeffroy setzte sich 1853 leidenschaftlich für den Ankauf moderner Schraubendampfschiffe ein, und die Aktionäre stimmten ihm zu. Ab 1856 fuhren die HAMMONIA und die BORUSSIA für die Hapag. Beide Schiffe waren über 2000 Bruttoregistertonnen groß, 101 Meter lang, knapp zwölf Meter breit, elf Knoten schnell und hatten jeweils Platz für 80 Mann Besatzung und 510 Passagiere. Bis 1858 erwarb die Hapag noch zwei weitere Überseedampfer. Mit ihnen waren deutlich kürzere Passagen in nur 17 Tagen möglich – unabhängig von der Windsituation. Die Hamburger feierten den Fortschritt: Als die BORUSSIA am 1. Juni 1856 ihre erste Fahrt nach New York antrat, herrschte in der Hansestadt eine ausgelassene Volksfeststimmung. Salutschüsse begleiteten das Schiff, Menschen standen mit Tüchern winkend am Ufer der Elbe.

Konkurrenz und Kooperation

Der wirtschaftliche Erfolg der Hamburger stachelte die Nachbarn in Bremen an: Am 20. Februar 1857 gründeten die Bremer Hermann Henrich Meier und Eduard Crüsemann gemeinsam mit der Kaufmannschaft der Hansestadt den Norddeutschen Lloyd. Die beiden starteten ihr Unternehmen mit einem Kapitalstock von drei Millionen Talern, weit mehr, als der Hapag zur Verfügung stand. Die Hamburger waren kaufmännisch vorsichtig und operierten eher konservativ, Meier und Crüsemann hatten von Anfang an eine große Vision: »Lloyd« stand als Synonym für die Handelsschifffahrt schlechthin, und die Bezeichnung »norddeutsch« nahm eine patriotische Gemeinschaft vorweg – ein Jahrzehnt vor der Gründung des Norddeutschen Bundes. Die Bremer begannen dennoch bescheiden mit Fahrten nach England, bereits 1858 aber nahm der erste Lloyd-Dampfer den regelmäßigen Liniendienst nach New York auf: Am 19. Juni startete von Bremerhaven aus die BREMEN. Eine ganze Reihe von Schiffen wurde im Laufe der Unternehmensgeschichte nach der Hansestadt benannt. Ein Schiffsname mit besonderem Ruf: Noch heute bietet eine BREMEN außergewöhnliche Reisen, die – modernen Abenteuern gleich – Expeditionscharakter und Komfort miteinander verbinden.

Mit der Gründung des Norddeutschen Lloyd fiel der Startschuss für eine 113 Jahre währende fruchtbare Rivalität der beiden großen Reedereien. Die Unternehmen durchlebten eine Geschichte, in der sich Konkurrenz und Kooperation abwechselten. Ihre spezifische hanseatische Rivalität trieb die Weltschifffahrt voran und die norddeutschen Rivalen an die Spitze, bis sie 1970 als Hapag-Lloyd AG fusionierten.

Schicksalsschläge mussten beide schon in den Anfangsjahren hinnehmen: Im September 1858 verzeichnete die Hapag die

größte Tragödie ihrer Unternehmensgeschichte: Kurz vor New York brach an Bord der AUSTRIA ein Brand aus, bei dem 471 Menschen ums Leben kamen. Im selben Jahr brannte das Dampfschiff HUDSON vom Norddeutschen Lloyd nieder – glücklicherweise lag es ohne Besatzung in Bremerhaven –, und die WESER der Bremer erlitt eine solch schwere Havarie, dass sie verkauft werden musste. Erst Mitte der Sechzigerjahre hatten sich beide Reedereien von diesen Unglücken wirtschaftlich erholt. Die harte Konkurrenz im Auswanderergeschäft führte zu immer schärferen Preisreduktionen und damit einhergehenden sinkenden Einnahmen, bis die Rivalen 1862 verhandelten und ihre Abfahrtstage aufeinander abstimmten. Diese erste Absprache legte den Grundstein für viele weitere diskrete Kooperationen. In jenem Jahr pachteten sie gemeinsam ein Hafenareal am Hudson in New York, wo sie nebeneinander Piers und Passagiereinrichtungen in Betrieb nahmen. Beide Reedereien boten ab 1871 die Westindienfahrt an und bauten in den folgenden Jahrzehnten ihre Routen weltweit aus.

Schifffahrt war und ist international und damit ein Seismograf der Weltwirtschaft. Erfolg hatten besonders die Reedereien, die immer wieder kurzfristig auf politische, gesellschaftliche und wirtschaftliche Veränderungen reagierten: 1865 zum Beispiel, direkt nach dem Ende des amerikanischen Bürgerkriegs, stiegen die Auswanderungszahlen deutlich an, und die Hapag expandierte. Bis 1868 wurden vier weitere Schiffe in Betrieb genommen. Um die hohen Kosten für die Verdockung in England zu vermeiden, baute das Unternehmen am Kleinen Grasbrook im Hamburger Hafen ein eigenes Trockendock.

Aus ganz Europa zog es die Menschen über den Atlantik in das »Land der unbegrenzten Möglichkeiten« – sehnsüchtig erträumten sich die Auswanderer ein neues und freies Leben.

Boom und Krise

Am 18. Januar 1871, nach dem siegreichen Ende des deutsch-französischen Krieges, verkündete der preußische König, nun als Wilhelm I. deutscher Kaiser, in Versailles die Gründung des Deutschen Reiches. Die Reparationszahlungen aus Frankreich in Höhe von vier Milliarden Mark kurbelten die deutsche Wirtschaft an, viele Unternehmen gründeten sich neu, darunter auch eine Reihe von Reedereien. Die Gründerzeit veränderte auch die Auswanderungsbewegung: Der wirtschaftliche Aufschwung ließ die Deutschen ihr Glück wieder in der Heimat suchen. Die Schiffseigner profitierten jedoch von immer mehr jüdischen Auswanderern aus Österreich-Ungarn und Russland, die besonders in den 1880er-Jahren vor Pogromen flüchteten.

Auf den überhitzten Boom folgte jäh die Krise: Ein Wiener Börsenkrach am 9. Mai 1873 führte zur Weltwirtschaftskrise, eine Woche nach der Eröffnung der Weltausstellung in der Kaiserstadt. Börsengänge von Firmen ohne ausreichendes Eigenkapital und fehlende Regulierungen rächten sich jetzt: An einem Tag meldeten 120 Unternehmen Insolvenz an. Die Zinsen für Kredite stiegen stark an, viele Betriebe mussten schließen, Entlassungen und Lohnkürzungen waren die Folge.

Die Schifffahrt bekam die Krise hart zu spüren: Fracht- und Passagierverkehr brachen ein. Um wettbewerbsfähig zu bleiben, boten die Reedereien ihre Überfahrten immer günstiger an – sie »warfen die Raten«, wie man sagte. In Hamburg drohte die 1872 gegründete Adler-Linie zur ernsthaften Konkurrenz für die Hapag zu werden. Mit ihren zwölf Millionen Talern Startkapital gab sie acht Dampfer in Auftrag, darunter auch größere und weit komfortablere, als sie das etablierte Unternehmen besaß. Ihre aggressive Geschäftspolitik ließ die Preise weiter purzeln. Dabei übernahm sich die Adler-Linie jedoch, und 1875 kaufte die Hapag sie auf und entledigte sich so des lästigen Mitbewerbers. Doch der Ratenkrieg hatte auch bei den Siegern seine Spuren hinterlassen, und bis 1876 war das Defizit der Hapag auf 3,5 Millionen Mark angewachsen. Im Folgejahr nahm das Unternehmen deshalb eine Neubewertung des Kapitals im Verhältnis drei zu zwei vor, was zur vorläufigen Gesundung führte. Bereits 1878 konnten wieder erste Gewinne ausgezahlt werden.

Pünktlich wie ein Uhrwerk

Adolph Godeffroy verließ 1880 nach 33 Jahren den Vorstand. Sein Vermächtnis waren ein hervorragender Ruf auch in schwierigen Zeiten, 20 Schiffe und Kapitalreserven über 15 Millionen Mark. Bis auf vier Millionen Mark waren alle Anleihen zurückgezahlt. Seine Nachfolger bewiesen weniger Geschick in der Unternehmensführung, was sich besonders in der Konkurrenz mit den Bremern zeigte: Der Norddeutsche Lloyd transportierte 1885 schon mehr als doppelt so viele Passagiere wie die Hapag.

Zur selben Zeit vergrößerte sich das Liniennetz der Bremer erheblich: Reichskanzler Otto von Bismarck wies nachdrücklich darauf hin, wie wichtig gut organisierte Überseeverbindungen für die deutsche Wirtschaft waren: »Zu den grundlegenden Stützen der Neuorganisation des deutschen Exporthandels gehört bei der heutigen Gestaltung des Verkehrs ... als dringendstes Erfordernis die Herstellung einer regelmäßigen Frachtverbindung Deutschlands mit den überseeischen Absatzmärkten.« Bismarck und Lloyd-Chef Hermann Henrich Meier unterzeichneten 1885 einen Kontrakt zur »Errichtung und Unterhaltung deutscher Postdampfschiffsverbindungen« in die deutschen Kolonien. Die Reeder verpflichteten sich, für die kommenden 15 Jahre Postschifffahrtslinien zu unterhalten – unter anderem von Triest nach Alexandrien sowie nach China, Australien und Samoa. Ab 1886 legten die Dampfer in der Hauptsaison dreimal wöchentlich in Bremerhaven ab. Neun Tage später liefen sie in New York ein – ein neuer Rekord. Der Norddeutsche Lloyd stand für Schnelligkeit, Sicherheit und Komfort. Und hatte damit der Hapag deutlich den Rang abgelaufen.
✱ SUSANNE WIBORG

Plakat eines anonymen Künstlers: »Deutsche Post-Dampfschiffahrt Hamburg — New York«, 1875

KAISERLICH DEUTSCHE POST
HAMBURG-AMERIKANISCHE
PACKETFAHRT-ACTIEN-GESELLSCHAFT.
DIRECTE
H.A. P. A.G.
DEUTSCHE POST-DAMPFSCHIFFAHRT
HAMBURG - NEWYORK
HÂVRE ANLAUFEND;
VON HAMBURG JEDEN MITTWOCH, MORGENS.
HAMBURG - WESTINDIEN
HÂVRE ANLAUFEND,
ABFAHRT VON HAMBURG AM 7. u. 21. JEDEN MONATS.
NÄHERE AUSKUNFT WEGEN FRACHT UND PASSAGE ERTHEILT:
AUGUST BOLTEN.
HAMBURG, Admiralitätstrasse 33/34.
TELEGRAMM-ADRESSE: BOLTEN, HAMBURG.

Das Abenteuer

ANDREAS ALTMANN

ENTDECKEN

Ein deutscher Arzt und Hobbytüftler hat einen neuen Meilenstein in Sachen wundersamer Nutzlosigkeit gesetzt. Seine Erfindung heißt »Igel-Airbag«. Nach dem Tier benannt, das sich mithilfe seines spitzen Fells seit Urzeiten vor Feinden schützt. Der Vergleich hört sich ein bisschen bizarr an, aber der Grundgedanke ist derselbe: Während sich der Igel im Moment der Bedrohung zusammenrollt und seine bis zu achttausend Stacheln dem Angreifer entgegenstreckt, so umhüllen – in Bruchteilen einer Sekunde – über ein Dutzend Airbags den Menschen in Gefahr. Ob nun Fußgänger, Radler, Motorradfahrer oder stürzender Bauarbeiter. Und das potenzielle Opfer eines Unfalls knallt – jetzt verpackt und aufgeblasen wie eine Kugel – auf den Asphalt. Oder ein Autoblech. Oder eine Wand aus Beton.

Ich liebe Nonsens. Den herrlichen, der zum schamlosen Kichern verführt. Man stelle sich den Maurer vor, der – bevor er vom Gerüst fällt – die einzelnen Plastikschichten in Hemd und Hose verstaut. Damit sie auf seinem Weg Richtung Kiesweg – zehn Meter tiefer – zu Airbags werden. Unser Erfinder geht übrigens mit bestem Beispiel voran: Zum Beweis seines Genies stürzt er sich von Treppen und kommt unten kugelrund an.

Spinner, heißt es, leben länger. Weil sie ein Ziel haben. Das sie voller Enthusiasmus verfolgen. Und sie in euphorische Zustände versetzt. Und wären es Regenschirme für Schuhe. Oder »Stimmungsohren« aus Stoff, die man sich ins Haar bindet und die sich – via Sensoren – aufrichten: bei guter Laune. Und flach liegen bei gedrückter Stimmung. Oder eine Gerätschaft, die man sich um den Bauch schnürt, um auch im Stehen seinen Laptop benutzen zu können.

Zu Helden werden Entdecker, wenn sie ihr Leben aufs Spiel setzen. Sie alles riskieren, um zu demonstrieren, dass sie recht haben. Und selbst wenn sie am Tag der Prüfung durchfielen, ja, mit dem Tod ihre Neugier bezahlten: Sie doch recht hatten. Weil ihre Erfindung durchaus phänomenal war. Aber noch nicht funktionierte.

Nehmen wir Albrecht Ludwig Berblinger, der einst als »Schneider von Ulm« in den Geschichtsbüchern landen sollte. 1783 kam er als 13-Jähriger ins

Waisenhaus, erlernte das Schneiderhandwerk und wurde nebenbei das, was man heute einen Technikfreak nennen würde. Er erfand eine »Fußmaschine«, die erste Beinprothese mit Gelenk. Bis er vom Rausch des Fliegens ergriffen wurde und er an seinem »Hängegleiter« zu basteln begann. Und die Mutlosen ihn verspotteten und die Neidhammel ihm drohten, ihn aus der Zunft zu werfen, ja ihn zu einer saftigen Geldstrafe verurteilten. Aber Albrecht war nicht zu kaufen, er war besessen und trainierte heimlich außerhalb der Stadt.

Bis der 30. Mai 1811 kam. Er kam, weil der zuständige König Interesse an dem extravaganten Flugkörper gezeigt hatte. Ein denkwürdiger, ein berühmter Tag. Um 16 Uhr sollte das tapfere Schneiderlein von einem zwanzig Meter hohen Aufbau über die Donau segeln. Aber da die Winde ungünstig bliesen, verschob er um eine Stunde. Was nicht viel änderte. Doch der Adel murrte, das Volk murrte, und ein »Polizeidiener« rempelte (aus Versehen?) den Schneidermeister, der sich bereits in der Startposition befand. Und das Desaster nahm seinen Lauf: Die nötige Geschwindigkeit fehlte, die Tragflächen kamen nicht in den richtigen »Anstellwinkel«, und unser Held schwebte nicht, sondern plumpste ins Wasser. Wo gnädige Fischer ihn herausholten.

Harte Zeiten. Nach dem Absturz kam der soziale Absturz. Der Bruchpilot wurde als Lügner und Betrüger beschimpft, seine Schneiderwerkstatt machte bankrott, und mit 58 starb er an »Auszehrung«.

Und als wäre das noch immer nicht genug gewesen, wurde sein – so in die Zukunft weisender – »Flugapparat« öffentlich verbrannt. Unheimlich, wie bescheuert der Mob sein kann. Unheimlich, wie eigensinnig der Selfmademan an sein Ziel glaubte. Wie waghalsig er allem getrotzt hatte: der Einsamkeit, der Armut, der Häme. Was für ein Abenteurer. Was für ein Entdecker.

Immerhin: Im Rathaus von Ulm leuchtet heute ein Nachbau seines Geniestreichs. Einmal stand ich davor und habe es heimlich berührt, das Eisending. Auf dass etwas abfiele von seiner Bestimmtheit für den Bewunderer.

Nein, die Geschichte ist ein Widerspruch zu der Behauptung, dass Spinner länger leben. Aber der Ausgezehrte hatte den Status des Luftikus früh überschritten. Er glühte. Hatte er mit 37 Grad Körpertemperatur das Licht der Welt erblickt, so loderte er die restlichen Jahre. Um irgendwann daran zugrunde zu gehen.

Die alten Griechen hielten keine Totenreden, sie fragten nur: »Kannte er die Leidenschaft?«

Warum sind die einen hemmungslos neugierig? Und wollen hinter Geheimnisse blicken? Wollen von der Welt erfahren, vom Weltraum, von den Weltbewohnern? Warum können sie nicht ruhig sein? Nicht im Hirn, nicht mit dem Körper? Warum hungern sie nach Neuem, nach Überraschungen? Warum haben sie nie genug, ein für alle Mal? Warum ist Wissenmüssen für sie so drängend wie Atmen? Warum werden sie trübsinnig und mürrisch, wenn es fad wird? Weil das banale Leben sie umzingelt, ja sie Zeit und Mühsal für etwas hergeben müssen, das keinen Funken Erleuchtung schenkt.

Aber nein, es geht nicht um weltstürzende Erkenntnisse, es geht um das lichterloh schöne Gefühl, am Leben zu sein. Allemal um die insgeheime, so sinnliche Pflicht, das bisschen Lebenszeit auf Erden zu nutzen.

Es scheint, nur eine Minderheit will das. Die anderen, die sieht man im Zug oder im Flugzeug oder im Café: Die pennen, am helllichten Tag. Und wo pennen nicht erlaubt ist, da dösen sie. Oder stellen ihr Tablet auf und besitzen die Nerven, sich am Schwachsinn – von Schwachköpfen produziert – zu ergötzen. Keine Erkenntnislust jagt sie, kein entgeistertes Gewissen überkommt sie, nichts, nur die wohlige Gewissheit, frohgemut und gut gelaunt die Zeit totzuschlagen. Bisweilen will man sie für ihre Nonchalance beneiden, für die Stille im Kopf: Kein Aufruhr plagt sie, nur stillstehen soll das Hirn. Und still bleiben.

Karl Popper hat es sauber formuliert: »Nichtwissen heißt nicht ›nicht wissen‹, im Gegenteil, es ist der Wille, nicht wissen zu wollen.«

Wo liegt der Hund begraben? In der Erziehung? Im Erbgut? Es gibt Wissenschaftler, die behaupten, ein Gen gefunden zu haben: *DRD4-7R*, das sogenannte »Entdecker-Gen«. Knapp 20 Prozent der Menschheit würden damit herumlaufen. Und mit dem Geschenk ihre Neugierde nähren, das Risiko suchen, ja *das unbedingte Verlangen verspüren, etwas Neuem über den Weg zu laufen.* Klar, jeder Sonnenstrahl hat seinen Schatten. Solche Frauen, solche Männer taugen nur bedingt für stabile Verhältnisse: Das Reihenhaus, die Reihenehe, der Treueschwur zu was auch immer, der gelingt ihnen eher selten. Zu verführerisch sind die Lockungen der Welt.

Okay, das hätten wir geregelt. Nun zurück zu den Wissbegierigen. Die losziehen, weil sie wissen wollen, nein, müssen. Die jeden Morgen der Wunsch beseelt, abends ein bisschen klüger, ein bisschen lebensklüger, ein bisschen reicher, ein bisschen lebensreicher ins Bett zu gehen. Sie pochen auf

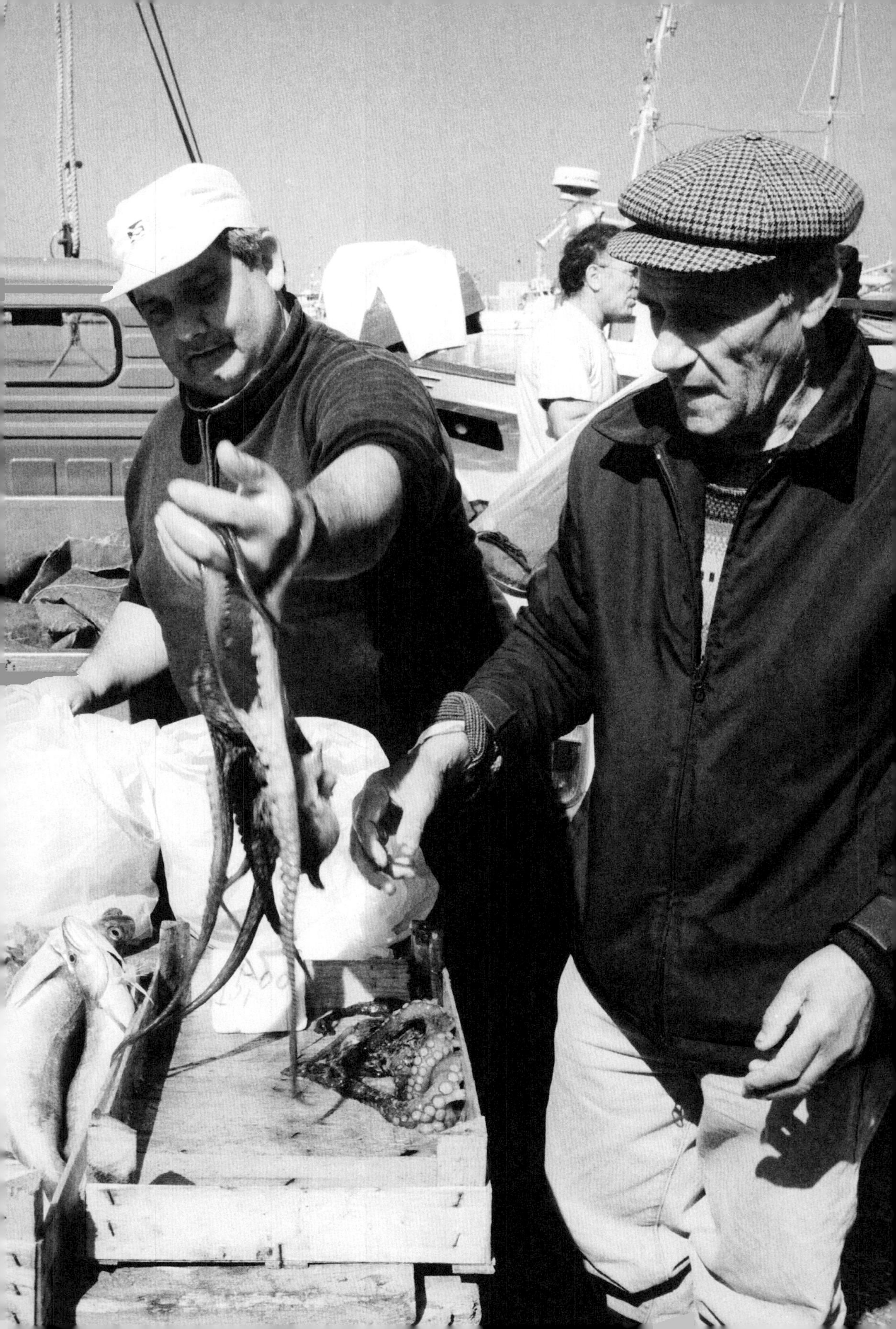

die *Story*. Und die *Story behind the story*. Sie haben wenige Antworten und so viele Fragen.

Ich erinnere mich an ein Interview mit Gerd Müller, dem einstigen Fußballweltmeister, dem »Bomber der Nation«. Den folgenden Satz, denkbar einfach und phänomenal, hatte ich mir herausgeschrieben: »Alles, was man im Leben sagt, ist scheißegal.« Er wollte damit klarstellen, dass jemand reden kann, was er will. Gemessen wird der Mensch an seinen Taten. An dem, was er sich traut. An dem, was aus seinem Gerede geworden ist.

Vor ein paar Jahren wurde ich auf eine Kreuzfahrt eingeladen. Als Teil des Unterhaltungsprogramms. Erstaunlich, denn normalerweise treten Jongleure, Feuerschlucker und Bauchredner auf. Nein, sie wollten diesmal einen, der vorliest. Zwischen Akrobaten, Zauberern und fliegenden Tellern sollte ich mein letztes Buch aufschlagen und etwas erzählen. So flog ich nach Australien und ging an Bord. Die 27 Stunden Flug, inklusive Stopover, verliefen friedlich, die einzige Mutprobe bestand darin, der postmodernen Kleiderordnung standzuhalten: Viele der Passagiere traten mit Trainingshose und Schlappen an. Für jemanden, der gern, so sagen sie in Japan, seine »noblen Organe« wahrnimmt – Herz und Hirn –, ist das eine Herausforderung.

Auf einem Kalenderblatt las ich einst, dass jeder Tag die Möglichkeit bietet, ein Held zu sein. So gibt es Helden, die mit wehenden Locken der Welt entgegenziehen, und andere, über die die Welt hinwegzieht. So einer war ich auf dieser Reise: Als der Indische Ozean ungemütlich wurde, stand ich an der Reling und kotzte. Als ich, vom Winde verweht, versuchte, eine rettende Tür zu erreichen, knackste mein linkes Knie. Und als ich – über hinkende Umwege zum Schiffsarzt – im Bett lag, fuhr der Teufel in meinen Brustkorb und schenkte mir eine Bronchitis, wie sie wohl nur auf Weltmeeren ausbricht.

Um mir den Rest zu geben, fiel mir Hemingway ein, einer dieser Recken mit heroischem Haar und wildem Bart. Sah ihm zu, wie er – Fährmann Gregorio stand am Steuer – mit seiner Jacht *Pilar* hinauszog. In karibische Gewässer. Um bei Sturm und Wetter zu fischen und zu saufen und zu schreiben. Und er endlich mit »Der alte Mann und das Meer« nach Hause kam und den Nobelpreis dafür kassierte.

Jetzt kommt eine andere Spezies von Helden. Ich will einen unserer Götter zitieren, Rainer Maria Rilke. Er war kein Haudegen, seine Abenteuer fanden im Kopf statt. Seine Sprache eilte von Gipfelwort zu Gipfelwort. Nur muskelschimmernde Wörter waren erlaubt. Jeder Satz eine lässige Spende an die Menschheit. Längst verschleppte Worte kehrten in seinen Zeilen zurück. Wortböen trat er los, von denen jede wie eine sanfte Brise den Sprachseligen das Schweben beibrachte.

Sorry, ich bin vom geraden Weg des Reporters abgekommen. Aber Rilke hört nicht auf, mich zu benebeln. Vier Jahre nach seinem Tod, 1930, wurde das »Opiumgesetz« beschlossen. Hätte ich damals mitreden dürfen, wären die Bücher des Dichters auf die *black list* gekommen. Wie Kokain, wie Morphin, wie »indischer Hanf«.

Also, jetzt Original-Rilke. Herrlich pompös fordert er uns auf: »Wer du auch seist, am Abend tritt hinaus vor deine Stube, drin du alles weißt.« Jeder darf alles in diesen Satz hineinfantasieren, aber *vor seine Stube treten* kann nur heißen: Geh in die Welt! Geh dorthin, wo du nichts weißt. Damit du lernst, Mensch. Damit dein Leben bunt wird, Mensch. Damit Frauen und Männer und Gedanken und Gefühle dich erreichen, von denen du in deiner Stube nie erfährst.

Noch einen letzten Helden will ich erwähnen. Er besaß ein mächtiges Ego, einen unheimlichen Mut und ein unverwüstliches Gefühl – ja, das altmodische Wort passt – für Rechtschaffenheit. Und er scheiterte.

Ein schnelles Vorwort zur Heldensaga. In dem ich die Hauptrolle spiele: Um mich auf eine Reportage über drei tollkühne Kajakfahrer vorzubereiten, stieg ich selbst in ein Boot. Und paddelte einen Fluss hinunter. Dreihundert Meter weit. Dann kam ein Strudel, und Mann und Kajak kippten um. Ich zog am Reißverschluss der Spritzdecke und tauchte irgendwann wieder auf. Allein, ohne Boot. Das muss der Augenblick gewesen sein, in dem ich begriff, dass es zwei Sorten von Menschen gibt: Helden – und diejenigen, die über Helden berichten.

Einen wie Ernest Shackleton. Er steht als Dritter in der legendären Galerie der Antarktisforscher, hinter Roald Amundsen, der den Südpol »entdeckte«, und Robert Falcon Scott, der entdecken musste, dass Amundsen schon angekommen war. Einen Monat früher. Shackleton nahm an vier Polarexpeditionen teil und kam immer zu spät. Er stellte ein paar kleinere Bestmarken auf, von denen heute keiner mehr spricht. Sagenhaft berühmt wurde er, als sein Schiff *Endurance* (Ausdauer!) im Packeis zerdrückt wurde und sank. Und er unter Lebensgefahr die gesamte Besatzung rettete.

War Shackleton nicht gerade dabei, sein Leben aufs Spiel zu setzen, rannte er von einem Irrtum in den nächsten. Auch Ruhmsucht befiel ihn. Und die Gier nach Reichtum. Als er seine letzte Forschungsreise antrat, war er hoch verschuldet. Und starb – noch vor Erreichen des Ziels. Als 48-Jähriger, 1922.

Rilke und Shackleton lebten fast zur selben Zeit und traten fast gleichaltrig ab. Der eine, der »Deutschböhme«, verging an Leukämie, der andere, der Brite, an einem Herzinfarkt. Der eine verbrachte sein Dasein auf der Suche nach dem Wunder Sprache, der andere jagte besessen nach unentdeckten Eiswüsten. Ach, die Glückspilze, ein Feuer leuchtete in ihnen. Unauslöschbar. Das sie antrieb. Und sie ruinierte.

Eindeutig: Solche Biografien machen Angst. Und ihr früher Tod macht die Angst nicht kleiner. Verstanden: Leidenschaft kann erledigen. Aber ihre Abwesenheit erledigt auch. Nur dauert der Ruin dann länger. Er zieht sich, wie ein Todesurteil auf Raten. Wäre es da nicht klüger, sich von den glorreichen Drei sacht schubsen zu lassen? Zeigen sie uns doch: Das Leben ist ein Geschenk. Ein einmaliges. Eines, das nie wiederkommt.

*

E. ANNIE PROULX
DER LIEBESKNOTEN

In alten Zeiten sandte ein liebeskranker Seemann seiner Angebeteten bisweilen ein Stück Tau, das locker zu einem Echten Liebhaberknoten gebunden war. Wenn der Knoten zurückkam, wie er geschickt worden war, galt die Beziehung als offen. Kam der Knoten eng zusammengezogen zurück, hieß das, die Leidenschaft beruht auf Gegenseitigkeit. Ein umgekippter Knoten bedeutete jedoch den stillschweigenden Rat, die Leinen zu lösen und in See zu stechen.

CHRISTOPH RANSMAYR
WIR WERDEN ZURÜCKKEHREN

Warten. Tage. Wochen. Warten. Monate. Jahre. Bis in die Verzweiflung hinein warten. Die Eisfalle wird sich nicht mehr öffnen. Nie mehr. Am vierzigsten Tag nach dem Auslaufen aus dem Hafen von Tromsö drängt das erstarrte Meer von allen Seiten an die *Tegetthoff* heran. Nirgendwo offenes Wasser. Die *Tegetthoff* ist kein Schiff mehr, eine Hütte, eingekeilt zwischen Schollen, eine Zuflucht, ein Gefängnis. Die Segel sinnlose Fetzen. Die Dampfmaschine Ballast. Das Steuerrad eine Lächerlichkeit. Eine Logbucheintragung von Eismeister Carlsens Hand überliefert die Koordinaten der Einschließung: Es geschah auf 76°22' nördlicher Breite und 62°3' östlicher Länge. Der Schnee, der fiel, war feinkörnig und hart.

So treiben sie von nun an dahin auf ihrer Scholle, einer Eisinsel, die kleiner wird und wieder wächst und deren hölzernes Herz ihr Schiff ist; driften in eine blendende Leere, dann in die Dämmerung der polaren Nacht, in die Finsternis, nord, nordost, nordwest und wieder nord – ausgeliefert gänzlich unbekannten Meeresströmungen und der Tortur des Eises. Sie fahren auf nichts mehr zu. Alles drängt sich heran, kommt ihnen entgegen: zwei Jahre, in denen mehr als acht Monate die Sonne nicht aufgeht; die Verlassenheit und die Angst; eine Kälte, in der wärmende Wolldecken an armdick vereisten Kajütenwänden festfrieren; die Atemnot der Lungenkrankheiten; Erfrierungen an allen Gliedmaßen, deren tödliche Folgen Schiffsarzt Kepes nur durch die Qual einer Amputation abwenden kann; skorbutische Wucherungen des Zahnfleisches, die sie sich gegenseitig mit Scheren abschneiden und die zurückbleibenden Wunden mit Salzsäure verätzen; Wahnvorstellungen schließlich und Verzweiflung.

Am entsetzlichsten aber wird ihnen das *Wuthgeheul der Eisschollen* erscheinen, die sich im Verlauf der ersten Überwinterung immer wieder kreischend ineinander verkeilen, sich übereinanderschiebend auftürmen werden und die *Tegetthoff* zu zermalmen drohen. Während dieser *Eispressungen* wird die Mannschaft zwischen Notsäcken unter Deck hocken und auf den Warnschrei der Wache oben warten – *Macht fort! Macht fort! Eures Lebens Ziel ist da!* – und dann einmal mehr über Bord, hinaus in die Dunkelheit, auf das Eis, aus dessen klaffenden Rissen das Wasser tosend und schwarz hervorkocht. Und dann wird es wieder ruhig sein und kein Wasser mehr. Ein Spuk.

Aber was sind schließlich alle Entbehrungen und Qualen gegen die Unsterblichkeit eines Entdeckers oder – im Sinne der Mannschaft gesprochen – gegen die beständig anwachsenden Prämien und Heuergelder? Und was die Finsternis der Polarnacht gegen die Lichtwunder des arktischen Himmels? Gegen die Mitternachtssonne, die durch die Brechung ihrer Strahlen fünf- und sechsmal vervielfältigt in den Dunstschleiern erscheint? Gegen die zarten Luftspiegelungen, die schimmernde, ungeheuerliche Größe des Mondhofs und den wallenden Glanz des Nordlichtes, bei dessen erstmaligem Erscheinen der Matrose Lorenzo Marola auf die Knie sinkt und laut zu beten beginnt?

Bei allen Bestätigungen, die nun Weyprechts Rede vor dem Hafenamt in Fiume, jene adriatische Beschwörung der Schrecken des Eises und der Finsternis, im Verlauf der Schollendrift auch erfahren wird – die Kraft der südländischen Matrosen scheint allem gewachsen. Weyprecht empfindet Genugtuung darüber, gegen die Vorhaltungen und Zweifel aus den Reihen der k. u. k. Marine recht behalten zu haben. Nur keine Südländer!, hatte man ihm gesagt, Norweger, Dänen oder Russen habe er für eine arktische Expedition anzuheuern. Aber es sind Italiener und Dalmatiner, die auch in der Dunkelheit der Winternacht, wenn es ruhig ist und windstill, auf das Eis hinaussteigen werden und dort im Schein der Fackeln *Bocce* spielen. Er habe, wird Weyprecht später an eine Freundin schreiben, seine über alles geachteten Südländer mitgenommen, weil sie über *das Kostbarste* verfügten, worüber Menschen inmitten der Drohungen des höchsten Nordens überhaupt verfügen können – über die Heiterkeit. Dies der Welt mitzuteilen, wird Weyprecht seinen Brief schließen, sei ihm stets ein größeres Anliegen gewesen als die Nachricht von der Entdeckung des *Franz-Joseph-Landes.*

Sie treiben dahin. Es sei für alles gesorgt, man habe mit der Einschließung gerechnet, versichern die Kommandanten der Mannschaft, die *Tegetthoff* sei ein sicheres Schiff und wie kein anderes gebaut für dieses Meer, und im nächsten Frühjahr werde sich auch die Eisklammer lösen, man werde weitersegeln, in einem fremden, offenen Wasser immer weiter, bis zur Beringstraße vielleicht und darüber hinaus. Wie sicher die Kommandanten sind.

Unerschütterlich Weyprecht. Und Payer beruft sich auf ihn. Und wenn *alles* dagegen spricht, daß sie von dorther, wohin sie jetzt driften, jemals zurückkehren werden, sagt Weyprecht immer noch: *Wir werden zurückkehren. Ich weiß es.* Noch will niemand daran zweifeln. Einer wie Eismeister Carlsen müßte auch eine andere Wahrheit kennen. Aber er schweigt.

MAX FRISCH
PING-PONG-PING-PONG

Es war kurz nach der Ausfahrt, als ich das Mädchen mit dem blonden Rossschwanz zum ersten Mal erblickte, man mußte sich im Speisesaal versammeln, um anzustehen wegen Tischkarten. Es war mir eigentlich unwichtig, wer an meinem Tisch sitzt, immerhin hoffte ich auf Männertisch, gleichviel welcher Sprache. Aber von Wählen keine Spur! Der Steward hatte einen Plan vor sich, ein französischer Bürokrat, ungnädig, wenn ein Mensch nicht Französisch versteht, dann wieder geschwätzig, wenn es ihm so paßte, charmant ohne Ende, während wir warteten, eine ganze Schlange von Passagieren – vor mir: ein junges Mädchen in schwarzer Cowboy-Hose, kaum kleiner als ich, Engländerin oder Skandinavierin, ich konnte ihr Gesicht nicht sehen, nur ihren blonden oder rötlichen Roßschwanz, der bei jeder Bewegung ihres Kopfes baumelte. Natürlich blickte man sich um, ob man jemand kennt; es hätte ja sein können. Ich hoffte wirklich auf Männertisch. Das Mädchen bemerkte ich bloß, weil ihr Roßschwanz vor meinem Gesicht baumelte, mindestens eine halbe Stunde lang. Ihr Gesicht, wie gesagt, sah ich nicht. Ich versuchte, das Gesicht zu erraten. Zum Zeitvertreib; wie man sich zum Zeitvertreib an ein Kreuzworträtsel macht. Übrigens gab es fast keine jungen Leute. Sie trug einen schwarzen Pullover mit Rollkragen, existentialistisch, dazu Halskette aus gewöhnlichem Holz, Espadrilles, alles ziemlich billig. Sie rauchte, ein dickes Buch unter dem Arm, und in der hinteren Tasche ihrer Cowboy-Hose steckte ein grüner Kamm. Ich war einfach durch diese Warterei gezwungen, sie zu betrachten; sie mußte sehr jung sein: ihr Flaum auf dem Hals, ihre Bewegungen, ihre kleinen Ohren, die erröteten, als der Steward einen Spaß machte – sie zuckte nur die Achsel; ob erster oder zweiter Service, war ihr gleichgültig.
Sie kam in den ersten; ich in den zweiten. Unterdessen war die letzte amerikanische Küste, Long Island, auch verschwunden, ringsum nichts als Wasser; ich brachte meine Kamera in die Kabine hinunter, wo ich zum ersten Mal meinen Mitschläfer sah, einen jungen und baumstarken Mann, Lajser Lewin, Landwirt aus Israel. Ich ließ ihm das untere Bett. Er hatte, als ich in die

Kabine trat, auf dem oberen gesessen, gemäß Ticket; aber es war uns beiden wohler, glaube ich, als er auf dem unteren Bett saß, um seine Siebensachen auszupacken. Eine Lawine von Mensch! Ich rasierte mich, da ich in der Morgenhetze nicht dazu gekommen war. Ich steckte meinen Apparat an, denselben wie gestern, und er ging. Herr Lewin hatte die kalifornische Landwirtschaft studiert. Ich rasierte mich, ohne viel zu reden.

Später wieder auf Deck –

Es gab nichts zu sehen. Wasser ringsum, ich stand und genoß es, unerreichbar zu sein – statt daß ich mich um einen Decksessel kümmerte.

Ich wußte das alles noch nicht.

Möven folgten dem Schiff –

Wie man eine Woche auf einem solchen Schiff verbringt, konnte ich mir nicht vorstellen, ich ging hin und her, Hände in den Hosentaschen, einmal geschoben vom Wind, geradezu schwebend, dann wieder gegen den Wind, dann mühsam, so daß man sich nach vorne lehnen mußte mit flatternden Hosen, ich wunderte mich, woher die anderen Passagiere ihre Sessel hatten. Jeder Sessel mit Namen versehen. Als ich den Steward fragte, gab es keine Decksessel mehr. Sabeth spielte Pingpong.

Sie spielte famos, ticktack, ticktack, das ging nur so hin und her, eine Freude zum Zuschauen. Ich selbst hatte seit Jahren nicht mehr gespielt.

Sie erkannte mich nicht.

Ich hatte genickt –

Sie spielte mit einem jungen Herrn. Möglicherweise ihr Freund oder Verlobter. Sie hatte sich umgekleidet und trug jetzt einen olivgrünen Manchesterrock, glockig, was ihr besser stand als die Bubenhosen, fand ich – vorausgesetzt, daß es wirklich dieselbe Person war!

Jedenfalls war die andere nirgends zu finden.

In der Bar, die ich zufällig entdeckte, war kein Knochen. In der Bibliothek gab es bloß Romane, anderswo Tische für Kartenspiele, was auch nach Langeweile aussah – draußen war's windig, jedoch weniger langweilig, da man ja fuhr.

Eigentlich bewegte sich nur die Sonne –

Gelegentlich ein Frachter am Horizont.

Um vier Uhr gab's Tee.

Ab und zu blieb ich wieder beim Pingpong stehen, jedesmal überrascht, wenn ich sie von vorne sah, gezwungen mich zu fragen, ob es wirklich dieselbe Person war, deren Gesicht ich zu erraten versucht hatte, während wir auf unsere Tischkarten hatten warten müssen. Ich stand bei dem großen Fenster des Promenadendecks, rauchte und tat, als blickte ich aufs Meer hinaus. Von hinten gesehen, vom rötlichen Roßschwanz her, war sie's durchaus, aber von vorne blieb sie merkwürdig. Ihre Augen wassergrau, wie oft bei Rothaarigen. Sie zog ihre Wolljacke aus, weil sie das Spiel verloren hatte, und krempelte ihre Bluse herauf. Einmal überrannte sie mich fast, um den Ball zu fangen. Ohne ein Wort der Entschuldigung. Das Mädchen sah mich gar nicht.

Gelegentlich ging ich weiter –

Auf Deck wurde es kalt, sogar naß, weil Gischt, und der Steward klappte die Sessel zusammen. Man hörte die Wellen viel lauter als zuvor, dazu Pingpong aus dem unteren Stock, ticktack, ticktack. Dann Sonnenuntergang. Ich schlotterte. Als ich in die Kabine hinunterging, um meinen Mantel zu holen, mußte ich nochmals durch das Promenadendeck – ich hob ihr einen Ball auf, ohne mich aufzudrängen, glaube ich, sie dankte kurz und englisch (sonst sprach sie deutsch), und bald darauf gongte es zum Ersten Service.

Der erste Nachmittag war überstanden.

Als ich mit Mantel und Kamera zurückkehrte, um den Sonnenuntergang zu filmen, lagen die beiden Pingpong-Schläger auf dem grünen Tisch –

JULES VERNE
ÜBER DAS LIDENBROCK-MEER

Am 13. August erwachten wir in aller Frühe. Unser neues Fortbewegungsmittel, das schnell und Kräfte schonend zu sein versprach, sollte eingeweiht werden.

Ein aus zwei Stämmen zusammengefügter Mast, eine aus einem dritten Stamm gefertigte Rahe und ein Segel, das aus unseren Decken gemacht war, bildeten das Takelwerk des Floßes. Wir verfügten über ausreichend Taue und das Ganze war durchaus stabil.

Um sechs Uhr gab der Professor das Signal zum Einschiffen. Lebensmittel, Gepäck, Instrumente, Waffen und eine beträchtliche Menge Süßwasser, das wir aus den Felslachen geschöpft hatten, waren bereits verstaut.

Hans hatte ein Steuerruder angebracht, das ihm erlaubte, den Schwimmapparat zu lenken. Er setzte sich an die Ruderpinne. Ich löste das Tau, das uns am Ufer hielt. Das Segel wurde gesetzt und schnell legten wir ab.

Noch während wir den kleinen Hafen verließen, wollte ihm mein Onkel, der viel Wert auf geographische Nomenklatur legte, einen Namen geben, und unter mehreren Möglichkeiten erwog er auch meinen.

»Du liebe Güte«, sagte ich, »da habe ich Ihnen einen anderen anzubieten.«

»Und welchen?«

»Den von Graüben. Graüben-Hafen, das würde sich auf der Karte sehr gut machen.«

»Meinetwegen Graüben-Hafen.«

Und so wurde die Erinnerung an meine liebe Vierländerin mit unserer abenteuerlichen Expedition verknüpft.

Die Brise wehte aus Nordost. Den Wind voll im Segel, kamen wir mit großer Geschwindigkeit voran. Die sehr dichten Luftschichten entwickelten eine beträchtliche Schubkraft und wirkten auf das Segel wie ein kräftiger Ventilator.

Nach einer Stunde gelang es meinem Onkel, unsere Geschwindigkeit ziemlich genau zu errechnen.

»Wenn die Fahrt weiter so vorangeht«, sagte er, »werden wir in vierundzwanzig Stunden mindestens dreißig Wegstunden zurücklegen und bald schon in Sichtweite des gegenüberliegenden Ufers gelangen.«

Ich gab keine Antwort und setzte mich vorne am Floß nieder. Schon senkte sich das nördliche Ufer am Horizont. Wie zwei Arme öffnete sich weit die seitliche Küste, als wollte sie unsere Abreise beschleunigen. Vor meinen Augen erstreckte sich ein endloses Meer. Auf seiner Oberfläche führten große Wolken hastig ihre grauen Schatten spazieren, die schwer auf diesem trüben Wasser zu lasten schienen. Die silbernen Strahlen des elektrischen Lichts, die hier und da von kleinen Tropfen reflektiert wurden, ließen leuchtende Punkte am Kielwasser unseres Gefährts aufglitzern. Schon bald war das Land ganz außer Sicht, jeder Orientierungspunkt verschwand und ohne das schäumende Kielwasser hätte man glauben können, dass das Floß in völliger Bewegungslosigkeit verharrte.

Gegen Mittag wogten gigantische Algen an der Wasseroberfläche. Mir war die ungeheure vegetative Kraft dieser Pflanzen bekannt, die sich in einer Tiefe von mehr als zwölftausend Fuß am Meeresgrund verzweigen, noch unter einem Druck von vierhundert Atmosphären vermehren und oftmals so große Bänke bilden, dass sie die Fahrt der Schiffe behindern; niemals aber, glaube ich, gab es gewaltigere Algen als die des Lidenbrock-Meeres.

Unser Floß schwamm an Pflanzen vorbei, die drei- bis viertausend Fuß messen mochten, Riesenschlangen, die sich über unser Blickfeld hinaus erstreckten; ich machte mir einen Spaß daraus, mit den Augen ihren endlosen Bändern zu folgen, immer im Glauben, ihr Ende entdeckt zu haben, und über Stunden hinweg wurde meine Geduld, wenn auch nicht mein Staunen auf eine harte Probe gestellt. Welche Naturkraft vermochte derartige Pflanzen hervorzubringen und wie muss die Erde in den ersten Zeitaltern ihres Entstehens wohl ausgesehen haben, als unter dem Einfluss von Wärme und Feuchtigkeit einzig das Pflanzenreich auf ihrer Oberfläche herrschte!

Es wurde Abend, und wie ich bereits am Vortag bemerkt hatte, nahm die Leuchtkraft der Luft in keiner Weise ab. Hier handelte es sich um ein Phänomen, auf dessen Beständigkeit man sich verlassen konnte.

Nach dem Abendessen streckte ich mich am Fuß des Mastes aus und fiel bald in Schlaf und sorglose Träume. Hans stand reglos am Ruder und ließ das Floß treiben, das mit vollem Wind im Segel auch nicht weiter gelenkt werden musste.

Seit unserer Abfahrt aus Graüben-Hafen hatte mich Professor Lidenbrock damit beauftragt, das ›Logbuch‹ zu führen, die geringsten Beobachtungen zu notieren, die interessanten Erscheinungen festzuhalten, die Windrichtung, unsere Geschwindigkeit, den zurückgelegten Weg, kurz alle Vorfälle unserer seltsamen Seefahrt.

DANIEL DEFOE
AUCH DAS GLÜCK SCHMERZT

Meine Bestürzung, als ich ins Wasser fiel, läßt sich überhaupt nicht beschreiben. Ich war wohl ein guter Schwimmer, aber in diesem Wasserschwall war ich machtlos, und ehe ich noch Luft holen konnte, hatte mich eine Woge auch schon ein gutes Stück dem Strande zu gerissen oder eigentlich getragen. Als sie sich dann überschlagen hatte und zurückrollte, ließ sie mich, halbtot von dem vielen geschluckten Wasser, auf dem Strand zurück. Obwohl fast atemlos, besaß ich doch noch soviel Geistesgegenwart, mich sofort aufzurichten, sobald ich gemerkt hatte, daß ich dem festen Land näher war, als ich zunächst vermutete. Aus Leibeskräften lief ich dem Ufer zu, bevor mich eine neu anrollende Welle wieder zurückträge. Aber das erschien unmöglich, schon sah ich die See hinter mir herstürzen wie einen gewaltigen Berg, wie einen bösen Feind, den abzuwehren ich zu schwach war. Alles was ich tun konnte war, die Luft anzuhalten, möglichst über Wasser zu bleiben und so, auf meinen Atem achtend, dem Strand zuzuschwimmen. Am meisten fürchtete ich, von den zurückflutenden Wogen wieder ins Meer hinausgetragen zu werden, nachdem mich die Brandung dem Strand bereits näher gebracht hatte.

Die jetzt heranstürzende Welle begrub mich sofort zwanzig bis dreißig Fuß tief in ihrem Wasserschwall; dabei hatte ich die Empfindung, mit unheimlicher Gewalt und Geschwindigkeit ein weites Stück dem Strand zu gerissen zu werden. Ich hielt den Atem an und schwamm mit ihr aus Leibeskräften mit. Schon meinte ich, die angehaltene Luft müsse mir die Brust zersprengen, da fühlte ich mich zu meinem Glück hochkommen, Kopf und Hände tauchten aus dem Wasser auf, wenn auch nur für zwei Sekunden, aber das ließ mich wieder Luft holen und gab mir neuen Mut. Abermals geriet ich eine ganze Weile unter Wasser, doch nicht so lange, um es nicht aushalten zu können; als ich fühlte, daß sich die Welle erschöpft hatte und wieder zurückrollen würde, arbeitete ich mich gegen sie vorwärts und hatte bald Grund unter den Füßen. Einige Augenblicke stand ich still, um Atem zu schöpfen und das Wasser von mir ablaufen zu lassen, dann rannte ich aus Leibeskräften den Strand hinauf. Aber auch diesmal entkam ich nicht den wütenden Wogen, die aufs neue über mich hinstürzten. Zweimal noch wurde ich von den Wellen mitgerissen und wie vorher weit nach vorne getragen, weil der Strand sehr flach war.

Das letzte Mal aber wäre es mir beinahe schlimm ergangen: Die Brandung schleuderte mich vorwärts und warf mich mit solcher Gewalt gegen eine Felsenklippe, daß ich die Besinnung verlor und hilflos liegenblieb. Der Stoß traf mich an Seite und Brust und raubte mir den Atem. Wäre jetzt gleich eine neue Welle gekommen, ich wäre unfehlbar ertrunken. Aber ich kam kurz vor dem nächsten Brecher wieder zu mir, und als ich merkte, daß die Wellen erneut über mich stürzen würden, klammerte ich mich in raschem Entschluß fest an die Klippe an und hielt den Atem so lange, bis das Wasser wieder zurückgeflutet war. Da die Wogen wegen der Nähe des Landes hier nicht mehr so hoch gingen wie vorher, gelang es mir, mich festzuhalten, bis ihre Gewalt nachließ. Dann rannte ich den Strand weiter hinauf, und wenn auch die nächste Welle noch über mich wegging, so konnte sie mich doch nicht mehr fortspülen. Mit dem nächsten Sprung hatte ich bereits festes Land erreicht. Glücklich kletterte ich das Ufer hinauf und setzte mich ins Gras, nun war ich außer Gefahr, war aus dem Bereich der Brandung.

Jetzt war ich an Land und saß wohlbehalten an der Küste; ich hob meine Augen zum Himmel und dankte Gott für meine Rettung aus einer Lage, die einige Minuten vorher ganz aussichtslos zu sein schien. Es ist wohl unmöglich, die Entzückung und die Wonnegefühle auszudrücken, die ein Mensch empfindet, wenn er wie aus dem Grabe heraus dem Leben wiedergeschenkt wird. Ich begreife jetzt die Sitte, einem Übeltäter, der schon der Strick um den Hals hat, um gleich gehängt zu werden, dann aber seine Begnadigung erhält – ich wundere mich also nicht mehr, daß man ihm gleichzeitig auch den Arzt mitschickt, um ihn zur Ader zu lassen; denn die freudige Überraschung könnte ihn überwältigen und ihm das Herz abdrücken.

»Denn Glück wie Schmerz erschüttert, kommt es jäh.«

Ich ging am Strand auf und ab, reckte die Arme hoch, mein ganzes Sein war verklärt von dem Gefühl meiner Errettung.

Zur gleichen Zeit plante auch Vihlen eine neue Reise. 61 Jahre alt und im Ruhestand, blätterte er für ein winziges Boot 60.000 Dollar aus eigener Tasche hin. Er wollte seinen persönlichen Rekord unterbieten und für alle Zeiten sichern. »Meine Atlantiküberquerungen hatten wenig mit einem Wunsch nach einem neuen Segelrekord zu tun. Es ging immer nur um den Traum eines Weltrekords.« Es ist völlig unerklärlich, wie ihm hatte entgehen können, dass er seinen Rekord schon 1983 an Eric Peters verloren hatte. Eric Peters, über den sonst nichts bekannt ist, hatte Vihlen mit einem Boot geschlagen, das etwa einen Zentimeter kürzer war als die *April Fool*.

Vihlens Neue maß 1,67 Meter und war knallrot, damit andere Schiffe leichter auf sie aufmerksam wurden. Der Gedanke hat etwas Rührendes, denn das Plastikschüsselchen war so klein, dass es von keinem Radar erfasst werden konnte. Vihlen nannte sie *Father's Day*, weil man »am Vatertag machen darf, was man will, da macht man sein eigenes Ding. Das war mein Ding, und an Bord von ›*Father's Day*‹ konnte ich es tun.«

Was immer er dort zu tun gedachte, es würde klein ausfallen müssen. Seine »Kajüte« war 1,50 Meter lang und 80 Zentimeter breit, an der höchsten Stelle maß sie 70 Zentimeter – dorthinein musste nicht nur Vihlen mit seinen 1,74 Metern und 80 Kilo passen, sondern auch alles, was er und das Boot brauchten. Wie er das schaffte, bleibt nicht nur all jenen ein Rätsel, die für eine dreitägige Städtetour zwei Koffer packen. Obendrein besaß er mehr Ausrüstung als 1968. Damals hatte er einen Sextanten zum Navigieren und ein Funkgerät, *Father's Day* verfügte nicht nur über GPS und einen Notrufsender, sondern auch über einen UKW-Sender und ein Amateurfunkgerät. Es waren sogar Solarpaneele für die Wasserentsalzung installiert. Die hätte er sich übrigens sparen können, die Sonne schien zu selten.

Dieses Mal wählte er nämlich die Nordatlantikroute in West-Ost-Richtung. Sie ist viel kürzer als die Südatlantikroute von den Kanarischen Inseln in die Karibik, aber sie ist auch kälter, stürmischer, unberechenbarer, kurz: härter. Der Nordatlantik schenkt keinem etwas. Bei dieser Entscheidung fragt man sich, ob Vihlen lieber ein toter Held als ein lebender Feigling sein wollte, lieber beweint als ausgelacht.

Die Beamten der US-Küstenwache verboten ihm kategorisch, mit diesem Scherzartikel auszulaufen, der für eine Transatlantikfahrt »ganz offenkundig nicht sicher genug« war. Er versuchte mehrfach, heimlich auszulaufen, sie holten ihn jedes Mal zurück. Also fuhr er ins kanadische St. John's. Die dortige Küstenwache war verständnisvoller, vielleicht auch nur weniger aufmerksam.

T. C. BOYLE
KILLERWALJAGD

Sie gingen hinunter zur Bucht und breiteten auf dem Sand eine Decke aus. Sie hatte aus einem selbstgebackenen Baguette – oder vielmehr dem besten Ersatz dafür, den sie zustande brachte – Sandwiches mit Erdnussbutter und Marmelade gemacht, ein paar Haferplätzchen in eine Zeitung gewickelt und den größten Teil eines Krugs Eistee (oder vielmehr kalten Tee, da sie kein Eis hatten und auch nicht die Mittel, es herzustellen) in eine Thermosflasche gegossen, und nun setzten sie sich auf die Decke, lasen in ihren Büchern, aßen und sahen aufs Meer. Es war ein schöner Tag, und die Sonne stand hoch am Himmel – von Anfang September bis Ende Oktober war das Wetter hier draußen am besten, hatte Herbie ihr versichert, und er hatte es von Jimmie –, aber ohne Schutz vor dem Wind war es frisch, und sie war froh, dass sie einen Pullover mitgenommen hatte. Sie dachte gerade an das Abendessen, an den gemächlichen Spaziergang den Hügel hinauf, in Salbeibutter gebratene Lammkoteletts, dazu noch mehr Baguette, und dann, am Abend, würden sie auf der Veranda sitzen, wo sie den sich verfärbenden Himmel betrachten könnten, bis es dunkel war und sie sich drinnen an den Ofen setzen und leise über das Baby und ihre Pläne sprechen würden – und über Namen, ja, auch über Namen –, als Herbie plötzlich einen Schrei ausstieß und aufsprang, als hätte ihn etwas gestochen. »Siehst du das?« rief er und zeigte aufs Meer.

Sie erhob sich mühsam. Sie hatte zugenommen, und das zusätzliche Gewicht machte sie unbeholfen. »Was?« fragte sie, beschattete mit der Hand die Augen und folgte seinem Blick über das gleißende Wasser. »Was ist denn da?«

»Da! Siehst du's nicht?«

Dort draußen war etwas, etwas Glattes, Gleitendes, das sich rollend und schwarz schimmernd über die Wasseroberfläche erhob. Es glänzte wie ein schwarzes Öltuch, das durchs Wasser gezogen wurde.

»Was ist das? Eine Schildkröte?«

»Ein Orca, ein Killerwal. Der, von dem ich dir erzählt habe, der den Robben nachgestellt hat, der sie gefressen hat, meine ich. Ein Biss, und das ganze Wasser ist rot, und die Robbe sieht aus wie ein Knochen im Maul eines Hundes. Aber ist bei dir alles in Ordnung? Ich meine, kannst du hierbleiben, während ich zum Haus laufe und das Gewehr hole?«

»Gewehr? Was für ein Gewehr?«

»Das Harpunengewehr natürlich.«

Dies war ein neues Gewehr, der Sammlung erst kürzlich hinzugefügt dank der Großzügigkeit von Hugh Rockwell, der es als eine Art Trostpreis durch die *Hermes* hatte überbringen lassen, nachdem er den Kredit, mit dem Herbie seinem Freund Bob den Pachtvertrag hatte abkaufen wollen, ständig verzögert hatte. Es war Herbies neuester Schatz, ein Ding aus schimmerndem Messing, das, hätte nicht ein mit Widerhaken versehener Speer im Lauf gesteckt, ebensogut ein Musikinstrument hätte sein können.

»Du willst das Tier doch wohl nicht schießen, oder?« Sie sah zu der Stelle, wo ihr einziges Boot – ein Ruderboot – lag, und zu dem Schuppen, den Brooks gebaut hatte, um die Wollsäcke bis zur Verschiffung zu lagern.

»Natürlich will ich das«, sagte er und setzte sich bereits in Bewegung.

»Aber warum?«

Seine Schultern zuckten, seine Füße konnten nicht stillstehen – er war furchtbar aufgeregt. »Wir können doch nicht zulassen, dass dieses Biest unsere Robben umbringt.«

»Warum nicht? Es gibt Tausende davon – und wir haben doch sowieso nichts mit ihnen zu tun. Du hast doch nicht etwa vor, Robbenjäger zu werden?«

Ihr Versuch, das Ganze ins Witzige zu ziehen, schlug fehl: Er hörte nicht mal zu.

»Es ist ein Killerwal«, sagte et. »Und ich habe noch nie –« Er sprach den Satz nicht zu Ende, drehte sich um und rannte über den Strand zum Weg, und dort wurde er nicht langsamer, sondern beugte sich vor und rannte, als wäre dies ein 100-Meter-Lauf – nur dass es eher ein Zweieinhalb-Kilometer-Lauf war. Und zwar bergauf. Sie rief mit hoher, dünner Stimme seinen Namen, doch es war zwecklos: Er war bereits fort.

Sie wusste nicht, ob sie bleiben oder ihm folgen sollte, entschloss sich dann aber zu bleiben, in der Hoffnung, ihn abzufangen, wenn er zurückkehrte, und ihm die Sache auszureden, und eine halbe Stunde später war er wieder da und rannte über den Strand. Er hatte das Harpunengewehr über die Schulter gehängt, und seine gelbe Öljacke flatterte im Wind. Sie saß auf der zusammengefalteten Decke im Windschatten eines Felsens und beobachtete den Weg; die Reste vom Picknick hatte sie wieder in den Korb gepackt. Sobald sie ihn sah, sprang sie auf und winkte, doch er rannte einfach an ihr vorbei, als wäre sie gar nicht vorhanden. Als sie das Boot erreichte, hatte er es bereits an der Fangleine zum Wasser gezerrt und schob es, bis zur Taille durchnässt, in die schäumende Brandung. Er schwang sich über das Heck an Bord und packte, während eine Welle das Boot erfasste, die Ruder. Die Ruderblätter tauchten ein, und er manövrierte das Boot durch die nächste Welle. Der Wind wehte Sand in Elises Gesicht – sie musste den Kopf abwenden und mit der Hand die Augen schützen. Als sie den

Blick hob, war er schon hundert Meter vom Strand entfernt, umgeben von weißen Schaumkronen. Der Wind peitschte sein Haar.

Lange beobachtete sie ihn, ging den Strand und schließlich ein Stück den Weg hinauf, um ihn sehen zu können. Im blendenden Schimmer des Meers war das Boot kaum zu erkennen. Bald war es nur noch ein Pünktchen, weit jenseits von Can Rock, Middle Rock und der gewaltigen bleichen, keilförmig aufragenden Prince Island, die so dick mit Guano überzogen war, dass man, wüsste man es nicht besser, meinen könnte, dort liege Schnee. Sie fror. Sie fand ein windgeschütztes Fleckchen, hüllte sich in die Decke, säuberte ein Stück Erde und setzte sich, an einen Felsen gelehnt, hin. Sie fragte sich, ob sie zum Haus gehen und ihren Mantel und das Fernglas holen sollte. Das Fernglas wäre sicher nützlich, denn Herbie war jetzt so weit draußen, dass sie ihn kaum noch sehen konnte, und sofern der Killerwal überhaupt noch da war – und sie hoffte inständig, dass er nicht mehr da war –, hatte er sich unsichtbar gemacht.

Natürlich war ein Killerwal gar kein Wal, sondern ein Delphin, ein mit großen Zähnen versehener Delphin, zehn Meter lang und fünf Tonnen schwer, ein Tier, das andere Wale jagte, sogar Blauwale, die größten Tiere der Welt. An dem Abend, an dem Herbie ihr erzählt hatte, er habe in der Bucht einen Orca gesehen, hatte sie in der Enzyklopädie nachgeschlagen, und dort hatte gestanden, dass Orcas sich in die Lippen und die Zunge ihrer Opfer verbissen und sie herausrissen – und die Zunge eines Wals war größer als ihr Mann und das Ruderboot zusammen. Sie waren reißende Bestien. Gnadenlose Killer.

Plötzlich war sie wütend. Was fiel ihm eigentlich ein? War er verrückt geworden? Selbst wenn es ihm gelang, das Tier zu erlegen – er glaubte doch wohl nicht, er könnte es an Land bringen, oder? Ein Mann in einem Ruderboot, in so aufgewühlter See? Er war impulsiv, er handelte unverantwortlich. Vor einer Stunde noch hatten sie auf einer Decke am Strand gesessen und die großartigste Neuigkeit in ihrem neuen Leben – in Elises Leben jedenfalls – gefeiert, und jetzt war er dort draußen und riskierte Kopf und Kragen, ohne auch nur eine Sekunde an sie und das Baby zu denken. Der Wind heulte. Sie legte die Arme über die Brust, zog die Decke fest um sich und starrte auf das Meer, wo das Pünktchen inzwischen verschwunden war. Empörung überkam sie. Die Kälte machte sie wütend. Was sollte ohne ihn aus ihr werden? Wie würde ihr Leben dann aussehen, das Leben, das erst begonnen hatte, als sie in der engen, von Menschen wimmelnden Stadt die Tür ihrer Wohnung geöffnet und ihn gesehen hatte: grinsend, mit Stehkragen, Fliege und frischgewachstem Schnurrbart? *Bonjour, Madame. Oder sollte ich sagen: Mademoiselle? Enchanté.* Wenn man sich hier draußen verletzte, war man für immer versehrt.

Aber das war nichts, über das sie nachdenken wollte; es war ein Alptraum, ein *cauchemar*. Wütend kehrte sie dem Meer und ihrem Mann den Rücken und machte sich auf den langen Weg hinauf zum Haus.

ARUNDHATI ROY
ZWEI GLÜCKLICHE HERZEN

Sie sahen mit den Augen eines alten Bootes über den Fluß. Von der Stelle, an der sie standen, konnten sie das Haus der Geschichte nicht sehen. Es war nur eine Finsternis jenseits des Sumpfes, im Herzen der aufgegebenen Kautschukplantage, von woher das Zirpen der Grillen drang.

Estha und Rahel hoben das kleine Boot hoch und trugen es zum Wasser. Es schien überrascht, wie ein ergrauter Fisch, der aus der Tiefe an die Oberfläche geschwommen war. Weil er dringend Sonnenlicht brauchte. Es mußte vielleicht geschuppt und geputzt werden, mehr nicht.

Zwei glückliche Herzen schwebten wie bunte Drachen in dem himmelblauen Himmel empor. Aber dann, mit einem leisen grünen Flüstern, blubberte der Fluß (mit den Fischen darin, mit dem Himmel und den Bäumen darin) hinein.

Langsam sank das alte Boot und machte es sich schließlich auf der sechsten Stufe bequem.

Und zwei zweieiige Zwillingsherzen sanken und machten es sich auf der Stufe darüber bequem.

Die in der Tiefe schwimmenden Fische hielten sich die Flossen vor den Mund und lachten verstohlen angesichts dieses Spektakels.

HOMER
SANFTER SCHLAF

Eilend ging nun der Held Odysseus über die Schwelle.
Und die heilige Macht Alkinoos' sandte den Herold,
Ihn zu dem rüstigen Schiff ans Meergestade zu führen.
Auch die Königin ließ ihn von drei Jungfrauen begleiten:
Eine trug ihm den schöngewaschenen Mantel und Leibrock,
Diese sandte sie mit, die zierliche Lade zu bringen,
Jene folgte dem Zuge mit Speis und rötlichem Weine.

Als sie jetzo das Schiff und des Meeres Ufer erreichten,
Nahmen eilig von ihnen die edlen Geleiter Odysseus'
Alles, auch Speis und Trank, und legten es nieder im Schiffe;
Betteten jetzt für Odysseus ein Polster und leinenen Teppich
Auf dem Hinterverdeck des hohlen Schiffes, damit er
Ruhig schliefe. Dann stieg er hinein und legte sich schweigend
Auf sein Lager. Nun setzten sich alle hin auf die Bänke,
Nach der Ordnung, und lösten das Seil vom durchlöcherten Steine,
Beugten sich vor und zurück und schlugen das Meer mit dem Ruder.
Und ein sanfter Schlaf bedeckte die Augen Odysseus',
Unerwecklich und süß, und fast dem Tode zu gleichen.

Wie wenn auf ebener Bahn vier gleichgespannete Hengste
Alle zugleich hinstürzen, umschwirrt von der treibenden Geißel,
Hoch sich erhebend und hurtig zum Ziele des Laufes gelangen:
Also erhob sich das Steuer des Schiffs, und es rollte von hinten
Dunkel und groß die Woge des lautaufrauschenden Meeres.
Schnell und sicheren Laufes enteilten sie, selber kein Habicht
Hätte sie eingeholt, der geschwindeste unter den Vögeln.
Also durcheilte der schneidende Kiel die Fluten des Meeres,
Heimwärts tragend den Mann, an Weisheit ähnlich den Göttern.
Ach! er hatte so viel unnennbare Leiden erduldet,
Da er die Schlachten der Männer und tobende Fluten durchkämpfte;
Und nun schlief er so ruhig und alle sein Leiden vergessend.

GESPRÄCH MIT REINHOLD MESSNER

DIE SCHÖNSTE REISE DER ERDE

Er zählt zu den großen Bergsteigern der Welt. Doch nur wenigen ist bekannt, dass der Mann, der in Südtirol eine ganze Reihe großartiger Bergmuseen aufgebaut hat, ein begeisterter Seefahrer ist. Vor allem die Antarktis fasziniert ihn.

Sie sind mit der HANSEATIC von Callao in Peru nach Belém in Brasilien gereist, eine Expedition in die Tropen Südamerikas. Wie haben Sie sich, als jemand, der sich vor allem mit der Kälte auskennt, auf dieses Klima vorbereitet? Und was können Sie von der Reise berichten?

Ich kann mich rasch an die unterschiedlichsten Konditionen anpassen. Zur Vorbereitung lese ich mich ein, folge Empfehlungen, aber schlussendlich bin ich nach Lima gereist wie jeder andere Gast auch und war neugierig auf etwas Neues. Nachdem ich Höhen und Gletscher im Inneren erlebt habe, nun endlich die Küste und der Panamakanal.

Warum Südamerika?

Dies ist eine besondere Reise, wie man sie so nur mit dem Schiff unternehmen kann. Es geht um die Nordspitze Südamerikas, das Schiff überquert zweimal den Äquator, passiert den Panamakanal. Wir sind in Regionen vorgedrungen, in die man nur mit dem Schiff kommt. Im Moche-Tal in Peru waren wir auf den Spuren einer alten mystischen Kultur unterwegs, und vom Schiff aus konnten wir den Schwärmen von Ibissen am Ufer bei der Suche nach Nahrung zusehen. Überhaupt war es für mich faszinierend, die Regenwälder von der Wasserseite aus zu beobachten.

Sie haben ein Museum zu den Bergvölkern dieser Erde gegründet. Wie sehr interessieren Sie sich auch für Menschen, die im Dschungel leben?
Indigene Völker faszinieren mich generell. Je ferner der Zivilisation, umso mehr fasziniert mich eine Kultur. Auch deswegen habe ich das Museum zu den Bergvölkern gegründet.

Warum haben Sie sich für eine Schiffsreise entschieden?
Für die Reise zu den Menschen wähle ich bewusst eine Form der Annäherung, die nicht aggressiv und abrupt ist. Mit dem Schiff nähert man sich eher sachte an, fast wie die Pioniere vor 500 Jahren. Klar, man hat heute viel mehr Komfort. Aber das Tempo entspricht eher meinem Tempo. Und das ist die Geschwindigkeit eines Fußgängers.

Sie haben an Bord auch Vorträge gehalten. Wovon haben Sie erzählt?
Vor allem von Emotionen! Auf dem Schiff bin ich der Barde, der viele Regionen gesehen hat, die man zum Teil heute so nicht mehr erreichen kann, und der über seine Erfahrungen in den Wildnissen der Welt berichtet: von der Antarktis, dem Himalaja und den Dolomiten.

Auf der Reise in die Antarktis habe ich zusätzlich recherchiert, in Elephant Island, wo der britische Polarforscher Frank Wild zu Anfang des letzten Jahrhunderts mit 21 Mann dem Tod getrotzt hat. Jetzt schreibe ich ein Buch darüber. Ein Abenteuer geistiger Natur, das mich die Reise intensiv nacherleben lässt.

Machen Sie eigentlich viele Fotos, wenn Sie unterwegs sind?
Wenn ich meine Vorträge halte, lasse ich Hintergrundbilder laufen, Fotos der Regionen, über die ich rede. Doch eigentlich sind meine Vorträge reine Textvorträge. Diese moderne Massenfotografiererei ist mir unangenehm. Ich werde ja auch ständig fotografiert. Wenn ich einen Vortrag halte, gehört das mit dazu. Aber auf der Straße oder im Hotel beim Frühstück …? Es gibt kaum eine Situation, in der nicht jemand auf mich zukommt und fragt, ob ich etwas gegen ein Foto hätte. Ich willige immer ein. Denn es kostet mehr Zeit, ein Nein zu erklären.

Der Panamakanal verbindet den Atlantik mit dem Pazifik:
Eine Tagespassage ist für Kreuzfahrer ein besonderes Erlebnis.

Sie haben schon so viel gesehen von der Welt, eigentlich könnten Sie zu Hause bleiben und Ihre Memoiren schreiben. Was zieht Sie weiter hinaus in die Welt?

Ich bin neugierig wie alle anderen Gäste. Aber meine Art zu reisen hat sich geändert. In meinen jungen Jahren war ich sehr gipfelorientiert, Everest, Süd- und Nordpol. Ich suchte die Extreme, die Herausforderungen. Im Alter reise ich anders, ich reise mehr für mich, mit Fokus auf das Geheimnisvolle, die Menschen und deren Kulturen. Ich habe großes Interesse daran, herauszulesen, wie sie ticken. Und sei es, dass ich ihnen einfach still gegenübersitze und sie nur beobachte.

Das klingt so, als würden Sie nur noch in gemäßigte Breiten fahren?

Mich fasziniert nach wie vor auch die unbemenschte Natur. Deswegen liebe ich die Antarktis. Es ist eine seit Jahrmillionen kaum veränderte Welt. Ja, natürlich gibt es die Effekte der globalen Erwärmung. Aber wenn man durch eine Pinguinkolonie geht, mit Zigtausenden von Tieren, die nicht wirklich flüchten, eher neugierig sind, dann erlebt man eine beeindruckende Natur. Wie sie war, bevor der Mensch kam. Der Kosmos ohne Menschen ist der schönste Kosmos. Diese Stille, die man da erleben kann – unfassbar.

An welche Antarktis-Reise erinnern Sie sich besonders?

1986 habe ich den Mont Vinson bestiegen – das ist der höchste Berg in der Antarktis. Drei Jahre später durchquerte ich mit Arved Fuchs den Kontinent über den Südpol in 92 Tagen. Das Leben am Rande der Antarktis fasziniert mich am meisten, denn im Inneren des Eiskontinents findet man kein einziges Tier.

Aber soll ich Ihnen was sagen? Die schönste Reise der Erde ist eine Schiffsreise in die Antarktis. *

Entdecker unter sich: Reinhold Messner im Gespräch mit Expeditionsgästen

DIE GESCHICHTE VON 1886 BIS 1914

AN DER SPITZE DER WELTSCHIFFFAHRT

Die Hapag und der Norddeutsche Lloyd arbeiteten Hand in Hand: Bei der Gründung des Norddeutschen Dampflinienverbands saßen die beiden Direktoren Ballin und Wiegand gemeinsam am Tisch (6. und 7. von rechts).

Hamburgs Prachtstraße an der Binnenalster trägt heute seinen Namen: Ballindamm. Wer aber war Albert Ballin? Der kosmopolitische Hanseat galt Anfang des 20. Jahrhunderts als der »Souverän der Seefahrt«: Er hatte nicht nur die Hapag in wenigen Jahren an die Weltspitze geführt, sondern auch als brillanter Diplomat und Vorsitzender großer Poolkonferenzen die internationale Schifffahrt entscheidend beeinflusst. Auch die moderne Kreuzfahrt hat Ballin erfunden und die Hapag damit von einer reinen Reederei zum großen Tourismusanbieter weiterentwickelt. Auf dem Höhepunkt seiner Karriere wurde der zierliche, temperamentvolle Hamburger, »zweifellos eine geniale Persönlichkeit«, wie selbst seine schärfsten Gegner einräumten, seiner Bekanntschaft mit Wilhelm II. wegen sogar »des Kaisers Reeder« genannt. Doch ein Reeder, also ein Schiffseigner, war Ballin nicht. Er blieb zeitlebens Angestellter der Hapag, der er sich so rückhaltlos verschrieb, dass er sie weder für schier unbegrenzte Macht noch für ein ebenso unbegrenztes Einkommen je verließ. Albert Ballin war einer der ersten und bis heute der erfolgreichsten deutschen Topmanager.

Begonnen hatte diese im wilhelminischen Deutschland einmalige Karriere aus einer scheinbar aussichtslosen Position: Der 1857 als Kind einer dänisch-jüdischen

Familie im Hamburger Hafenviertel geborene und dort aufgewachsene Ballin musste schon 17-jährig die kleine Agentur seines Vaters übernehmen. Sie bot eine indirekte Auswanderung an: Passagen über Großbritannien nach New York. Die direkte Auswanderung, der Liniendienst über den Atlantik, war fest in den Händen der großen Reedereien, die mit den als minderwertig angesehenen Agenten keine Geschäfte machten. Doch Ballin wusste sich zu helfen: Er tat sich mit dem Reeder Edward Carr zusammen, und gemeinsam bot man direkte Atlantikpassagen auf umgebauten Frachtern an, ohne Komfort, konkurrenzlos billig, aber mit einem entscheidenden Plus: Klassen gab es nicht, und zum Ausgleich für die Enge unter Deck durften sich alle Passagiere an Bord frei bewegen – bei den etablierten Reedereien undenkbar.

Dieses Konzept erwies sich als derart erfolgreich, dass Ballin der renommierten, aber durch Missmanagement gehandicapten Hapag bedrohliche Konkurrenz machen konnte. Die schwer angeschlagene Packetfahrt rettete sich schließlich mit einem Arrangement, das sich als erfolgreichste Vereinbarung der Unternehmensgeschichte erweisen sollte: Im Mai 1886 beriefen die distinguierten Hanseaten mit dem 29-jährigen Albert Ballin den größten nur denkbaren Außenseiter als Chef der Passageabteilung in ihre Reihen. Zwei Jahre später war Ballin jüngster Direktor, und die eben noch stagnierende Packetfahrt dank seines Engagements wieder auf Erfolgskurs. In direkter Konkurrenz zum Norddeutschen Lloyd setzte sie wieder auf möglichst schnelle Atlantikpassagen und übertraf die Einschraubenschiffe der Bremer dafür 1888 mit der 7661 Bruttoregistertonnen großen AUGUSTA VICTORIA, dem ersten deutschen Doppelschrauben-Schnelldampfer. An der Weser musste man verblüfft feststellen: »Die Zeiten, in denen es für den Norddeutschen Lloyd einen ebenbürtigen Mitbewerber nicht gab, sind vorbei!«

In wilder Ehe

Nach dem schnellen Comeback der Hapag standen auch in Bremen die Zeichen auf Veränderung. 1892 kam mit Dr. Heinrich Wiegand ebenfalls ein junger Außenseiter an die Spitze der Reederei – allerdings im Gegensatz zu Ballin einer mit bürgerlicher Karriere. Der Jurist war nur zwei Jahre älter als sein Hamburger Kollege und stand ebenso für eine neue Art der Unternehmensführung: für modernes Management. Ballin galt dabei als pragmatischer Visionär, Wiegand als bodenständiger Heimatverbundener. Bei aller scharfen Konkurrenz verband sie die Fähigkeit, notfalls im Interesse ihrer Unternehmen die althergebrachte hanseatische Rivalität hinter sich zu lassen. Erstmals kooperierten die Bremer und die Hamburger offiziell miteinander. Diese »wilde Ehe« zwischen den Erzrivalen verlief nicht ohne Reibungen und Auseinandersetzungen, dennoch würdigte Ballin den »freundschaftlichen Zweckverbund«: »Aber bis jetzt haben nach den gelegentlichen atmosphärischen Entladungen Wiegand und ich es immer verstanden, eine angenehme Temperatur zwischen beiden Gesellschaften wiederherzustellen.« Gemeinsam initiierten Ballin und Wiegand zahlreiche internationale Reedereikonferenzen. Im Nordatlantischen Dampferlinienverband zum Beispiel waren neben der Hapag und dem Norddeutschen Lloyd die belgische Red Star Line und die Niederländisch-Amerikanische Dampfschifffahrts-

In der Auswandererstadt auf der Veddel in Hamburg war Platz für bis zu 5000 Menschen. Empfangshalle, Badesäle, Schlafräume und eine Gartenanlage machten den Aufenthalt für die Passagiere so bequem wie möglich.

gesellschaft vertreten. Wiegand und Ballin traten gemeinsam für die deutschen Interessen ein und verhandelten unter anderem Kontingente und Preise zur Beförderung von Zwischendeckpassagieren.

Ein besonderer Erfolg war der Abschluss des Vertrags zum Betrieb der Deutschen Reichspost-Linien, der 1899 in Kraft trat. Damit sicherten sich die Hapag und der Norddeutsche Lloyd für die kommenden 15 Jahre den gemeinsamen Liniendienst nach China und Ostasien – ein stetig wachsender Absatzmarkt und entsprechend wichtiger Handelspartner des Deutschen Reiches. Zu Beginn teilten sich beide Reedereien den Passagier- und Frachttransport auf dieser Route. Ab 1903 übernahm der Norddeutsche Lloyd den Personenverkehr und die Hapag die Ladung.

»Die beste Anlage dieser Art auf der Welt«

Im heißen Sommer 1892 brach in Hamburg eine verheerende Choleraepidemie aus, und innerhalb weniger Monate starben 10.000 Menschen. Die Keime gelangten durch das ungefilterte Trinkwasser aus der Elbe in die Stadt und verbreiteten sich in Windeseile. Woher genau die Seuche kam, blieb ungewiss, doch der Hamburger Senat verhängte scharfe Restriktionen gegen russische Auswanderer. Die vor allem vor Pogromen fliehenden Juden machten inzwischen einen Großteil der Hapag-Passagiere aus. Der Schaden für die Reederei war derart, dass Ballin zur schärfsten möglichen Drohung griff: die Hapag, den Stolz der Stadt, zukünftig von Bremen aus zu führen. Was für die Hamburger nicht nur undenkbar gewesen wäre, sondern auch für die Wirtschaft der Stadt einen Verlust von etwa 60 Millionen Mark bedeutet hätte. Der Senat nahm die Einschränkungen zurück, die Hapag zog dafür Konsequenzen aus dem Desaster und plante für Emigranten eine eigene Anlage, die auf der Welt einmalig war.

1901 eröffnete die Gesellschaft die Auswandererstadt auf der Veddel in Hamburg. Auf über 50.000 Quadratmetern bot die Hapag ihren Kunden nun »eine Stadt für sich, die beste Anlage dieser Art auf der Welt«, in der bis zu 5000 Menschen gleichzeitig untergebracht werden konnten, die von 180 Angestellten betreut wurden. Wer am angegliederten Bahnhof ankam, wurde zunächst nach den Vorgaben der US-Einwanderungsbehörden medizinisch untersucht, desinfiziert und geimpft. Dann

Die PENNSYLVANIA, 1896 erbaut, war ein sogenanntes Kombischiff. Mit diesem neuen Schiffstyp konnten sowohl Fracht als auch Passagiere kostengüstig transportiert werden.

konnten die Emigranten, die von der Hapag prinzipiell »Gäste« genannt wurden, die verbleibende Zeit bis zu ihrer Abreise in den Hallen am Hafen verbringen. Den meist aus ärmlichen Verhältnissen stammenden Auswanderern sollte für wenig Geld größtmöglicher Komfort geboten werden: Schutz vor Schleppern, Hilfe beim Papierkrieg, gutes, auf Wunsch auch koscheres Essen, Gebetsräume für verschiedene Konfessionen, Straßen und Plätze mit Baumbestand und sogar regelmäßige Konzerte einer Musikkapelle. Für die Ärmsten war der Aufenthalt kostenlos. Wieder war es ein damals revolutionärer Service, der sich auszahlte: Die Auswandererstadt wurde international ausgezeichnet, die Kunden kamen zu Hunderttausenden. 1907 zog der Norddeutsche Lloyd nach und errichtete im Bremer Stadtteil Findorff ebenfalls ein Areal für Auswanderer.

Ballin, seit 1899 Generaldirektor der Gesellschaft, zog noch eine zweite weitreichende Konsequenz aus dem Cholera-Desaster: Er änderte die Geschäftspolitik und räumte fortan dem Frachtgeschäft Vorrang vor der krisenanfälligen Passagierschifffahrt ein, auf die sich dafür die Bremer weiter spezialisierten. Ab 1894 stellte die Hapag dafür große Kombischiffe in Dienst. Mit etwa 13 Knoten waren sie zwar vergleichsweise langsam, verbrauchten aber nur wenig Kohle und konnten dafür Ladung und Passagiere gleichzeitig zu besonders günstigen Raten befördern, oder bei Bedarf auch nur eines von beiden. Dieser Schiffstyp, mit dem die Hapag auf jede Entwicklung am Markt schnell reagieren konnte, bildete nun das wirtschaftliche Rückgrat der Gesellschaft und verdiente zuverlässig Geld. Für das Renommee der größten Reederei der Welt – denn das war die Hapag um die Jahrhundertwende – sorgten weiter die großen Luxusliner.

In deren ebenso scharfem wie prestigeträchtigem Wettbewerb auf dem Nordatlantik zählte vor allem die Geschwindigkeit: 1898 hatte der Norddeutsche Lloyd mit dem Vier-Schornstein-Schnelldampfer KAISER WILHELM DER GROSSE die Nase – oder vielmehr: den Bug – vorn. Schon bei seiner ersten Atlantiküberquerung schaffte das 14.349-Bruttoregistertonnen-Schiff die Strecke von Southampton nach Sandy Hook vor New York in unglaublichen fünf Tagen und 20 Stunden. Der »Ocean-Windhund«, wie ihn der »New York Chronicle« ehrfürchtig nannte, gewann damit als erstes deutsches Schiff das Blaue Band, die begehrte, aber imaginäre Trophäe für die schnellste Ozeanüberquerung westwärts. In einer Zeit, in der es sonst noch kaum sportliche Wettkämpfe mit Massenpublikum gab, erreichte das Wettrennen der Luxusliner einen ähnlichen Stellenwert wie heute große Fußballspiele und machte die Schiffe zu Stars auf beiden Seiten des Atlantiks. Zehntausende Fans empfingen sie in den Häfen jubelnd und voller Bewunderung.

1900 stellte die Hapag den neuen Schnelldampfer DEUTSCHLAND in Dienst und errang auf Anhieb die begehrte Trophäe. Doch Rekorde hatten ihren Preis, und Ballin empfand ihn bald als zu hoch: Jeder Extraknoten Geschwindigkeit verursachte einen enormen Kohleverbrauch, der Platz an Bord der schnittigen Liner war knapp, und die Vibrationen der Maschinen sorgten für reichlich seekranke Passagiere. Wieder vollzog der Hapag-Chef eine Kehrtwende: Er nahm die Hamburger aus dem kostspieligen Wettrennen und setzte fortan bei Schiffsneubauten statt auf Rekordgeschwindigkeit auf maximalen Komfort in allen Klassen. Schnelldampfer blieben Domäne und Markenzeichen der Bremer. 1902 ging das Blaue Band wieder an den Norddeutschen Lloyd – bis die britische Cunard Line es 1907 zurückeroberte.

Die Erfindung der Kreuzfahrt

1888 wurde Wilhelm II. deutscher Kaiser, und die Hapag taufte ihr neues Spitzenschiff auf den Namen seiner jungen Gemahlin: AUGUSTA VICTORIA. Den republikanischen Hanseaten, im demonstrativen Monarchismus noch ungeübt, unterlief dabei ein kleiner peinlicher Lapsus: Ihre Majestät hießen nicht Augusta, sondern Auguste Victoria. 1897 wurde der Dampfer denn auch umgetauft. Der erste deutsche Doppelschrauben-Schnelldampfer beeindruckte dennoch, vor allem mit luxuriöser Ausstattung: Spiegelsäle im Stil des Rokoko, unzählige Lichter und »lückenlose Dekoration alles Dekorierbaren«. Die Passagiere liebten das neue Schiff, Kritiker fanden das Rokoko-Design übertrieben.

Als wirtschaftliches Problem stellt sich heraus, dass die Passagiere nur in den milden Sommermonaten mit der AUGUSTA VICTORIA über den Atlantik reisen wollten; im kalten und stürmischen Winter lag das Hapag-Flaggschiff ungenutzt auf Reede. Ballin schickte daraufhin den Dampfer vom 22. Januar 1891 an auf eine zweimonatige »Exkursion nach dem Mittelmeer und dem Orient«, die er selbst als Gastgeber begleitete. Mit dieser ersten modernen Kreuzfahrt* sicherte sich die Hapag nicht nur einen Platz in den Geschichtsbüchern, sondern vor allem beste Geschäfte: Das wohlhabende internationale Publikum nahm das neue ebenso exklusive wie kostspielige Reiseangebot begeistert auf. Eine neuartige Form des Tourismus war geboren, die bis heute erfolgreich ist. Die Reederei baute

* Siehe auch Seite 12

Der Schnelldampfer DEUTSCHLAND im Querschnitt: Ganz unten schufteten die Heizer rund um die Uhr, auf dem Sonnendeck ließen sich die Passagiere der ersten Klasse verwöhnen.

Komfortables Reisen: Während der Kaiserzeit erfreute die 1896 gebaute BREMEN II ihre Gäste mit exklusivem Luxus.

den neuen Markt gezielt aus: Speziell für Vergnügungsfahrten entwickelte die Hapag einen neuen Schiffstypus, der ausschließlich der luxuriösen klassenlosen Personenbeförderung diente. Die »Lustjacht« PRINZESSIN VICTORIA LUISE, 1900 in Dienst gestellt, war das erste dieser reinen Kreuzfahrtschiffe. Der Geschäftsbericht für 1904 konnte zufrieden den nächsten Schritt ins Auge fassen: »Der große Erfolg, dessen sich die von uns veranstalteten Vergnügungsreisen zur See erfreut hatten, legte uns den Gedanken nahe, unsere Tätigkeit auch auf die Veranstaltung von Gesellschaftsreisen zu Lande, auf die Vermittlung des Verkaufs von Eisenbahn-Fahrkarten, kurz, auf alle der Förderung des Reiseverkehrs dienenden Geschäfte zu erstrecken.«

1905 übernahm die Hapag das renommierte Carl Stangen's Reisebureau in Berlin. Fortan verkaufte sie ihre Kreuzfahrten sowie Reisen und Transporte zu Land über das »Reisebüro der Hamburg-Amerika Linie«. 1910 wurde sogar schon die dritte Dimension, Reisen mit Zeppelinen, ins Programm aufgenommen. So stehen mehr als hundert Jahre Erfahrung hinter einem ganz besonderen Angebot der heutigen Hapag-Lloyd Cruises: Sie bietet Kreuzfahrten in der Luft, exklusive und individuelle Flugreisen in einem Privatjet, der natürlich ALBERT BALLIN heißt.

Der Norddeutsche Lloyd war dem Beispiel des Mitbewerbers schnell gefolgt und eine Partnerschaft mit dem britischen Reiseveranstalter Thos. Cook & Son zum »Weltreisebüro Union« eingegangen. Beide deutschen Großreedereien gehörten nun auch zu den international führenden Touristikanbietern, ihre Reisebüros residierten in Toplage: Unter den Linden in Berlin.

Ein Kaiser als Werbeträger

Wilhelm II., deutscher Kaiser und König von Preußen, war nicht nur das in einem heute unvorstellbaren Maß verehrte glänzende Symbol an der Staatsspitze, er war auch seines Reiches ranghöchster Trendsetter. Was Seine Majestät favorisierten, war

Bereits zu Beginn des 20. Jahrhunderts steuerten die ersten Kreuzfahrtschiffe entlegene Ziele wie Spitzbergen an.

Kaiser Wilhelm II. war ein Schiffsliebhaber, und beim Norddeutschen Lloyd fühlte er sich besonders wohl. Als er 1890 das Gelände der Reederei besuchte, war das eine willkommene Werbung für die Bremer. An Bord der LAHN wurde er von Lloyd-Direktor Lohmann empfangen.

Mode im ganzen Reich – und Wilhelm II. favorisierte die Seefahrt. »Deutschlands Zukunft liegt auf dem Wasser«, lautete sein – übrigens an Bord eines Hapag-Schiffes ausgegebenes – Motto. Seegeltung war für ihn Weltgeltung, und der Souverän und Hobbysegler, der von einer glänzenden Kriegsflotte träumte, schenkte seine allerhöchste Gunst auch der so erfolgreichen deutschen Handelsschifffahrt. Prompt wurde Seefahrt in ganz Deutschland populär wie nie zuvor. Die Kinder trugen Matrosenanzüge, und die Handelsflotte erhielt einen Status, den sie nie zuvor besessen hatte. Die Großreedereien Hapag und Norddeutscher Lloyd waren inzwischen Spitzenreiter in der Weltschifffahrt und genossen dank der immer wieder öffentlich demonstrierten kaiserlichen Anteilnahme einen beinahe halboffiziellen Status.

Hamburg, die Hochburg der Sozialdemokratie, war Wilhelm II. dabei zunächst suspekt, zu den Bremern hingegen pflegte der Kaiser sofort ein herzliches Verhältnis. 1890 besuchte er in Bremerhaven das Trockendock und die Maschinenhalle des Norddeutschen Lloyd und fuhr anschließend »unter brausendem Jubel« der Bevölkerung durch den Hafen. Der Monarch fühlte sich sichtlich wohl, und sein Auftritt war eine willkommene Werbung für den Norddeutschen Lloyd. Im selben Jahr unternahm der Bremer Reichspostdampfer KAISER WILHELM II. eine Sonderfahrt in die norwegischen Fjorde, das bevorzugte Urlaubsrevier Seiner Majestät. Und tatsächlich: Das Schiff des Norddeutschen Lloyd traf auf die schneeweiße HOHENZOLLERN, die Dampfjacht des Kaisers. Ein Highlight für die 215 Passagiere der KAISER WILHELM II., ein verkaufsförderndes Argument für die Reederei. Wie förderlich, stellte sich ein Jahr später heraus: Als ein Treffen mit der HOHENZOLLERN nicht möglich war, stornierten prompt so viele Reisende, dass die Tour abgesagt werden musste – ein deutliches Indiz für die Rolle des Kaisers als Werbeträger Nummer eins.

Bei so viel allerhöchster Gnade wollten auch die Hamburger nicht länger abseitsstehen und warben ihrerseits gezielt um den Monarchen. Mit Erfolg: Albert Ballin galt später sogar als »Freund des Kaisers«. Die deutsche Handelsschifffahrt hatte schon erreicht, wonach Wilhelm II. noch strebte: den »Platz an der Sonne«. Dem Kaiser sollte seine kräftig aufgerüstete Kriegsflotte, seine »schimmernde Wehr zur See«, zu diesem Rang verhelfen, und so erklärte er den Kriegsschiffbau zur »Ver-

An Bord des IMPERATOR gab es einen Wintergarten und einen Gärtner – bei den mitreisenden Damen fand das großen Anklang.

körperung des nationalen Gedankens, des ›größeren‹ Deutschland und der Kaisermacht«. Sowohl Wiegand als auch Ballin sprachen sich zunächst öffentlich für den Flottenbau aus. Doch gerade Ballin wurde bald zum entschiedenen Gegner der forcierten deutschen Aufrüstung zur See, zum Befürworter von internationaler Rüstungskontrolle und europäischer Verständigung. Vor allem das deutsch-britische Wettrüsten zur See sah er mit großer Sorge und versuchte seit 1908, zwischen beiden Ländern in halboffiziellen politischen Missionen zu vermitteln. Doch so glänzend Ballins öffentlicher Status auch war, sein politischer Einfluss blieb begrenzt: Die Macht lag beim Kaiser und vor allem beim Reichsmarineamt mit Admiral Alfred von Tirpitz an der Spitze, das nur dem Monarchen direkt unterstellt war und so de facto eine eigene Außenpolitik betreiben konnte.

»Mein Feld ist die Welt«

Am 23. Mai 1912 hatten die Hapag und ihr Direktor Albert Ballin einen Höhepunkt erreicht: In Hamburg wurde vor Hunderttausenden jubelnder Zuschauer das größte Schiff der Welt getauft und vom Stapel gelassen: ein 277 Meter langer, 52.117 Bruttoregistertonnen großer Luxusliner für die Hapag. Pate war Kaiser Wilhelm II., der auch den Namen seines gigantischen Täuflings selbst gewählt hatte: IMPERATOR, der Herrscher. Anders als allgemein üblich, war dieses Schiff männlich, hieß also nicht »die«, sondern »der« Imperator. Was da, nur sechs Wochen nach dem Untergang der deutlich kleineren TITANIC, vom Stapel lief, war eine Demonstration der Superlative, eine Kombination aus Spitzenleistung und Hybris. Technisch und nautisch war das Turbinenschiff auf dem allerneuesten Stand, Sicherheitsvorkehrungen waren umfassend getroffen worden, und mehrere Speisesäle, ein pompöses Schwimmbad und sogar eine Gärtnerei gehörten zum Inventar. Luxus gab es in allen Klassen: Sogar die Emigranten waren in Kabinen mit höchstens sechs Betten untergebracht. Das Zeitalter der Massenquartiere war auf diesem Schiff vorbei.

Ein echtes Meisterstück »made in Germany« also – aber kein Schiff dieser Ära verkörperte auch das deutsche Streben nach Vormachtstellung in der Welt so sehr wie der IMPERATOR. Ballin hatte den überwäl-

Plakat von Jürgens & Bornemann: »Oceanfahrt 6 Tage«, 1897/1900

tigenden Dampfer ursprünglich auf den verbindenden Namen EUROPA taufen wollen, der später in der Hapag-Lloyd-Flotte zum Markenzeichen für Reisen der Spitzenklasse avancierte und diesen glänzenden Ruf bis heute bewahren konnte. Einem kaiserlichen Wunsch, der zugleich ein Befehl war, konnte sich Ballin jedoch nicht widersetzen. So stand der IMPERATOR für den Zwiespalt zwischen der friedlichen Völkerverbindung, der er diente, und aggressiver imperialistischer Geste, die er zur Schau trug: Seine Galionsfigur war der deutsche Adler, auf dem Kopf die Kaiserkrone, mit einer imposanten Flügelspannweite von 16 Metern. Die spitzen Fänge ruhten auf einer Weltkugel mit dem alten Hanseatenmotto, das die Hapag führte: »Mein Feld ist die Welt«.

Widersprüche, die paradoxerweise vor allem den Bauherrn dieses zwiespältigen Schiffes schwer beunruhigten. Viele Geschäftspartner und Freunde des international angesehenen Hapag-Chefs lebten in Großbritannien, und das immer weiter forcierte Wettrüsten zur See bereitete ihnen allen Sorgen. Regelmäßig traf Ballin den britischen Außenminister Sir Edward Grey, und auch Winston Churchill gehörte zu seinen Vertrauten. Ballin setzte politisch auf das Konzept, das er in den Poolkonferenzen der Weltschifffahrt hatte durchsetzen können: Rivalität ja, aber fair, möglichst freundschaftlich und durch Absprachen und Kompromisse statt durch militärische Gewalt geregelt. So musste er zum Kritiker des Flottenausbaus werden, sobald er das Ziel der Seerüstung – Sicherheit für Deutschland und deutsche Schiffe auf See – erreicht sah. 1908 war es so weit, und es kam zum Bruch Ballins mit von Tirpitz, der auf kaiserlichen Wunsch forciert weiterrüstete. Die internationalen Spannungen spitzten sich zu, der neue Reichskanzler Theobald von Bethmann Hollweg nutzte Ballins gute Kontakte nach Großbritannien und bat ihn mehrmals um diskrete Verhandlungen mit den Briten. Doch die Gespräche scheiterten, ein Krieg schien immer wahrscheinlicher – Aussichten, die Albert Ballin auf dem Höhepunkt seiner glänzenden Karriere schwer beunruhigten.

Als am 28. Juni 1914 in Sarajevo die Schüsse auf den österreichischen Thronfolger Franz Ferdinand fielen, erfuhr der Kaiser davon auf der Kieler Woche, die damals zu großen Teilen eine Hapag-Veranstaltung war. Am 1. August erklärte Deutschland Russland den Krieg, einen Tag später Frankreich, und am 4. August griff Großbritannien ein. In Deutschland wie in ganz Europa herrschte zunächst Euphorie, und die Menschen zogen jubelnd durch die Straßen. Einer jedoch jubelte nicht: Albert Ballin, der Ende Juli mit einem letzten verzweifelten Vermittlungsversuch in London gescheitert war. Die Meinung des Hapag-Direktors stand von Anfang an fest: »Der dümmste und blutigste aller Kriege.« ✶

SUSANNE WIBORG

Fröhlich an Deck: Die Kinder posierten für den Fotografen.

Das Schiff

DANIEL KEHLMANN

DAS WEICHE AUF UND AB {DER WELLEN}

Auch ich habe einmal eine Kreuzfahrt gemacht. Vor über zehn Jahren war das. Ismael, den Helden des Romans »Moby Dick«, überkommt auf der ersten Seite schon die Sehnsucht nach dem Meer, und er überlegt, ob er als Passagier an Bord gehen oder als Matrose anheuern soll – und das Argument, dessentwegen er sich für den Matrosenstand entscheidet, ist ein Satz, der einem in jeder Lebenslage helfen kann: »Es ist ein Unterschied, groß wie die Welt, zwischen Bezahlen und Bezahltwerden.«

So sah ich es auch, ich wollte lieber bezahlt werden als bezahlen, aber ich fühlte mich gänzlich ungeeignet zum Matrosen, und deshalb tat ich, was alle Leute tun, die nicht bezahlen wollen, aber auch keine besonderen Fähigkeiten haben: Ich verdingte mich als Journalist. Ein Magazin schickte mich auf ein Kreuzfahrtschiff, das mit einer kleinen Gruppe von Passagieren die Karibik befuhr. In Begleitung eines sympathischen Fotografen flog ich nach Antigua und schiffte mich ein.

Schon bei der Ankunft am Hafen bemerkte ich etwas, womit ich nicht gerechnet hatte: Alles sah *genau* so aus, wie ich es mir vorgestellt hatte. Wie sollte man damit umgehen? Einen Reporter stellen Perfektion und Schönheit vor schwierige Aufgaben: Ich blickte an dem gewaltigen Schiff empor und fragte mich, was ich hier denn beschreiben sollte: Alles war wie auf dem Foto, und das Foto war vollkommen, man brauchte mich nicht.

So begann meine Reise. So begann die Zeit, in der ich Tag für Tag an der Reling stand und mich fragte, ob das denn wahr sein konnte: Solch ein Himmel, solch azurblaues Wasser, das sich am Horizont in Licht aufzulösen schien, dazu die Delfinschwärme, die uns täglich im Dämmerlicht folgten, die Farbspiele der Sonnenuntergänge und das Leuchten, auf den Wellen, in der Luft, im Firmament, überall – bot die Welt wirklich solche Dinge, existierte solch eine feurige, unbarmherzig strahlende Schönheit tatsächlich an jedem einzelnen Tag, und man musste sie nur aufsuchen? Und wie sollte man über sie schreiben?

Die Frage wurde nach und nach zum echten Problem. Ich war schließlich als Berichterstatter hier. Aber es gab nichts zu berichten. Dabei musste

sich doch etwas finden lassen, das nicht perfekt war, etwas, wo man ansetzen und worüber man launig oder kritisch oder scharf oder witzig oder *irgendwie* erzählen konnte ...!

Ich sprach mit den Passagieren. Die meisten waren freundliche Enthusiasten im fortgerückten Alter. Rechts von mir am Esstisch saß mein Fotograf, links der ehemalige Washington-Korrespondent des staatlichen Fernsehens, der mir schlüssig und nachvollziehbar die Zusammenhänge der Weltpolitik erklärte, während unser Tisch sich hob und senkte und hob und senkte. Seekrankheit war ein großes Thema. Die meisten Passagiere hatten schon eine Menge Kreuzfahrten hinter sich, sie waren auf jeder davon seekrank geworden, und sie sprachen ausführlich darüber und verglichen und besprachen Gegenmittel und Strategien, die aber allesamt nicht zu helfen schienen. Zu Beginn fragte ich mich noch, wieso Menschen, die offenbar anfällig waren, denn einen großen Teil ihrer Ferien auf offener See verbrachten, aber nach und nach begriff ich, dass die Liebe zum Meer unbezwingbar ist und eben oft nicht einhergeht mit Seetüchtigkeit.

»Was schreiben, was soll ich schreiben, was soll ich nur schreiben, was soll ich dem Magazin schreiben, diesem Magazin, diesem verdammten Magazin?«, murmelte ich abends in meiner Koje. Dann war ich schon eingeschlafen. Man hatte ja keine Chance gegen dieses Schaukeln, gegen das lautlos sanfte Wiegen, gegen das weiche Auf und Ab der Wellen; keinerlei Sorge konnte einen wach halten; man legte sich ins Bett, man schlief sofort.

Und ich sah Inseln. Ich sah einen Bananenmarkt auf Bequia, wo ein großer Mann mit wunderlicher Kopfbedeckung auf mich zukam, mir die Faust entgegenstreckte und »Rastafari man!« rief. Mit wohl eingeübt deutschem Reflex meinte ich natürlich, dass er sich über mich lustig machte und irgendwas parodierte, aber es war völlig ernst gemeint, er wollte nur guten Tag sagen. Ich sah einen echten Dschungel mit meterhoch aus dem Boden ragenden Luftwurzeln auf Dominica, die Luft erfüllt von süßlichen Düften, ich sah die spitzen Zwillingsberge von Saint Lucia, und ich sah auf einer kleinen Insel vor Guadeloupe die größte feuerrote Eidechse meines Lebens, ein Wesen wie aus dem Märchen, ein Feuerdrache, der mich mit runden Diamantaugen betrachtete und dabei so wach und intelligent schien, dass ich das Gefühl hatte, er könne mir beantworten, was auch immer ich wollte, wenn ich nur die richtigen Worte fände. Aber ich fand sie nicht, stattdessen machte ich ein Foto von meinem Fotografen, wie er die Echse fotografierte, und dann gingen wir weiter.

Auch unterhielt ich mich mit der Schiffsbesatzung. Viele Matrosen kamen von den Philippinen, einige mehr noch aus Polen, ein paar aus Deutschland – junge Leute, die sehr hart arbeiten mussten und dennoch guter Stimmung waren: Abends, wenn das Schiff an einer Insel anlegte, waren die Mitglieder der Crew in Lokalen, in die keine Touristen kamen, und tanzten und rauchten und tranken und genossen karibische Nächte, wie die Passagiere sie sich zur gleichen Zeit in ihren teuren Kabinenbetten wohl erträumen mochten. Ich durfte nur einmal dabei sein, auch ich war schließlich ein Außenseiter. Natürlich gab es komplizierte romantische Verwicklungen: Der deutsche Schiffskoch hatte eine Freundin, die in Hannover auf ihn wartete, er hatte sich aber unterwegs mit einer polnischen Matrosin eingelassen, und jetzt näherte seine Dienstzeit sich dem Ende, und er würde heimfliegen, und die Polin würde auf dem Schiff bleiben, und die beiden tanzten weinend und weinten beim Tanzen, aber auch darüber konnte ich nicht schreiben, denn ich wollte den Mann ja nicht bei seiner hannoverschen Freundin in Schwierigkeiten bringen.

In der vorletzten Nacht meiner Reise gab es einen echten Sturm. Die Passagiere wurden ausdrücklich aufgefordert, nicht an Deck zu gehen. Windstärke neun: Das Schiff schaukelte so stark, dass die Sachen in meiner Kabine durcheinandergewirbelt wurden, und in einem Anfall von Trotz ging ich hinaus, tastete mich den Korridor entlang, fand an Deck. Mein Fotograf, der mutiger war als ich, war schon längst draußen. Der Wind toste, das Meer vollführte ungeheure Dinge, die schäumenden Wellen waren plötzlich nicht unter, sondern neben uns, weil das Schiff so schief im Wasser lag, dass der Himmel aus seiner festen Position gerückt schien; unten war oben und oben unten, Schaum spritzte aus jeder Richtung, man konnte nicht mehr aufrecht stehen. Wir legten uns in die am Deck festgeschraubten Liegestühle. Die Wolkendecke öffnete und schloss sich hektisch, manchmal blitzten Sterne, dann wieder senkte sich Dunkelheit; die Welt schien eine andere in jedem Moment. Ich hatte mich noch nie so lebendig gefühlt. Dann und wann krachte es unter uns im Schiffsinneren, wenn wieder etwas zu Boden fiel. Schließlich tasteten wir uns zurück in unsere Kabinen. Irgendwann nach Mitternacht ließ der Sturm nach, und ich konnte einschlafen. Am nächsten Morgen er-

zählte der Kapitän von den SOS-Funksprüchen, die er diese Nacht aufgefangen hatte: Mehrere kleine Schiffe waren gekentert; niemand war gestorben, immer waren andere Schiffe rechtzeitig zu Hilfe gekommen – aber es erinnerte einen daran, dass Seefahrt auf freiem Meer noch immer keine Kleinigkeit war, viel kann passieren, und viel passiert tatsächlich.

So ging meine Kreuzfahrt zu Ende. Am Tag nach dem Sturm verließen alle Passagiere das Schiff. Die Mannschaft stand an der Reling, und der Chefsteward versicherte uns, dass er uns sehr vermissen würde, weil wir besondere Gäste gewesen seien – niemand bezweifelte, dass er das zu allen Gästen sagte, aber das machte nichts, das war in Ordnung. Am Kai wartete schon der Bus, der uns zum Flughafen bringen würde.

Über all das kann ich nicht schreiben, dachte ich, während ich ein letztes Mal auf das strahlende Azurmeer blickte. Vielleicht eine Erinnerung in zehn Jahren oder ein Kapitel in einem Roman, aber bestimmt keine gute Reportage. Ein Reporter muss von den Mängeln der Welt berichten, von ihrer Gemeinheit und Hässlichkeit, von all den Dingen, die im Argen liegen. Für die Schönheit ist er nicht zuständig.

Also schrieb ich einen halbherzigen Artikel über das Essen und die Scherze des Stewards und diese und jene Touristenattraktion auf den Inseln, der vor allem durch die gelungenen Bilder meines Fotografen bestach, den niemand las, der schnell vergessen wurde. Das ist lange her. Das Magazin gibt es schon seit einer ganzen Weile nicht mehr, und ich habe seither auch nicht mehr versucht, eine Reportage zu schreiben.

Das Schiff aber befährt nach wie vor die Meere. Es trotzt den Stürmen und der Zeit, und irgendwann werde ich eine Reise darauf buchen und wieder mitfahren und nichts darüber berichten.

*

MICHAEL ONDAATJE

DER KATZENTISCH MACHT UNSICHTBAR

Ich hörte, wie ein Zettel unter meine Tür geschoben wurde. Auf dem Zettel wurde mir für alle Mahlzeiten Tisch Nr. 76 zugeteilt. Die zweite Koje war unbenutzt. Ich zog mich an und ging hinaus. Treppenstufen war ich nicht gewohnt, und ich betrat sie vorsichtig. Im Speiseraum saßen neun Leute an Tisch Nr. 76, darunter zwei Jungen etwa meines Alters. »Wir sitzen offenbar am Katzentisch«, sagte die Frau, die als Miss Lasqueti angesprochen wurde. »Wir haben den unattraktivsten Tisch bekommen.«

Es war nicht zu übersehen, dass wir in weiter Entfernung zum Tisch des Kapitäns untergebracht waren, der sich am anderen Ende des Raums befand. Einer der zwei Jungen an unserem Tisch hieß Ramadhin, der andere Cassius. Ramadhin war ein stiller Junge, der andere blickte hochmütig um sich, und wir ignorierten einander, obwohl ich ihn kannte. Cassius und ich hatten dieselbe Schule besucht, und obwohl er ein Jahr älter war als ich, wusste ich eine Menge über ihn. Er hatte einen schlechten Ruf genossen und war sogar für ein Halbjahr von der Schule verwiesen worden. Ich war mir sicher, dass es lange dauern würde, bis wir ein Wort wechselten. Aber das Gute an unserem Tisch war, dass es offenbar verschiedene interessante Erwachsene gab. Wir hatten einen Botaniker unter uns und einen Schneider, der einen Laden in Kandy besaß. Und das Tollste war, dass wir einen Pianisten unter uns hatten, der heiter erklärte, er sei »auf den Hund gekommen«. Das war Mr. Mazappa. Abends spielte er mit dem Schiffsorchester, und nachmittags gab er Klavierstunden. Dafür bekam er Rabatt auf die Reisekosten. Nach unserer ersten Mahlzeit unterhielt er Ramadhin, Cassius und mich mit Anekdoten aus seinem Leben. Durch das Zusammensein mit Mr. Mazappa, der uns mit verwirrenden und oft genug obszönen Liedern aus seinem Repertoire unterhielt, fanden wir drei zu einem ungezwungenen Umgang miteinander, denn wir waren schüchtern und linkisch. Keiner von uns hatte Anstalten getroffen, die anderen auch nur zu grüßen, bis Mazappa uns unter seine Fittiche nahm und uns riet, Augen und Ohren offenzuhalten, da diese Reise uns viel lehren würde. Und so entdeckten wir am Ende dieses ersten Tages, dass wir gemeinsam neugierig sein konnten.

Ein anderer interessanter Gast am Katzentisch war Mr. Nevil, ein Schiffsabwracker im Ruhestand, der nach längerer Zeit im Orient nach England zurückkehrte. Wir waren gern mit diesem massigen und sanftmütigen Mann zusammen, weil er eingehend über die Beschaffenheit von Schiffen Bescheid wusste. Er hatte viele berühmte Schiffe abgewrackt. Im Unterschied zu Mr. Mazappa war Mr. Nevil bescheiden und sprach von diesen Episoden seines Lebens nur, wenn man es geschickt darauf anlegte, eine Geschichte aus ihm herauszukitzeln. Hätte er weniger bescheiden auf die Fragen geantwortet, mit denen wir ihn bombardierten, hätten wir ihm nicht geglaubt oder wären nicht so fasziniert gewesen.

Er hatte überall auf dem Schiff freien Zugang, denn er war von der Schifffahrtsgesellschaft mit Sicherheitsuntersuchungen betraut. Er machte uns mit seinen Hilfstruppen im Maschinenraum und mit den Heizern bekannt, und wir sahen ihnen bei der Arbeit zu. Verglichen mit der ersten Klasse herrschten im Maschinenraum unten im Hades unerträglicher Lärm und furchtbare Hitze. Eine zweistündige Inspektion der *Oronsay* mit Mr. Nevil klärte einen über alle größeren und kleineren Fährnisse auf. Er erklärte uns, dass die Rettungsboote, die in der Luft schaukelten, nur gefährlich *aussahen*, und deshalb kletterten Cassius, Ramadhin und ich oft hinein, um von dort aus die Passagiere heimlich zu beobachten. Miss Lasquetis Bemerkung, wir säßen am »unattraktivsten« Platz, der keinerlei gesellschaftliche Bedeutung besaß, hatte uns davon überzeugt, wir wären für Amtspersonen wie den Purser, den Chefsteward oder den Kapitän unsichtbar.

B. TRAVEN

EIN SCHIFF, DAS KICHERT

Aber die Mannschaft ist es, die das Schiff liebt. Die Mannschaft sind die echten und wahren Kameraden des Schiffes. Sie putzen an dem Schiff herum, sie streicheln es, sie kosen es, sie küssen es. Die Mannschaft hat kein andres Heim als das Schiff; der Kommandant hat ein schönes Haus irgendwo auf dem Lande, er hat seine Frau, er hat seine Kinder. Es haben auch manche Seeleute eine Frau oder Kinder, aber ihre Arbeit mit dem Schiff und auf dem Schiff ist so hart und ermüdend, daß sie nur an das Schiff denken können und die Familie zu Hause völlig vergessen, weil sie keine Zeit haben, an daheim zu denken. Denn wenn sie anfangen wollen, an das Zuhause zu denken, dann beginnen sie gleich zu schlafen, weil sie zu müde sind.

Das Schiff weiß ganz genau, daß es keinen Schritt gehen könnte, wenn die Mannschaft nicht wäre. Ohne Skipper kann ein Schiff laufen, ohne Mannschaft nicht. Der Skipper könnte nicht mal dem Schiff etwas zu Essen geben, weil er nicht versteht, wie er aufschmeißen muß, damit die Feuer nicht ausgehen und doch die meiste Hitze geben, ohne Verdauungsstörungen zu erzeugen. Mit der Mannschaft spricht das Schiff, mit dem Skipper und den Offizieren nie. Der Mannschaft erzählt das Schiff Märchen und wunderschöne Geschichten. Alle meine Seegeschichten haben mir die Schiffe erzählt und keine Menschen. Das Schiff läßt sich auch gern etwas erzählen von der Mannschaft. Ich habe gehört, daß Schiffe lachten und kicherten, wenn die Mannschaft Sonntag nachmittags auf Deck saß und sich Witze erzählte. Ich habe Schiffe weinen sehen, wenn traurige Geschichten erzählt wurden. Und ich habe ein Schiff bitterlich schluchzen hören, weil es wußte, daß es auf der nächsten Fahrt untergehen würde. Es kam auch nie wieder und stand später bei Lloyds auf der Liste »Verschollen«.

ARTHUR RIMBAUD

DAS TRUNKENE SCHIFF

Hinab glitt ich die Flüsse, von träger Flut getragen,
da fühlte ich: es zogen die Treidler mich nicht mehr.
Sie waren, von Indianern ans Marterholz geschlagen,
ein Ziel an buntem Pfahle, Gejohle um sich her.

Ich scherte mich den Teufel um Männer und um Frachten;
wars flämisch Korn, wars Wolle, mir war es einerlei.
Vorbei war der Spektakel, den sie am Ufer machten,
hinunter gings die Flüsse, wohin, das stand mir frei.

Derweil die Tide tobte und klatschte an den Dämmen,
flog ich, und es war Winter, wie Kinderhirne stumpf,
dahin. Und wär es möglich, daß jemals Inseln schwämmen,
kein solcher Gischt umbraust' sie, kein ähnlicher Triumph.

Ein leichter Korken, tanzt ich dahin auf steiler Welle:
die erste Meerfahrt haben die Stürme benedeit.
Von solcher Welle heißt es, sie töte und sie fälle –
Die albernen Laternen der Häfen blieben weit!

So süß kann Kindermündern kein grüner Apfel schmecken,
wie mir das Wasser schmeckte, das grün durchs Holz mir drang.
Rein wuschs mich vom Gespeie und von den Blauweinflecken,
fort schleudert es das Steuer, der Draggen barst und sank.

Des Meers Gedicht! Jetzt konnt ich mich frei darin ergehen,
Grünhimmel trank ich, Sterne, taucht ein in milchigen Strahl
und konnt die Wasserleichen zur Tiefe gehen sehen:
ein Treibgut, das versonnen und selig war und fahl.

Die Rhythmen und Delirien, das Blau im rauchigen Schleier,
verfärbt sind sie im Nu hier, versengt sind sie, verzehrt:
so brannte noch kein Branntwein, kein Lied und keine Leier,
wie hier das bittre Rostrot der Liebe brennt und gärt!

Ich weiß, wie Himmel bersten, ich kenn die Dämmerungen,
die Strömung und die Dünung, die Woge, die sich bäumt,
die Früh – verzückt wie Tauben, die sich emporgeschwungen,
und manchmal sah mein Auge, was Menschenauge träumt.

Ich sah die Sonne hängen – mystisch geflecktes Grauen,
und violett, geronnen, Leuchtstreifen, endlos weit,
und sah die Fluten schaufeln und groß die Bühne bauen,
ein Schauspiel sah ich spielen, das alt war wie die Zeit!

Im Traum sah ich die Schneenacht, die grüne, sich erheben:
ein Kuß stieg zu den Augen der Meeres-Au empor.
Ein Kreisen wars von Säften, ein unerhörtes Weben,
und blau und gelb erwachte der singende Phosphor!

Ich folgt und folgt der Horde von wildgewordnen Kühen:
der See, die Klippen stürmte, folgt ich auf ihrem Ritt.
Vergessen wart ihr, Füße der leuchtenden Marien:
hier keuchten Meeresmäuler – sie schloß kein Heiligentritt!

Wißt ihr, ich lief auf Land auf, wie ihrs nicht schaut im Traume:
Des Menschenpanthers Augen – den Blumen beigesellt!
Ich sah im weitgespannten, im Regenbogenzaume
flutgrün die Herden ziehen am Grund der Meereswelt.

Ich sah, wie's in den Sümpfen, den Riesenreusen, gärte,
darin den Leviathan, verwesend zwischen Tang.
Und Wasserstürze sah ich, wo sich die Stille mehrte,
und schaute, wie die Ferne zur Tiefe niedersank!

Sah Gletscher, Silbersonnen, Gluthimmel, Perlmuttfluten,
den braunen Golf, wo greulich ein Wrack beim andern steht,
und sah die Riesenschlange, ein Fraß der Wanzenbruten,
vom Krüppelbaume fallen, von schwarzem Duft umweht!

Wo seid ihr, Kinderaugen, zu schaun die Herrlichkeiten?
Das Schuppengold der Welle, den Goldfisch, der da singt!
– Dies schaumumblühte Driften, dies Zwischen-Blumen-Gleiten!
Der Wind, der Wind unsäglich, der meine Fahrt beschwingt!

Und litt ich Pein, der Pole und Wendekreise müde,
so schluchzt' es in den Wassern, ich schlingerte dahin,
mit gelbem Saugnapf tauchte empor die Schattenblüte –
ein Weib, so blieb ich liegen, ein Weib auf Weibesknien.

Gewölle und Gezänke hab ich an Bord genommen,
ich war das Vogel-Eiland – blond äugte, was da flog.
Ich trieb mit loser Spante, ich schwamm und ward durchschwommen:
ein Leichnam um den andern, der rücklings schlafwärts zog.

Und ich – verstrickt, verloren im Haar geheimer Buchten,
hinauf ins Vogellose geworfen vom Orkan:
sie fahren nicht, die Klipper, die Koggen, die mich suchten,
des wassertrunknen Rumpfes nimmt sich kein Schlepptau an.

Frei war ich und ich rauchte, von Nebelblau bestiegen,
ich stieß durch Feuerhimmel, ich stieß sie alle ein,
und was den Dichtern mundet, das fühlt ich auf mir liegen:
es waren Sonnenflechten, es war azurner Schleim.

Ich – mondgefleckt, elektrisch: die tollgewordne Planke!
Seepferdchen kam in Scharen und war mein schwarzer Troß.
Ihr Himmel blau und tiefblau, ich sah euch alle wanken,
ich sah, wie euch der Juli durch Glutentrichter goß!

Der Behemoth, der Mahlstrom durchstöhnte jene Breiten,
ich spürte beider Brunstlaut – ein Schauder ging durch mich,
ich schwamm und schwamm durch blaue, durch Regungslosigkeiten –
Europa, deine Wehren, die alten misse ich!

Und ich sah Inselsterne, sah Archipele ragen,
darüber Fieberhimmel – das Tor der Wanderschaft!
– Hats dich dorthin, ins Nächtige und Nächtigste verschlagen,
du goldnes Vogeltausend, du künftige, du Kraft?

Doch wahr, genug des Weinens! Der Morgen muß enttäuschen.
Ob Nacht-, ob Taggestirne, keins, das nicht bitter wär:
ich schwoll von herber Liebe, erstarrt in Liebesräuschen –
O du mein Kiel, zersplittre! Und über mir sei, Meer!

Und gäb es in Europa ein Wasser, das mich lockte,
so wärs ein schwarzer Tümpel, kalt, in der Dämmernis,
an dem dann eins der Kinder, voll Traurigkeiten, hockte
und Boote, falterschwache, und Schiffchen segeln ließ'.

Wen du umschmiegt hast, Woge, um den ist es geschehen,
der zieht nicht hinter Frachtern und Baumwollträgern her!
Nie komm ich da vorüber, wo sich die Fahnen blähen,
und wo die Brücken glotzen, da schwimm ich nimmermehr!

ROALD DAHL

ZUM ERSTEN ... ZUM ZWEITEN ... ZUM LETZTEN

Jetzt erhob sich der Auktionator. »Meine Damen und Herren!« rief er. »Der Kapitän hat die Strecke, die das Schiff bis morgen mittag durchfahren wird, auf fünfhundertfünfzehn Meilen veranschlagt. Wie üblich werden wir die Eckzahlen um zehn höher beziehungsweise tiefer ansetzen, so daß die Spielskala von fünfhundertfünf bis fünfhundertfünfundzwanzig reicht. Für den, der glaubt, die richtige Zahl liege weiter nach oben oder nach unten, gibt es natürlich noch das ›obere Feld‹ und das ›untere Feld‹, die beide gesondert versteigert werden. Also, wir ziehen die erste Nummer aus dem Hut ... Hier ... Fünfhundertzwölf?«

Im Salon wurde es still. Die Menschen saßen regungslos auf ihren Stühlen, alle Augen waren auf den Auktionator gerichtet. Eine gewisse Spannung lag in der Luft, und sie wuchs mit jedem Betrag, der genannt wurde. Hier handelte es sich nicht mehr um ein Spiel oder einen Spaß; das verriet schon die Art, wie jemand, der überboten worden war, seinen Widersacher musterte – lächelnd zwar, aber nur mit den Lippen lächelnd, während die Augen wachsam und völlig kalt blieben.

Nummer fünfhundertzwölf wurde bei einhundertzehn Pfund zugeschlagen. Die nächsten drei, vier Nummern brachten etwa das gleiche ein.

Das Schiff schlingerte und stampfte. Jedesmal wenn es überkrengte, knackte die Holztäfelung an den Wänden, als wollte sie bersten. Die Passagiere hielten sich an den Sessellehnen fest und konzentrierten sich auf die Versteigerung.

»Unteres Feld!« rief der Auktionator. »Wir kommen jetzt zum unteren Feld.«

Mr. Botibol richtete sich auf. Sehr gerade, sehr steif saß er jetzt da. Er hatte beschlossen zu warten, bis niemand mehr bieten wollte; dann würde er einsteigen und das letzte Gebot machen. Seiner Berechnung nach mußte er noch mindestens fünfhundert Dollar auf der Bank haben, wahrscheinlich sogar etwas mehr. Das waren gut und gern zweihundert Pfund. Höher würde bei dieser Nummer bestimmt niemand gehen.

»Wie Sie alle wissen«, sagte der Auktionator, »umfaßt das untere Feld *jede* Zahl, die tiefer liegt als die untere Eckzahl, in diesem Fall jede Zahl unter fünfhundertfünf. Wenn Sie also meinen, das Schiff wird in den vierundzwanzig Stunden von heute mittag bis morgen mittag weniger als fünfhundertfünf Meilen zurücklegen, dann sollten Sie versuchen, sich diese Nummer zu sichern. Nun, wer bietet?«

Die Gebote stiegen sofort auf einhundertdreißig Pfund. Mr. Botibol schien nicht der einzige zu sein, der bemerkt hatte, daß schlechtes Wetter war. Einhundertvierzig … fünfzig … Dann nichts mehr. Der Autktionator hob den Hammer.

» Einhundertfünfzig zum ersten …«

»Sechzig!« rief Mr. Botibol. Jedes Gesicht im Saal wandte sich ihm zu und starrte ihn an.

»Siebzig!«

»Achtzig!« rief Mr. Botibol.

»Neunzig!«

»Zweihundert!« rief Mr. Botibol. Um nichts in der Welt hätte er jetzt aufgehört. Eine Pause trat ein.

»Bietet jemand mehr als zweihundert Pfund?«

Sitz still, ermahnte er sich. Sitz ganz still und sieh nicht hoch. Es bringt Unglück, wenn du hochsiehst. Halt die Luft an. Niemand überbietet dich, solange du die Luft anhältst.

»Zweihundert Pfund zum ersten …« Der Auktionar hatte einen kahlen rosigen Schädel, auf dem kleine Schweißperlen glitzerten. »Zum zweiten …« Mr. Botibol hielt die Luft an. »Und … zum dritten!« Der Hammer fiel auf den Tisch. Mr. Botibol schrieb einen Scheck aus und überreichte ihn dem Assistenten des Auktionators. Dann lehnte er sich in seinem Stuhl zurück, um das Ende abzuwarten. Er konnte doch nicht zu Bett gehen, bevor er wußte, wieviel der Gesamteinsatz betrug.

Als die Versteigerung beendet war, zählte man das Geld und kam auf zweitausendeinhundert und einige Pfund. Das waren ungefähr sechstausend Dollar. Neunzig Prozent der Summe gingen an den Gewinner, zehn Prozent an eine Stiftung für Seeleute. Neunzig Prozent von sechstausend waren fünftausendvierhundert. Nun – das genügte. Er konnte den Lincoln kaufen und behielt sogar noch etwas übrig. Mit diesem erfreulichen Gedanken ging Mr. Botibol glücklich und erwartungsfroh in seine Kabine.

Als er am nächsten Morgen erwachte, blieb er einige Minuten mit geschlossenen Augen liegen, um dem Tosen des Sturmes, dem Krachen und Knarren des schlingernden Schiffes zu lauschen. Kein Sturm war zu hören, kein Krachen, kein Knarren. Das Schiff schlingerte nicht. Er sprang aus dem Bett und lugte durch das Bullauge. Das Meer – o Gott – war spiegelglatt. Das große Schiff durchfurchte die See mit voller Kraft und holte offensichtlich die während der Nacht verlorene Zeit auf. Mr. Botibol drehte sich um und ließ sich langsam auf den Rand der Koje sinken. Ein leichtes Angstgefühl löste prickelnde elektrische Ströme in seiner Magengegend aus. Es war hoffnungslos. Natürlich würde jetzt eine der höheren Nummern gewinnen.

»Ach mein Gott«, stöhnte er. »Was soll ich bloß tun?«

{…}

Mr. Botibol schritt gemächlich an der Reling entlang, bis er etwa zwanzig Meter von der Frau entfernt war. Sie schaute nicht zu ihm herüber. Um so besser. Er legte keinen Wert darauf, daß sie sah, wie er sprang. Wenn es keine Augenzeugen gab, konnte er später ohne weiteres sagen, er sei ausgerutscht und habe das Gleichgewicht verloren. Er blickte an der Schiffswand hinunter.

Tief, sehr tief würde er fallen. Und nun, bei näherer Überlegung, wurde ihm auch klar, wie leicht er sich verletzen konnte, wenn er flach auf das Wasser aufschlug. Wer hatte sich doch gleich bei einem Bauchklatscher vom hohen Sprungbrett den Leib aufgerissen? Er mußte also beim Springen auf seine Haltung achten. Kerzengerade, Füße voran. Jawohl. Das graue Wasser schien so kalt, so tief zu sein, daß ihn ein Schauer überlief, als er es betrachtete. Aber jetzt oder nie. Sei ein Mann, William Botibol, sei ein Mann. Also dann ... jetzt ... los geht's ...

Er kletterte auf die breite Reling, hielt sich dort oben drei schreckliche Sekunden im Gleichgewicht, und dann sprang er – er sprang so hoch und so weit, wie er nur konnte, und zugleich schrie er: *»Hilfe!«*

»Hilfe! Hilfe!« schrie er, während er fiel. Und schon verschwand er im Wasser.

Als der erste Hilferuf ertönte, zuckte die Frau an der Reling zusammen, hob rasch den Kopf, schaute umher und sah den kleinen Mann in weißen Shorts, weißem Hemd und Tennisschuhen mit ausgebreiteten Armen und laut kreischend durch die Luft segeln. Einen Augenblick lang schien sie zu überlegen, was sie tun sollte: einen Rettungsring werfen, weglaufen und Alarm schlagen oder sich einfach umdrehen und schreien. Sie trat einen Schritt von der Reling zurück und wandte sich halb um, so daß sie mit dem Gesicht zur Kommandobrücke stand. So verharrte sie einige Sekunden, regungslos, angespannt, unentschlossen. Gleich darauf hatte sie den Schock überwunden, beugte sich über die Reling und spähte angestrengt ins Wasser, dorthin, wo es von den Schiffsschrauben aufgewühlt wurde. Ein winziger runder schwarzer Kopf tauchte aus dem Schaum, ein Arm hob sich, winkte ein-, zweimal äußerst heftig, und eine schwache, ferne Stimme rief irgend etwas Unverständliches. Die Frau beugte sich noch weiter vor und versuchte, den auf und ab tanzenden schwarzen Punkt im Auge zu behalten, aber bald, sehr bald war er so klein geworden, daß sie nicht genau wußte, ob er überhaupt noch da war.

Nach einer Weile kam eine zweite Frau an Deck. Sie war mager, hatte eckige Bewegungen und trug eine Hornbrille. Als ihr Blick auf die Frau an der Reling fiel, ging sie mit dem festen, militärischen Schritt alter Jungfern auf sie zu.

»*Hier* bist du also«, sagte sie. Die Frau mit den dicken Knöcheln fuhr herum und sah sie an, erwiderte aber nichts.

»Ich habe dich gesucht«, fügte die Magere hinzu. »Überall habe ich dich gesucht.« –

»Merkwürdig«, murmelte die Frau mit den dicken Knöcheln. »Da ist eben ein Mann über Bord gesprungen. Mit allen Kleidern.«

»Unsinn!«

»Doch, doch. Er sagte er wollte seine Übungen machen, und sprang ins Wasser, ohne sich auszuziehen.«

»Komm jetzt mit nach unten«, befahl die magere Frau. Ihre Lippen waren plötzlich schmal geworden, ihr Gesicht hatte einen strengen, wachsamen Ausdruck, und sie sprach weniger freundlich als zuvor. »Und daß du mir nicht wieder allein an Deck gehst. Du weißt sehr gut, daß du auf mich warten sollst.«

»Ja, Maggie«, antwortete die Frau mit den dicken Knöcheln, und wieder lächelte sie ihr zartes, vertrauensvolles Lächeln. Sie nahm die Hand der anderen und ließ sich fortführen.

»So ein netter Mann«, sagte sie. »Er hat mir zugewinkt.«

G. W. F. HEGEL

KÜHN AUF EINER NUSSSCHALE

Das Meer gibt uns die Vorstellung des Unbestimmten, Unbeschränkten und Unendlichen, und indem der Mensch sich in diesem Unendlichen fühlt, so ermutigt dies ihn zum Hinaus über das Beschränkte. Das Meer ladet den Menschen zur Eroberung, zum Raub, aber ebenso zum Gewinn und zum Erwerbe ein; das Land, die Talebene fixiert den Menschen an den Boden, er kommt dadurch in eine unendliche Menge von Abhängigkeiten; aber das Meer führt ihn über diese beschränkten Kreise hinaus. {…} Diese unendliche Fläche ist absolut weich, denn sie widersteht keinem Drucke, selbst dem Hauche nicht; sie sieht unendlich unschuldig, nachgebend, freundlich und anschmiegend aus, und gerade diese Nachgiebigkeit ist es, die das Meer in das gefahrvollste und gewaltigste Element verkehrt. Solcher Täuschung und Gewalt setzt der Mensch lediglich ein einfaches Stück Holz entgegen, verläßt sich bloß auf seinen Mut und seine Geistesgegenwart und geht so vom Festen auf ein Haltungsloses über, seinen gemachten Boden selbst mit sich führend. Das Schiff, dieser Schwan der See, der in behenden und runden Bewegungen die Wellenebene durchschneidet oder Kreise in ihr zieht, ist ein Werkzeug, dessen Erfindung ebenso der Kühnheit des Menschen als seinem Verstande die größte Ehre macht.

JONATHAN FRANZEN
ZITTERND

ZWEI UHR NULL NULL, Dunkelheit, die *Gunnar Myrdal*: Rings um den alten Mann sang Wasser in metallenen Rohren ein geheimnisvolles Lied. Wahrend das Schiff das schwarze Meer östlich von Neuschottland aufschlitzte, stampfte es leicht vom Bug zum Heck, als wäre es trotz seiner enormen stählernen Befähigung unsicher und konnte das Problem flüssiger Hügel nur lösen, indem es sie rasch durchstieß; als hinge seine Stabilität davon ab, die Schrecken, die das Schwimmenkönnen barg, auf diese Weise zu vertuschen. Es gab noch eine Welt darunter – die war das Problem. Eine Welt, die Volumen hatte, aber keine Form. Am Tag war das Meer blaue Oberfläche und weiße Gischt, eine reale navigatorische Herausforderung, und das Problem ließ sich überschauen. In der Nacht aber gingen die Gedanken auf Reisen und tauchten hinab in das nachgiebige – das barbarisch einsame – Nichts, auf dem das schwere stählerne Schiff fuhr, und jede heranrollende Welle zeigte sich als Zerrbild eines Koordinatennetzes, zeigte, wie wahrhaft und für immer verloren ein Mensch dort unten, in sechs Faden Tiefe, wäre. Das Land hatte keine z-Achse. Trockenes Land war wie Wachsein. Selbst in wegloser Wüste konnte man auf die Knie fallen und mit der Faust aufs Land trommeln, und das Land gab nicht nach. Natürlich hatte auch der Ozean eine bewegliche Schale. Aber jeder Punkt auf dieser Schale war ein Punkt, an dem man sinken und, indem man sank, verschwinden konnte.

Wie die Dinge stampften, so zitterten sie. Ein Beben durchlief das Gerippe der *Gunnar Myrdal*, ein endloses Vibrieren den Boden, die Koje und die birkenholzgetafelten Wände. Ein synkopischer Tremor, dem Schiff so eigen und, da er stetig anschwoll und nie schwacher zu werden schien, dem Parkinson'schen Zittern so ähnlich, dass Alfred das Problem in sich selbst geortet hatte, bis er jüngere, gesundere Passagiere davon sprechen hörte.«

ALESSANDRO BARICCO
DIE AUGEN DES MEERES

»Wo hat es seine Augen, ich meine das Meer?«

»…«

»Es hat doch welche, oder?«

»Ja.«

»Wo zum Teufel sind sie dann?«

»Die Schiffe.«

»Die Schiffe was?«

»Die Schiffe sind die Augen des Meeres.«

Bartleboom saß stumm vor Staunen. Darauf war er nun wirklich nicht gekommen.

»Aber Schiffe gibt es doch zu Hunderten …«

»Es hat ja auch Hunderte von Augen, das Meer. Sie glauben doch wohl nicht im Ernst, daß es mit zweien auskommt.«

In der Tat. Bei der ganzen Arbeit, die da anfällt. Und so groß, wie es ist. Es leuchtet ein, das alles.

»Ja, aber dann, entschuldige mal …«

»Mmmmh.«

»Und die Schiffbrüche? Die Unwetter, die Taifune, alle diese Sachen … Warum sollte es die Schiffe verschlucken, wenn sie seine Augen sind?«

Dood scheint langsam die Geduld zu verlieren. Als er sich Bartleboom zuwendet, sagt er:

»Und Sie … machen Sie etwa nie die Augen zu?«

ANNA ENQUIST
KEIN ERBARMEN

7. August. Ich verfluche die Admiralität. Leck wie ein Weidenkorb ist dieses Schiff. Bei den ersten Schauern regnete es geradewegs in die Vorratskammern hinein. Durchweichte Mehlsäcke, der Boden klebrig vom aufgelösten Zucker. Mußte auf Teneriffa einen Zwischenstopp machen, um die schlimmsten Schäden zu reparieren und frischen Proviant einzukaufen. Was das Vieh hier an Bord jeden Tag frißt, ist unvorstellbar. Jede Ecke und jeden Winkel habe ich mit Heu und Hafer vollstauen lassen. Bei der ersten Bugwelle kann ich alles wegwerfen, verflucht. Wie soll ich diese elenden Viecher am Leben erhalten?

12. August. Zu schlafen will mir kaum gelingen. Ich liege in diesem lächerlichen Segeltuchschlauch, schaukle an Seilen über meinem Schreibtisch und horche auf die Tiere. Ein Pferd wiehert oder schnaubt, denkt man, doch ein Pferd in Not brüllt! Und ich höre diese riesenhaften Tiere in Todesangst toben, Nacht für Nacht. Sie erbrechen den halbverdauten Hafer, lange Speichelfäden hängen ihnen aus dem Maul. Ich ertrage das nicht. Der Schlafmangel macht mir zu schaffen, gestern habe ich das Schiff beinahe ins Verderben geschickt. Ich hatte Wache und unterhielt mich, an der Reling stehend, mit Anderson, dem Doktor. Das Schiff machte tüch-

tig Fahrt. Die See war dunkelblau. Ich fragte Anderson, ob ihm nicht ein Beruhigungsmittel für die Pferde einfalle. Johanniskraut ins Futter mischen, davon redeten wir. Plötzlich: Wellen, die sich an einem Riff brachen, zehn Meter vor uns! Nichts gesehen! Panik, ich schrie dem Steuermann zu, über Stag gehen, alle Mann an die Leinen. Heute noch Halsschmerzen vom Brüllen. Spitz wie Messer staken die Felsen aus dem Wasser. Sie hätten den Schiffsbauch aufgeschnitten wie eine Gans. Es fehlte nur eine Sekunde. Anderson wurde leichenblaß. Ich verstehe das nicht. Ich sehe immer alles. Boavista. Kapverdische Inseln. Ich weiß sehr wohl, daß sie dort liegen. Wenn nur die Pferde mal einen Moment aufhörten mit ihrem Gebrüll!

19. Oktober. Es ist, als seien wir versehentlich ans Kap gespült worden. Ich habe nicht das Empfinden, bewußt hierher navigiert zu sein. Als wir vorgestern ankamen, überwältigten mich die Emotionen. Ich kenne das nicht von mir und hüte mich, es irgendwo anders als hier niederzuschreiben. Der Tafelberg mit seiner dicken Decke aus grauen Wolken, die aus dem immensen Überfluß langsam die steilen Hänge herabrollten. Warum trieb mir das Tränen in die Augen? Es fühlte sich an, als käme ich nach Hause, als deckte mich jemand mit Daunendecken zu, damit ich ausruhen kann. Verrückt. Habe alle Tiere an Land bringen lassen. Schlafe selbst auch nicht an Bord. Kann dieses morsche Gelump eine Weile nicht mehr sehen.

5. November. Die Holländer lassen keine Gelegenheit aus, einen zu belügen und zu betrügen. Das war schon in Batavia so. Unsere Schafe sind von ihren Hunden totgebissen worden, aber sie weigern sich, irgendeine Entschädigung zu zahlen. Ich habe gleich neue Schafe gekauft, dürre Gerippe, etwas Besseres ist hier nicht zu bekommen. Ich kaufte auch einen Bullen und zwei Kühe mit Kälbern. Schweine. Vier weitere Pferde. Hühner, Ziegen, Kaninchen. Alles zusätzlich zu dem Vieh, das wir schon haben. Ich muß und werde mein Versprechen an den König einlösen. Wir haben ein Pfauenpaar an Bord. Die Vögel überstehen die Reise gut. Omai hat seine Kajüte geräumt, um Platz für die Pferde zu machen. Er schläft jetzt bei den Unteroffizieren, und das gefällt ihm, glaube ich, besser als die Einsamkeit. Es beginnt hier Sommer zu werden. Die Herren machen Ausflüge in das wunderschöne Tal bei Stellenbosch. Sie besuchen Weingüter und bewundern die Bergketten. Sie saufen und huren und geben ihr Geld aus. Ich kann mich noch nicht darum kümmern, habe alle Hände voll mit den lügnerischen Kaufleuten hier zu tun. Warte jeden Tag auf das Eintreffen Clerkes. Wenn er mich ablöst, wird Gare die *Discovery* bekommen. Ich kann ihn nicht übergehen, würde aber lieber King

auf diesem Posten sehen. Burney ist mir doch zu labil. Die Männer unterhalten sich noch gelegentlich über das Gemetzel auf Neuseeland. Dann wendet er den Kopf ab, bricht völlig zusammen und kann nur noch flüstern! Eine überempfindliche Familie.

Ich erwäge, William Watman mit nach England zurückzunehmen. Er ist zu alt. Er wollte so gern wieder mit, aber ihm fehlt die Kraft, um an den Schoten und dem Gangspill eingeteilt werden zu können, und schon während dieser Fahrt von nur wenigen Wochen ließ seine Kondition sichtlich nach. Ich frage mich, ob die Seefahrt Menschen nicht so viel abverlangt, daß es ab einem gewissen Alter einfach nicht mehr geht. Der Kraftaufwand. Die fortwährende Wachsamkeit. Der Wind um den Kopf.

11. November. Clerke ist eingetroffen. Er hat gleich Rum ausgeben lassen, und nicht wenig. Er verspricht, einen Teil des Viehs auf der *Discovery* zu transportieren. Er hat gerötete Wangen, und seine Augen glänzen. Alle sind frohgemut, freuen sich über das Wiedersehen und blicken voller Erwartung neuen Abenteuern und alten Paradiesen entgegen. Ich werde verrückt vor Sorgen und ziehe mich mit den Karten und den Vorratslisten in meine Kajüte zurück. Heute abend oder morgen muß ich mit Clerke sprechen. Ich werde ein Manual mit detaillierten Instruktionen für ihn schreiben. Alles muß ich allein machen, verdammt noch mal, und sie schlemmen und singen, als wären wir auf einer Vergnügungsreise. Die Pferde trampeln sich die Beine an den Wänden von Omais Kajüte kaputt, ich muß Strohsäcke drannageln lassen.

31. November. Elizabeth, es tut mir leid, ich kann nicht anders. Als ich Clerke umarmte, wandte er das Gesicht ab, das war merkwürdig, ich dachte: Er möchte nicht, daß ich seinen betrunkenen, schlechten Atem rieche. Er hat FIEBER. Diese geröteten Wangen. Er zittert und bebt. Nicht vor Begeisterung, sondern von der Krankheit, die er sich in dem feuchten Kerker zugezogen hat. Vorige Woche begann er zu husten, ein trockenes Bellen, das gar nicht mehr aufhört. Wir wissen alle, was das bedeutet. Ein jeder bleibt auf seinem Posten. Morgen laufen wir aus. Ich kann mein Versprechen an Dich nicht halten. Das schmerzt mich. Aber es ist nun einmal so. Ich werde Dir weiterhin schreiben, auch wenn Du es nicht mehr lesen kannst. Ich bleibe bei Dir, auch wenn ich nicht mehr da bin. Ich habe große Fehler gemacht. Unverzeihliche Fehler. Hier an Bord und zu Hause. Morgen steuere ich auf den schrecklichen Südpol zu. Ich bitte Dich nicht, mir zu vergeben. Das kannst Du nicht. Das Eis muß mich reinigen, abbeizen, freisprechen.

HORAZ
SCHIFF, MEIN SCHIFF

Schiff, mein Schiff, in die See jagt dich erneute Flut!
Oh, was treibst du? Mit Macht fahr in den Hafen ein.
Rasch! Oh siehst du die Planken
Nicht der Ruder beraubt! Hörst nicht?

Mast und Rahen geknickt unter dem brausenden
Südsturm ächzen? O schau: Los von der Taue Band
Kann sich der Kiel kaum halten,
Wenn zu herrisch die See sich hebt!

Nicht ein Segel mehr heil, ist auch kein Gott mehr da,
den als Retter aus Not du wieder rufen kannst?
Berges Tanne, vergebens
Pochst du, fürstliches Kind des Walds,

Jetzt auf Namen und Stamm: Nimmer dem farbigen
Bild am Buge des Schiffs traut der verängstigte
Seemann! Willst du der Stürme
Spott nicht werden, so wahre dich!

Du, mir jüngst noch, o Schiff, Kummer und Überdruss,
Jetzt mein Sehnen und schwer lastende Sorgen mir:
Flieh vom Meer, wo es hart am
Marmorschimmernden Riff sich bricht!

REPORTAGE

ES GIBT NOCH WEISSE FLECKEN AUF DER LANDKARTE

Betritt ein Passagier ein Schiff, weiß er vielleicht nicht in allen Einzelheiten, was ihn auf seiner Reise erwartet, aber er hat sich entschieden für Exotik oder Ruhe, für Kultur oder Abenteuer, für Eis oder Wärme oder für eine Kombination aus alldem. Er hat sich die Reiseroute angeschaut und ein paar Reiseführer gelesen. In allem anderen verlässt er sich auf die Planung anderer Menschen, und die haben alles im Detail vorausberechnet, terminiert und, soweit das geht, vorausgesehen.

Den Beruf des Routenplaners kennt vermutlich kaum einer der Passagiere, und auf hoher See sind Frauen mit Kapitänspatent auch heute noch nicht die Regel. Violetta Ackermann ist eine von ihnen.

Das Meer und die Seefahrt kennt sie von Kindesbeinen an. Ihr Vater, Kapitän auf einem Frachter, hat sie mit seinen Erzählungen schon früh in Bann gezogen, eine Faszination, die nicht nachließ, sodass sie beschloss, selbst zur See zu fahren. Nach Abschluss ihres Nautik-Studiums, ging sie mit 23 Jahren auf die erste Reise: von der Nordsee über das Mittelmeer bis nach Istanbul. Als einzige Frau auf einem Containerschiff.

Was Landhasen als Abenteuer pur ansehen, kann im Alltag sehr einsam sein, und so war es ihr gerade recht, als das Angebot einer großen Reederei kam, auf einem Kreuzfahrtschiff als Offizierin anzuheuern. Das war ein Novum, denn damals wurden dort Offiziersstellen noch ausschließlich an Männer vergeben. Auch die Reederei war sich der Akzeptanz durch die männlichen Kollegen nicht von Anfang an sicher. Doch

Mit Kartenzirkel und Kursdreiecken bestimmt Ackermann die exakten Routen für ihre Schiffe. Auf den Karten sind Seewege, Fahrrinnen und Untiefen vermerkt.

für beide Seiten wurde das Wagnis zum Glücksfall: Violetta Ackermann bekam den Job und blieb auf dem Schiff, bis sie ihr Kapitänspatent in der Tasche hatte.

Die Navigation wurde ihre Leidenschaft. Noch während ihrer Zeit auf See stieß sie auf eine Stellenausschreibung als Routenplanerin, ein Beruf, mit dem auch sie sich bis dahin nicht beschäftigt hatte. Es dauerte zwar noch einige Zeit, bis sie die Brücke mit dem Schreibtisch tauschte, aber seit 2006 erstellt Violetta Ackermann nun an ihrem Schreibtisch direkt am Zürichsee die Routen für die Schiffe von Hapag-Lloyd Cruises.

Die Saisonplanung beginnt mit dem sogenannten *Blockout.* Mit dem Team eines Schiffes werden viele Monate, oft zwei Jahre im Voraus die Routen für die Jahresplanung festgelegt. Neue spannende Orte für die Vermarktung sind das eine. Die Machbarkeit das andere. Um eine Route festzulegen, heißt es also zunächst einmal eine Unmenge von Informationen sammeln. Hilfe bekommt sie von Fachleuten, von Hafengenten und Anbietern vor Ort. Oft werden Scouting-Teams losgeschickt, die die Gegend erkunden und mit den notwendigen Hinweisen nach Hause kommen. Die größte Herausforderung ist die Planung von Expeditionsreisen, da die Schiffe oft in unerschlossene Gebiete fahren und es häufig keine Erfahrungsberichte gibt. Nur selten liegen Dokumentationen vor, die man auch für Kreuzfahrtschiffe anwenden kann – zum Beispiel Berichte von anderen Kapitänen vergleichbarer Schiffe. Also wälzt Ackermann nautische Handbücher, Strom- und Eiskarten. Stundenlang sitzt sie über Seekarten,

Fahrplänen und Berichten. Dabei darf ihr kein Fehler unterlaufen – wie beispielsweise die Datumsgrenze nicht zu berücksichtigen –, denn jede Abweichung würde den exakt getakteten Plan in Verzug bringen.

Violetta Ackermann hat die Informationen und Daten in einer riesigen Datenbank gespeichert, wo unter anderem die Hafenreporte und Schlussberichte der Kapitäne abgelegt sind. Dort finden sich auch Probleme und Hindernisse, wie enge Hafeneinfahrten oder Schwierigkeiten mit örtlichen Behörden. Gerade die lokalen Restriktionen sind oft ein Knackpunkt bei der Reiseplanung und werden von der Port Operations an Land ermittelt – eine eigene Abteilung, die sich ausschließlich um die Hafenanmeldungen kümmert, die Kosten dafür kalkuliert und alle Besonderheiten mit den Behörden vor Ort frühzeitig abstimmt. Ein oft langwieriger Prozess, bei dem auch die Routenplanerin immer wieder involviert ist.

Nach zehn Jahren Routenplanung hat Ackermann viel Routine, aber es gibt immer noch Destinationen, die vor allem in nautischer Hinsicht eine Herausforderung darstellen. Beispielsweise die Fahrten in die Arktis und Antarktis, bei deren Planung das Wetter eine entscheidende Rolle spielt. Und Wetter heißt in dieser Region vor allem: die Eislage. Die Antarktis kann nur von November bis März befahren werden, die Nordost- oder die Nordwestpassage am ehesten im europäischen Spätsommer.

Oft bleibt ein Unsicherheitsfaktor bis zur letzten Minute. Ist eine Passage zugefroren, muss eine Ausweichroute gefunden werden, die die Folgereise des Schiffes terminlich nicht behindert. Um das Risiko zu minimieren, führt Ackermann eine eigene Eisstatistik, auf der sie ablesen kann, in welchem Jahr beispielsweise die Umrundung von Spitzbergen möglich war. Kurzfristige Änderungen aufgrund von Wetter sind natürlich nie ganz auszuschließen, bei aller Sorgfalt und Erfahrung.

Die EUROPA liegt vor der langen Sandbank von Calangaman Island, einer unbewohnten Insel auf den Philippinen.

Es gibt immer noch Ziele, die noch kein Kreuzfahrtschiff zuvor angefahren hat, die sogenannten »weißen Flecken« auf der Landkarte. Natürlich ist es Violetta Ackermanns Ehrgeiz, auch diese in die Planung aufzunehmen. Dann kommt ihre Abenteuerlust zum Vorschein. Als nächste Herausforderung steht die Planung der Nordwestpassage jenseits der üblichen Route durch die Fury-und-Hecla-Straße an. Erst seit Kurzem kann sie durch die Klimaveränderungen überhaupt befahren werden. Die Passage bildet ein Nadelöhr im Norden Kanadas. Ist sie zugefroren, gibt es kein Durchkommen. Ob die Planung aufgeht, wird sich jedoch vor Ort zeigen. Das wird ein Tag, den sich Violetta Ackermann im Kalender rot anstreicht. *

Die Expeditionsgäste besuchen auf ihren Reisen sowohl die Arktis als auch die Antarktis.

KRIEGE, KRISEN UND EIN ZWISCHENHOCH
DIE GESCHICHTE VON 1914 BIS 1949

Die EUROPA verlässt 1930 den Hamburger Hafen.

Im Jahr 1914 sah Albert Ballin sein Lebenswerk zerbrechen. »Da habe ich nun, wenn ich von mir reden darf, mein Leben hindurch etwas aufgebaut, was dem Deutschen Reich doch ungeheure Werte verschafft hat«, sagte er kurz nach Kriegsausbruch bitter zu Reichskanzler Theobald von Bethmann Hollweg, »und da kommen Sie und ein paar andere und werfen das alles um. Und ich bin nur ein Beispiel – dem ganzen Volk, der ganzen Volkswirtschaft geht es ebenso.«

In der Tat: Die Hapag und der Norddeutsche Lloyd standen nun für viele Unternehmen, denen der, wie Ballin meinte, »dümmste aller Kriege« die Existenzgrundlage zerstörte. Von den 25.554 Angestellten und Arbeitern der Hapag wurde die Hälfte sofort eingezogen. Der deutsche Überseeverkehr, dem die Reedereien so lange gedient hatten, brach zusammen. Tausende deutscher Seeleute, darunter 4000 Hapag-Besatzungsmitglieder und -Angestellte, waren in neutralen oder feindlichen Ländern interniert. Die Schiffe, die nicht von der Marine beschlagnahmt worden waren, rosteten daheim und in Häfen rund um die Welt an der Kette. Die Flaggschiffe beider Gesellschaften, die VATERLAND der Hapag und die GEORGE WASHINGTON des Norddeutschen Lloyd, waren in New York vom Krieg überrascht worden und wurden 1917 von den Amerikanern beschlagnahmt. Je länger der Krieg sich hinzog, desto mehr wurde in Hamburg und Bremen die Fürsorge für die verbliebenen Mitarbeiter, für die Angehörigen der Eingezogenen und Internierten die Hauptaufgabe. Den Geschäftsbetrieb der Großreedereien überhaupt aufrechtzuerhalten, kostete etwa vier Millionen Mark monatlich, und beiden Unternehmen fehlten die entsprechenden Einnahmen. In zähen gemeinsamen Verhandlungen mit der Reichsregierung errangen die Hapag und der Lloyd staatliche Hilfen, die beide Gesellschaften in Friedenszeiten abgelehnt hatten, und schließlich 1917 ein Schifffahrtsentschädigungsgesetz, das später den Wiederaufbau der deutschen Handelsflotte sicherte.

Albert Ballin stand allein. Dass er schon wenige Tage nach Kriegsausbruch in einem Brief an von Tirpitz davon gesprochen hatte, Europas anzustrebende Zukunft liege in einem »Bündnis Deutschland-England-Frankreich« machte ihn im siegestrunkenen Deutschen Reich zum Außenseiter. In Berlin galt er als »seniler Pazifist«. Dennoch gab er lange nicht auf. In zunehmend verzweifelten Briefen, Memoranden und Vermittlungsversuchen plädierte er für einen »vernünftigen Friedensschluss«, für das Ende eines Krieges, den er als »Verbrechen« ansah. Vergeblich.

Erst im Herbst 1918 war der »abgewimmelte Wasserjude«, wie Ballin in Berlin verächtlich genannt wurde, bei den Verantwortlichen plötzlich wieder gefragt: Der Krieg war für das Deutsche Reich verloren. Die Militärs, die so lange markig von »Siegfrieden oder Untergang« getönt hatten, suchten dringend jemanden, der zunächst dem Kaiser diese unerfreuliche Tatsache klarmachen und später auch noch die Friedensverhandlungen führen sollte. Der Patriot Ballin erklärte sich selbst dazu noch bereit. Doch seine Kräfte waren aufgerieben. Als im November 1918 in Kiel die Matrosen meuterten, als in Hamburg das Hapag-Hauptgebäude von einem Arbeiter- und Soldatenrat besetzt wurde und das Ende des Unternehmens nahe schien, kurz: Als die Welt, in der er verwurzelt war, zerbrach, vergiftete sich der 61-jährige Albert Ballin. Er starb mit dem Kaiserreich, am Mittag des 9. November 1918. Um dieselbe Stunde rief Philipp Scheidemann in Berlin die Republik aus.

Ballin hatte recht behalten. Die Versailler Friedensverträge wurden genau das, was er am meisten gefürchtet hatte: »ein Abkommen, das einen Hass zurücklässt, der den Boden schon bereitet für den nächsten Krieg«. Für die deutschen Reeder erwies sich 1919 als das, wie sie klagten, »schlimmste aller Kriegsjahre«. Dem geschlagenen Deutschland wurden drückende Bedingungen auferlegt, zum Beispiel die, alle Schiffe über 1600 Bruttoregistertonnen an die Siegermächte abzugeben, dazu die Hälfte aller Schiffe zwischen 1000 und 1600 Bruttoregistertonnen. Nahezu die gesamte deutsche Handelsflotte ging so verloren. Insgesamt verringerte sich die Vorkriegstonnage von 5,4 Millionen Bruttoregistertonnen auf weniger als 750.000.

Mit Partnern zurück ins Geschäft

Was der Hapag und dem Norddeutschen Lloyd jedoch blieben, waren ihre internationalen Kontakte, die, wie sich bald erwies, die deutsche Niederlage überdauerten. Vor allem aus amerikanischen Gegnern wurden schnell Partner beim Wiederaufbau. Ein Arrangement, das sich anbot: Die Amerika-

Plakat eines anonymen Künstlers: »Nach Amerika«, 1923/25

ner besaßen nun als Kriegsbeute reichlich Schiffsraum, die Deutschen das dringend benötigte Know-how dazu. So schloss sich der Norddeutsche Lloyd 1920 mit der France and Canada Steamship Corp. zur United States Mail Steamship Co. zusammen und charterte mit diesem Partner ehemals eigene Schiffe zurück. Am 18. August 1920 lief als Nachkriegsneubeginn die amerikanische SUSQUEHANNA aus Bremerhaven aus – der einstige Lloyd-Dampfer RHEIN. Nach und nach übernahm der Norddeutsche Lloyd Vertretungen für Reedereien aus der ganzen Welt und war so wieder im internationalen Geschäft. 1922 schickte das Unternehmen die SEYDLITZ als erstes Nachkriegsschiff unter eigener Flagge von Bremerhaven nach New York.

Für die Hapag unterzeichnete Ballins Nachfolger, Dr. Wilhelm Cuno, im Jahr 1920 einen Kooperationsvertrag mit den United American Lines. Diese Partnerschaft erregte in den USA Aufsehen und Kritik, war für viele Amerikaner doch die Hapag ein Aushängeschild des ehemaligen Kriegsgegners gewesen. Doch das Arrangement bewährte sich: Als erstes Schiff stach im Liniendienst die MOUNT CLAY, ehemals die PRINZ EITEL FRIEDRICH des Norddeutschen Lloyd, im Dezember 1920 von New York aus in See und legte in Cuxhaven an. Auch die Hapag übernahm in den Folgejahren Vertretungen in Deutschland, vor allem für britische Reedereien.

In diesen Jahren hatte der Norddeutsche Lloyd ein Problem: Noch vor dem Ersten Weltkrieg hatten die Bremer den Bau des neuen Luxusliners in Auftrag gegeben. Doch auch Schiffe auf der Bauwerft fielen unter die Bestimmungen des Versailler Vertrags und mussten abgeliefert werden. Großbritannien drängte auf Fertigstellung, um den Liner zu übernehmen. Der Norddeutsche Lloyd und die Schichau-Werft in Danzig zogen daraufhin die Arbeiten immer weiter hinaus. Schließlich wurde der Konflikt durch ein Tauschgeschäft gelöst: Großbritannien bekam die fertiggestellte COLUMBUS, verzichtete dafür aber auf sechs Lloyd-Dampfer aus der Vorkriegszeit. Die gingen an die alten Eigner zurück, die mit ihnen ihren Liniendienst nach Südamerika und Ostasien wieder aufnehmen konnten. Zusätzlich durfte der Norddeutsche Lloyd das gleichnamige Schwesterschiff der COLUMBUS für die eigene Flotte in Kiel fertigbauen. 1924 ging diese COLUMBUS unter der blau-weißen Lloyd-Flagge auf ihre Jungfernreise nach New York.

1923 hatte die Hapag ihren Wiederaufbau ebenfalls nahezu abgeschlossen. Auch neu gebaute große Passagierdampfer gehörten wieder zu ihrer Flotte. Die beiden um die 20.000 Bruttoregistertonnen großen Nachkriegsneubauten ALBERT BALLIN und DEUTSCHLAND fuhren seit 1923/24 im Liniendienst nach New York. Zu dieser Zeit hatte die Hapag 10.000 Mitarbeiter und nahm auch wieder an internationalen Schifffahrtskonferenzen teil. Die »New York Herald Tribune« stellte anerkennend fest, dass den deutschen Reedereien zehn Jahre nach Kriegsausbruch »eine der erstaunlichsten Sanierungen in der Geschichte der Weltschifffahrt« gelungen war.

Goldene Zwanziger zur See: Die »große BREMEN«

Ende der Zwanzigerjahre, als sich die Weltwirtschaft von den Kriegsfolgen erholt zu haben schien, eroberten sich die Bremer ihren Spitzenplatz im Transatlantikgeschäft mit zwei hochmodernen Turbinen-Schnell-

Die BREMEN auf Weltreise: Die Schleuse des Panamakanals zu passieren, war eine nautische Meisterleistung. Links und rechts des Schiffes blieben jeweils nur 25 Zentimeter bis zur Schleusenmauer.

dampfern zurück: mit der 51.656 Bruttoregistertonnen großen BREMEN und dem mit 49.765 Bruttoregistertonnen etwas kleineren Schwesterschiff EUROPA. Vor allem die BREMEN, gebaut in Bremen, stand nicht nur für das neue Selbstbewusstsein ihrer Reederei, sondern auch für das der Weimarer Republik, die Inflation und Nachkriegskrisen gemeistert zu haben schien. BREMEN und EUROPA wurden endgültig zu Markenzeichen und gelten bis heute als Synonym für außergewöhnliche Reisen auf höchstem Niveau. Auch wenn sich die Zeiten geändert haben: Heute geht es nicht mehr um das Blaue Band, sondern die Schiffe von Hapag-Lloyd Cruises bieten auf weltweiten Routen legeren Luxus in sehr persönlicher Atmosphäre. Die Rekorde, die sie heute erreichen, sind individuelle Reiseabenteuer wie die Durchfahrt der Nordostpassage.

Als die »große BREMEN«, der Stolz der Region, 1929 ausgeliefert wurde und in Bremerhaven einlief, jubelten ihr entlang der Weser Tausende zu. Zur Jungfernfahrt waren 2200 Passagiere an Bord, und erstmals auch ein kleines Katapultflugzeug, um eilige Post vorab nach New York zu befördern. Nahezu 500 Journalisten begleiteten das Spektakel. Die BREMEN stand für die Erfolgsgeschichte des Norddeutschen Lloyd beim Wiederaufbau, vor allem als sie gleich bei ihrer ersten Überfahrt nach mehr

Der Ballsaal des Schnelldampfers BREMEN

als 20 Jahren britischer Vorherrschaft das Blaue Band zurückeroberte. Wenig später übernahm das Schwesterschiff EUROPA die begehrte Auszeichnung. Der Bordservice auf den schönen Schwestern war ebenso legendär wie ihre Geschwindigkeit, und auch als Werbeträger machten die Schnelldampfer Karriere. Ein Lloyd-Plakat, das ihren aufragenden Bug zeigte, wurde zu einer Ikone der Moderne. Die beiden Liner, auffällig mit ihrer futuristischen Silhouette, schnittig und mit niedrigem Schornstein, avancierten zu Symbolen der kurzen Goldenen Zwanziger. Im Gegensatz zum Glamour dieser Schiffe setzte die Hapag mit ihrem halb so großen »Albert Ballin«-Quartett auf Nüchternheit und Solidität und konzentrierte sich nach dem Ende der großen europäischen Auswanderungswelle wieder überwiegend auf das Frachtgeschäft.

In den Zwanziger- und Dreißigerjahren waren, allen Krisen zum Trotz, Kreuzfahrten international beliebter als je zuvor. Sowohl die Hapag als auch der Norddeutsche Lloyd zogen immer wieder Spitzenschiffe aus dem regulären Linienverkehr ab, um sie für die lukrativen Vergnügungsreisen einzusetzen. Beide Gesellschaften engagierten sich ebenso im jungen zivilen Luftverkehr. 1923 legten die Hapag und der Norddeutsche Lloyd ihre Luftfahrtinteressen in der Deutschen Aero Lloyd zusammen, aus der durch Fusion mit der Junkers Luftverkehr AG am 6. Januar 1926 die Deutsche Luft Hansa A.G. entstand. Noch heute verrät deren »hanseatischer« Name, dass die norddeutschen Großreedereien zu ihren Gründern gehörten. Das Engagement in der Luft war wegweisend und sollte der Hapag und dem Lloyd später entscheidend helfen.

Plakat von Albert Fuss: »Nach dem Amazonas, Westindien und Nordamerika«, 1937

Schwere Zeiten

Die Goldenen Zwanziger waren schon vorbei, als die EUROPA 1930 in Dienst gestellt wurde. Der Zusammenbruch der New Yorker Börse 1929 – auch als Schwarzer Freitag bekannt – hatte zu einer schweren Weltwirtschaftskrise geführt. In der darauffolgenden jahrelangen Rezession ging der Welthandel dramatisch zurück. Die Zahl der Arbeitslosen in der Weimarer Republik stieg von 4,4 Millionen 1929 auf 6,1 Millionen im Jahr 1931. Für die Schifffahrt, den Seismografen der Weltwirtschaft, hatte die Krise besonders dramatische Folgen: Das Frachtgeschäft brach ein, in den Häfen herrschte gespenstische Ruhe. Angesichts dieser existenzgefährdenden Situation beschlossen

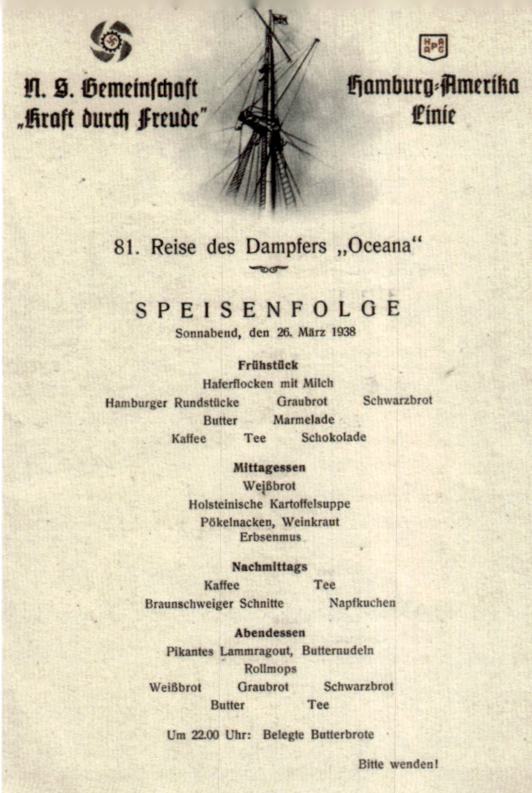

N. S. Gemeinschaft
„Kraft durch Freude"

Hamburg-Amerika Linie

81. Reise des Dampfers „Oceana"

SPEISENFOLGE

Sonnabend, den 26. März 1938

Frühstück

Haferflocken mit Milch

Hamburger Rundstücke   Graubrot   Schwarzbrot

Butter   Marmelade

Kaffee   Tee   Schokolade

Mittagessen

Weißbrot

Holsteinische Kartoffelsuppe

Pökelnacken, Weinkraut

Erbsenmus

Nachmittags

Kaffee   Tee

Braunschweiger Schnitte   Napfkuchen

Abendessen

Pikantes Lammragout, Butternudeln

Rollmops

Weißbrot   Graubrot   Schwarzbrot

Butter   Tee

Um 22.00 Uhr: Belegte Butterbrote

Bitte wenden!

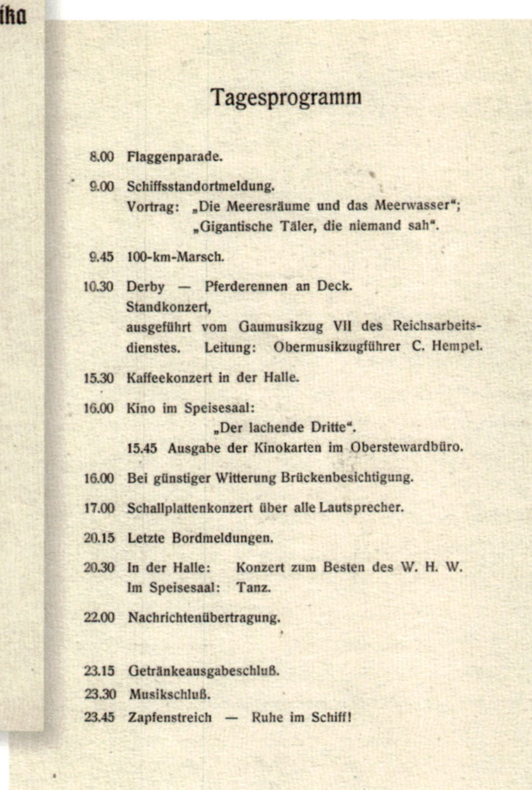

Tagesprogramm

8.00 Flaggenparade.

9.00 Schiffsstandortmeldung.
Vortrag: „Die Meeresräume und das Meerwasser";
„Gigantische Täler, die niemand sah".

9.45 100-km-Marsch.

10.30 Derby — Pferderennen an Deck.
Standkonzert,
ausgeführt vom Gaumusikzug VII des Reichsarbeitsdienstes. Leitung: Obermusikzugführer C. Hempel.

15.30 Kaffeekonzert in der Halle.

16.00 Kino im Speisesaal:
„Der lachende Dritte".
15.45 Ausgabe der Kinokarten im Oberstewardbüro.

16.00 Bei günstiger Witterung Brückenbesichtigung.

17.00 Schallplattenkonzert über alle Lautsprecher.

20.15 Letzte Bordmeldungen.

20.30 In der Halle: Konzert zum Besten des W. H. W.
Im Speisesaal: Tanz.

22.00 Nachrichtenübertragung.

23.15 Getränkeausgabeschluß.

23.30 Musikschluß.

23.45 Zapfenstreich — Ruhe im Schiff!

Nichts mit Ruhe und Muße: Das Tagesprogramm auf den KdF-Reisen war straff organisiert.

die Erzrivalen Hapag und Norddeutscher Lloyd zu kooperieren, um überhaupt überleben zu können. Das in Hamburg und Bremen noch undenkbar Scheinende – die offizielle Fusion – wurde umgangen. 1930 trat ein »Unionsvertrag« in Kraft, der den wirtschaftlichen Effekt einer Fusion erbringen sollte, ohne diesen Schritt tatsächlich zu vollziehen. Der Vertrag hielt nur wenige Jahre, dann spitzte sich die Lage so dramatisch zu, dass die Reedereien um massive staatliche Hilfe bitten mussten. Der Staat wurde Hauptanteilseigner beider Unternehmen – und der Staat, das war seit dem 31. Januar 1933 die NSDAP.

Die Hapag und der Norddeutsche Lloyd waren nun de facto Staatsunternehmen, und der Hauptanteilseigner erhielt Einspruchsmöglichkeiten bei Vorstands- und Aufsichtsratsbeschlüssen. Diese wurden vom neuen Regime schnell massiv genutzt. Am 26. Juli 1933 legten auf Druck der NSDAP sämtliche Aufsichtsratsmitglieder ihre Ämter nieder. »Nicht-arische« Mitglieder wie der um die Hapag hochverdiente Hamburger Privatbankier Max Warburg wurden so aus den Unternehmen gedrängt, die Spitzenpositionen mit den neuen Machthabern genehmen Männern besetzt.

Auf dem Nordatlantik nahm die Konkurrenz durch britische, französische und amerikanische Reedereien in den Dreißigerjahren zu. Die Hapag und der Norddeutsche Lloyd lagerten das kriselnde Geschäft in die gemeinsame Betriebsgesellschaft Nordatlantik-Gemeinschaft Hapag-Lloyd, kurz Norda, aus. Das Deutsche Reich übernahm das finanzielle Risiko – sollten doch deutsche Spitzenschiffe weiterhin im Ausland Flagge zeigen. Diese Flagge war das Hakenkreuz, das alle deutschen Schiffe ab 1933 statt derjenigen ihres Heimathafens am Bug führen mussten und das seit 1935 auch als Handelsflagge vorgeschrieben war. Die Hapag ließ daraufhin am Bug all ihrer Dampfer das Hamburger Wappen anbringen, der Lloyd versah seine Schiffe mit dem Bremer Schlüssel.

Der Gleichschaltung konnten sich die Beinahe-Staatsunternehmen damit nicht entziehen. Parteimitgliedschaft war für die Besatzungsmitglieder deutscher Schiffe ein Muss. Wer nicht in die NSDAP eintrat, dem wurde der Reisepass entzogen, was in der Seefahrt einem Verlust der Existenz gleichkam. Auch unliebsame, weil »nicht-arische« Momente der Firmengeschichte wurden getilgt. In der Festschrift zum 90-jährigen Firmenjubiläum der Hapag tauchte Albert Ballins Name nicht auf – er war im eigenen Haus zur Persona non grata geworden. Das Hapag-Flaggschiff ALBERT BALLIN wurde, wenn auch erst auf massiven Druck, 1935 in HANSA umgetauft.

Im Gegensatz zum kriselnden Nordatlantikverkehr boomten die Kreuzfahrten auch in den Dreißigerjahren. Unter den Passagieren waren viele Ausländer mit Konten in Deutschland. Nach den NS-Devisenbestimmungen durften sie ihr Geld nicht mehr aus Deutschland ausführen, auf deutschen Schiffen ausgeben konnten sie es dagegen sehr wohl. Beliebteste Zielgebiete blieben die Klassiker Mittelmeer und norwegische Fjorde. Doch auch Fernreisen, etwa ins exotische Ceylon, verzeichneten eine große Nachfrage.

Das deutsche Kreuzfahrtpublikum wandelte sich in diesen Jahren grundlegend, denn der NS-Staat hatte Seereisen als Propagandamittel entdeckt. Die nationalsozialistische »Deutsche Arbeitsfront«, die die verbotenen Gewerkschaften ersetzt hatte, gründete – praktischerweise auch mit enteigneten Gewerkschaftsgeldern – die Unterorganisation »Kraft durch Freude«. Die bot »verdienten Volksgenossen« eine Sensation: günstige Urlaubsreisen zur See. Kreuzfahrten hatten bis dahin als ein Inbegriff elitären Luxus gegolten. Entsprechend war der Effekt, als sie nun auch dem »deutschen Arbeiter« zugänglich gemacht wurden. Dass Parteipropaganda an Bord allgegenwärtig war, störte da wenig. Die heiß begehrten KdF-Reisen waren der Beginn des Massentourismus zur See. Zunächst charterte die Deutsche Arbeitsfront dafür noch Schiffe bei der Hapag und beim Lloyd, später erwarb sie eine eigene Flotte.

Heimatlos auf hoher See

Sehr viel weniger angenehm war die Seereise für ein anderes Publikum: für jüdische Deutsche, die, mit den Nürnberger Gesetzen aller bürgerlichen Rechte beraubt und nach dem Novemberpogrom von 1938 vogelfrei, in großer Zahl ihre Heimat verlassen mussten. Sie reisten dabei bevorzugt mit den Großreedereien, weil sie dort wenigstens sicher sein konnten, nicht auch noch betrogen zu werden. Auf der Ostasien- und Australienroute waren seit 1933 die Hälfte der Passagiere Flüchtlinge, und immer wieder charterten Hilfsorganisationen Schiffe für Sonderfahrten in einen vermeintlich rettenden Hafen.

Auf so einer Fahrt zeigte Hapag-Kapitän Gustav Schröder 1939 große Zivilcourage, als er fast tausend Juden vor der Gestapo rettete. Er war mit ihnen auf der ST. LOUIS auf dem Weg nach Kuba. Doch trotz vorhandener Visa verweigerten die dortigen Behörden dem Schiff die Anlandung und zwangen es zurück in internationale Gewässer. Die Besatzung und die Reisenden waren, wie der Kapitän später schrieb, »heimatlos auf hoher See«. Kein Land der Erde wollte sie aufnehmen. Schröder erhielt die Order, das Schiff zurück nach Cuxhaven zu bringen – wohl wissend, dass dort schon die Gestapo auf seine Passagiere wartete. Die Emigranten waren verzweifelt. »In ihren Augen war eine furchtbare Angst vor der Rückkehr zu lesen, aber nicht minder eine feste Entschlossenheit, alles für die Rettung einzusetzen«, notierte der Kapitän. »Wer einmal mit Verständnis in solch verzweifelte Augen geblickt hat, vergisst es nicht.« Schröder verweigerte sich, allen drohenden Konsequenzen zum Trotz, der Rückkehrorder, bis Öl, Wasser und Proviant knapp wurden. Er verhandelte hartnäckig im Interesse seiner Passagiere. Als das nichts half, plante er schließlich einen vorgetäuschten Maschinenschaden vor Großbritannien, um seine Schutzbefohlenen als Schiffbrüchige auf britischem Boden in Sicherheit zu bringen. Im letzten Moment erteilte Belgien den Flüchtlingen doch noch die Einreisegenehmigung. Die Hapag belobigte ihren unbotmäßigen Kapitän nach der Rückkehr ausdrücklich. Gustav Schröder wurde später als »Gerechter unter den Völkern« vom Staat Israel geehrt.

Totaler Krieg – totale Niederlage

Am 1. September 1939 marschierte die deutsche Armee in Polen ein. Der Zweite Weltkrieg brach aus. Das Reichsverkehrsministerium erteilte allen deutschen Schiffen, die sich noch auf See oder in ausländischen Häfen befanden, den Befehl, sofort die geplanten Routen zu verlassen, sich zu tarnen, nach Deutschland zurückzukehren oder einen neutralen Hafen anzulaufen. 858 Schiffe erreichte diese Anweisung. Eines von ihnen, die große BREMEN, hatte zwei Tage zuvor New York ohne Reisende an Bord verlassen. Nach einer abenteuerlichen Reise über Murmansk schaffte es der Luxusliner, die Seeblockade zu durchbrechen und Bremerhaven zu erreichen. Die nationalsozialistische Propaganda feierte diesen »Sieg« überschwänglich.

Die deutsche Handelsflotte musste, ebenso wie ihre Besatzungen, schon wieder in den Krieg ziehen: Die Wehrmacht nutzte die Schiffe für Rohstoff- und Truppentransporte oder baute sie zu Wohnschiffen für

Kapitän Gustav Schröder zeigte Zivilcourage und rettete seine jüdischen Schiffsreisenden vor der Gestapo. Dafür wurde er postum 1993 vom Staat Israel geehrt.

1945: Die Kaianlagen im Hamburger Hafen wurden fast vollständig zerstört.

die Kriegsmarine um. Inmitten des Krieges, 1942, startete ein Schiffbau-Notprogramm, um die Verluste auszugleichen. Doch die Verluste ließen sich nicht kompensieren. Von der Hapag-Flotte, die kurz vor dem Krieg 760.000 Bruttoregistertonnen umfasst hatte, waren Ende des Jahres 1944 nur noch 160.000 Bruttoregistertonnen übrig geblieben. Weitere sieben Schiffe wurden bis zum Kriegsende im Mai 1945 noch versenkt, darunter das komplette »Albert Ballin«-Quartett.

Der Norddeutsche Lloyd hatte sein Flaggschiff BREMEN schon 1941 bei einem Brand in Bremerhaven verloren. Die COLUMBUS war im Dezember 1939 beim Versuch, nach Deutschland durchzubrechen, von einem britischen Zerstörer gestellt worden. Ihr Kapitän ließ das Schiff in Brand setzen und versenken. Die EUROPA wurde im Mai 1945 US-Kriegsbeute. Auf den »totalen Krieg« folgte im Mai 1945 die totale Niederlage, auch für die Reedereien. Ein beträchtlicher Teil ihrer Mitarbeiter war tot, Werften, Häfen und Infrastruktur zerstört. Nicht genug, dass die deutsche Handelsflotte diesmal komplett abgeliefert werden musste. Die Schifffahrt des besiegten Aggressors Deutschland blieb auch jahrelang von den Weltmeeren verbannt. Die Hapag und der Lloyd überlebten Ende der Vierzigerjahre mühsam mit Seebäder- und Küstendiensten, doch erst mit der Währungsreform 1948 und massiver amerikanischer Hilfe gelang ein Neubeginn. ✶
SUSANNE WIBORG

Der Hafen

TILMAN RAMMSTEDT

MEINE KAPITÄNE

Mein erster Kapitän hat mir alles beigebracht, was ich von der Seefahrt weiß. Leider ist das nicht viel. Mein erster Kapitän war ein schlechter Lehrer, so wie er auch ein schlechter Kartenspieler war, ein schlechter Trinker, ein schlechter Lügner und ein schlechter Witzeerzähler. Vielleicht war er auch ein schlechter Kapitän, das kann ich nicht beurteilen, das kann niemand beurteilen, denn er hat nie ein Schiff betreten. Er sei doch nicht verrückt, hat er immer gesagt und sich vorsichtshalber an seinem Stuhl festgeklammert, obwohl der Stuhl auf eindeutigem Festland stand und die See weit entfernt war, Hunderte von Kilometern bis zum nächsten Hafen. Mein erster Kapitän hat das Meer nie gesehen. Und, wie er immer betonte, habe er das auch nicht vor. »Es ist mir einfach zu klein«, behauptete er, aber weil er ein schlechter Lügner war, glaubte ihm das niemand. In Wahrheit wurde er nur furchtbar schnell seekrank. Schon beim Gehen störte es ihn, nicht ständig mit beiden Füßen den Boden zu berühren, also saß er fast pausenlos in seinem Stuhl. Und weil es ihn auch störte, dass die Welt sich unter ihm drehte, glaubte er lieber nicht daran. »Wie sollte das auch bitte funktionieren?«, fragte er mich und hoffte, dass ich nicht darauf antwortete. Zwei Jahre lang war ich bei ihm Matrose. Dann beschloss ich, dass es reichte. Mein erster Kapitän wollte mir zum Abschied gerne etwas schenken, aber weil sich nichts in Griffweite befand und er sich nicht traute, eigens dafür aufzustehen, schenkte er mir nur einen guten Rat: »Vergiss alles, was ich dir gesagt habe.« Ich nickte, bedankte mich bei ihm, dann ging ich. Seinen Rat habe ich seitdem täglich befolgt.

*

Mein zweiter Kapitän hatte einen Bart. Der Bart war so schwarz und lang und struppig und ganz und gar gewaltig, dass manche behaupteten, es sei gar nicht der Kapitän, der einen Bart hatte, es verhalte sich vielmehr andersherum: Der Bart hatte einen Kapitän. Ich gehörte zu diesen manchen. Wenn der Kapitän uns Befehle gab, riefen wir »Aye, aye!«, aber wir schauten nicht den

Kapitän an, wir schauten auf den Bart. Wir wussten, bei wem wir uns in Wahrheit zu bedanken hatten, als der Kapitän in der Meerenge von Tiran gerade noch rechtzeitig das Ruder herumriss. Und bei dem großen Sturm damals vor Montserrat war es der Bart, den wir noch in letzter Sekunde packen konnten, bevor er über Bord ging, den Kapitän zogen wir nur unfreiwillig mit zurück an Deck. Wer von beiden es war, der sich den anderen schließlich irgendwann überraschend abrasierte, ist wahrscheinlich gleichgültig. Eines Morgens waren sie jedenfalls getrennt. Mein zweiter Kapitän stand mit lächerlich nacktem Kinn auf der Brücke, sein Bart verstreute sich in alle Winde. Für manche von uns war es keine Frage, wem unsere Treue galt, wem von beiden man ab sofort zu folgen hatte. Ich gehörte zu diesen manchen.

*

Mein dritter Kapitän behauptete immer, seine Braut sei die See. Ich weiß, viele Seefahrer behaupten das, aber keiner meinte es so ernst wie mein dritter Kapitän. Er schaute tagein, tagaus verliebt in die Wellen. Er warf andauernd Geschenke ins Wasser, Blumen, Schmuck, mehrseitige selbstverfasste Gedichte, und seine Braut verschluckte alles dankbar und rauschend. Nachts mussten wir ihn an ein Seil binden und zu seiner Braut herunterlassen, damit er sie küssen konnte, ihre je nach Stimmung glatte oder aufgebrachte Haut, ihre salzigen Lippen, und manchmal befahl er uns von unten, den Blick abzuwenden, weil es »noch ein wenig intimer« werden sollte, und wir gehorchten gern. Mein dritter Kapitän war allerdings ein sehr eifersüchtiger Mann. Sobald er ein weiteres Schiff nur von Weitem sah, ließ er alle Segel setzen, um es so schnell wie möglich zu verjagen. Er stand mit erhobener Harpune an der Reling und zielte auf jeden Fisch, der es wagte, sich in seiner Braut zu tummeln. Er beschimpfte ausgiebig Algen. Und im Laufe der Zeit wurde er immer argwöhnischer. Er fing an, die Möwen zu verscheuchen, wenn sie ihre Kreise zu dicht über seiner Braut zogen. Dann verscheuchte er jede Landzunge, die zu weit in seine Braut hineinragte, und am Ende verscheuchte er sogar den Wind, weil der die Haut seiner Braut verspielt zum Kräuseln brachte. »Ich bin der Einzige, der hier etwas zum Kräuseln bringen darf«, rief er, und nichts war mehr da, was widersprechen konnte. Wir trieben auf offener, gespenstisch stiller See, kein Land weit und breit, kein Wind, keine Rettung. Und wir wollten uns freuen für unseren Kapitän, wie er dort glücklich und

siegreich seine Braut anlächelte. Wir wollten an die Kraft der Liebe glauben, das wollten wir wirklich, aber sie glaubte nicht an uns.

*

Mein vierter Kapitän redete nicht viel. In all den Jahren, die ich mit ihm segelte, hat er nur ein einziges Wort über die Lippen gebracht. Den Rest musste er mit den Augen sagen, mit seinen beredten, blassblauen Augen, die alle Sprachen dieser Welt beherrschten. Mein vierter Kapitän musste seine Stimme schonen, er musste alles an sich schonen, denn er war erschreckend dünn, so dünn, dass wir ihn bei aufkommendem Wind am Mast festbinden mussten, damit er uns nicht davonflog. Fürs Laufen reichte seine Kraft längst nicht mehr, also ließ er sich immer vom Maat tragen. Der Maat war nicht besonders stark, aber dennoch benötigte er für meinen vierten Kapitän nur eine Hand, was praktisch war, weil der Maat nach einer verlorenen Wette ohnehin nur noch eine Hand hatte. Den ganzen Tag trug er meinen vierten Kapitän herum, vom Achterdeck aufs Vorderdeck, von der Kombüse in die Kajüte, und zwischendurch immer wieder hinauf ins Krähennest, damit mein vierter Kapitän kontrollieren konnte, ob wirklich noch kein Land in Sicht war, denn sein Heimweh war groß. Er schaute alle Richtungen ab. »Ist das Land?«, fragten seine Augen. »Nein, das ist eine Möwe«, sagte der Maat. »Ist das Land?«, fragten seine Augen. »Nein, das ist eine Welle«, sagte der Maat. »Ist das Land?«, fragten seine Augen. »Nein, das ist die Sonne«, sagte der Maat. Das Heimweh ließ meinen vierten Kapitän immer dünner werden. Man musste ihn mittlerweile frontal anschauen, von der Seite war er kaum noch sichtbar. Und wenn der Maat ihn nicht gerade herumtrug, war er die ganze Zeit mit Tauen am Mast festgebunden, weil jedes Niesen, jedes laute Wort, jede unvorsichtige Bewegung ihn fortgeweht hätte. »Ist das Land?«, fragten seine Augen. »Nein, das ist der Wind«, sagte der Maat. »Ist das Land?«, fragten seine Augen. »Nein, das ist eine Stimme«, sagte der Maat. »Ist das Land?«, fragten seine Augen. »Nein, das ist gar nichts«, sagte der Maat. Irgendwann hielten die Taue nicht mehr. Wir mussten ihn flach aufs Deck legen und mit Holzklötzen beschweren, seine Beine flatterten im Wind. »Ist das Land?«, fragten seine Augen. »Nein, das ist deine Hoffnung«, sagte der Maat. »Ist das Land?«, fragten seine Augen. »Nein, das ist deine Angst«, sagte der Maat. »Ist das Land?«, fragten seine Augen. »Ja, das ist Land«, sagte der Maat, und wir setzten alle Segel, wir ruderten und beteten und fluchten, doch als wir den Hafen endlich erreicht hatten, war mein vierter Kapitän so dünn geworden, dass nicht einmal die Holzklötze ihn am Boden hielten, er glitt unter ihnen hinweg, eine Bö erfasste ihn, der Maat versuchte noch, ihn zu fangen, aber der Wind hatte leichtes Spiel mit meinem vierten Kapitän, er wehte ihn nach links, nach rechts, dann immer weiter nach oben, und dann hörten wir es. Wir hörten sein einziges Wort, wir hörten das »Oh!«, dann trieb der Wind ihn über den Mast hinaus, in den Himmel hinein, den blauen Himmel, so blassblau wie die Augen meines vierten Kapitäns, aber verschwiegener.

*

Mein fünfter Kapitän hatte ein Holzbein. Weil er darüber hinaus auch noch seine beiden vollkommen intakten Beine hatte, sah das Holzbein nicht nur lächerlich aus, sondern störte ihn auch erheblich im Alltag. Er wollte aber keinesfalls darauf angesprochen werden, und wir hielten uns alle daran. Wir mochten ihn, meinen fünften Kapitän. Wir hatten schließlich alle schon einmal eine schlechte Idee gehabt. Wir kannten es gut, das klackernde Geräusch von Reue.

*

VA 173595

ELIZABETH TAYLOR

IDEAL FÜR EINEN KÜNSTLER

Wenn die Schleppnetzfischer den Hafen zur Teezeit verließen, begleiteten die Möwen sie nicht, wie sie es später bei der Rückkehr der Flotte tun würden; gleichmütig hockten sie auf dem kabbeligen Wasser entlang den Rändern kleiner Boote und schaukelten mit jeder Welle auf und nieder. Wenn sie sich erhoben und ihre Flügel ausbreiteten, zeichneten sie sich strahlend weiß, so weiß wie der Leuchtturm, gegen das grüne Meer ab.

Für die Männer auf den Booten sah der Hafen zuerst ärmlich und vertraut aus, eine Reihe von Gebäuden – Läden, Fischlokal, Wirtshaus –, mit abblätterndem aprikosenfarbenen und himmelblauen Anstrich; doch sobald ihre Boote jenseits der Hafenmündung zielstrebig in See stachen, kamen terrassenförmig ansteigend weitere Häuserzeilen in Sicht, zwischen den Dächern ragte der Kirchturm auf, die Schrift auf den Läden verblasste und das Schäbige wurde pittoresk.

Unterdessen blieb der Blick für Bertram, der an einer Mauer beim Leuchtturm lehnte, gleich. Bertram schien zwischen Meer und Land postiert zu sein; Wasser schwappte quecksilbrig zu beiden Seiten der Mole, auf der er sich befand. Er schaute über die Boote und die Möwen hinweg zum Wirtshaus an der Promenade. Wenn er dort am Morgen aufstand und an eines der meerseitigen Fenster trat, um seine Atemübungen zu machen, bot sich ihm der umgekehrte Blick. Dreh- und Angelpunkt war dann der Leuchtturm, und die Hafengebäude, die Mole, das Meer bewegten sich unablässig darum herum und gruppierten sich neu, sodass man ihn kaum je vor demselben Hintergrund sah. Die Mole etwa dehnte sich entweder aus oder schnurrte auf fast nichts zusammen. ›Ideal für einen Künstler‹, dachte Bertram, holte sein Skizzenbuch heraus und zog in der Mitte eines Blatts eine waagerechte Linie. Die Gebäude zeichnete er als Quadrate und Rechtecke ein, beginnend mit dem größten an einem Ende, dann das Wirtshaus, das Fischlokal Mimosa, den Altkleiderladen, den Vergnügungspavillon, die Seemannsmission, das Wachsfigurenkabinett, die Rettungsstation. Darüber skizzierte er noch einige Dächer sowie den Kirchturm.

Jetzt sah er, wie die Tür des schmalen Hauses, das zwischen dem großen Gebäude und der Wirtschaft eingezwängt war, sich öffnete und eine Frau mit schwarzem Schal um den Kopf heraustrat, einen weißen Krug in den Händen. Tief darübergebeugt, ging sie raschen Schrittes zum Nachbarhaus, in dem der Arzt wohnte. Schon ein paarmal hatte Bertram zur Teezeit beobachtet, wie sie sich mit einem weißen Krug dorthin begab; zu anderen Zeiten schlug sie die entgegen-

gesetzte Richtung ein, dann hatte sie einen rosafarbenen Krug dabei.
Bertram steckte das Skizzenbuch wieder in die Jackentasche und holte seine Pfeife heraus. Er war kein großartiger Künstler, auch wenn er eine sehr gute Methode gefunden hatte, Wellen im Moment des Brechens zu zeichnen, weiß und realistisch. Kaum hatte er seinen kleinen Entwurf aufs Papier gebracht, packte ihn die Neugier, denn eine Frau – nein, ein Mann mit Schürze schrieb jetzt mit Weiß etwas an die Fensterscheibe des Lokals, nachdem er das ›Spiegeleier, Chips und Tee 1/3‹, das Bertram auf dem Weg zum Leuchtturm aufgefallen war, abgewischt hatte. »Schöne gebratene Fischfilets, hoffe ich«, murmelte Bertram, »und bitte nicht Bohnen auf Toast oder falsch buchstabierte Frikadellen.«
Als er mit der Beschriftung, wie immer sie nun lautete, fertig war, ging der Mann hinein. Der Schauplatz war wieder leer, abgesehen von den Männern, die Rollen rostigen Stacheldrahts (es hatte einen Krieg gegeben) vom Ufer aufsammelten. »Das Licht schwindet«, sagte Bertram zu sich selbst.
Während seines ganzen Lebens auf See hatte er sich vorgestellt, seinen Ruhestand auf diese Weise zu verbringen: ein Zimmer in irgendeiner Hafenwirtschaft zu mieten und jene Aspekte der See zu malen, die, wie er glaubte, dreißig oder vierzig Jahre lang seiner Würdigung geharrt hatten. »Das wäre ein schönes Bild«, hatte er bei jedem Sonnenuntergang, jedem Mondaufgang, jedem Sturm, jeder juwelenbesetzten Küste gesagt und nicht die Szene selbst gesehen, sondern ihre Kristallisation oder Essenz; das mittels seiner Phantasie vollendete Bild davon. ›Bertram Hemingway, der fabelhafte Maler von Meeres- und *plage*-Motiven.‹ Doch auf dem Papier, mit Wasserfarben, wurden die Grüntöne zu Schlamm, die Vögel, reglos über den Wellen klebend, erzeugten nicht die mindeste Illusion möglicher Bewegung, und die Wellen selbst würden niemals brechen. ›Ölfarben vielleicht‹, dachte er. ›Immer diese Probleme mit dem Medium. Den Medien vielmehr. Wenn man in ein Hafenlokal geht, rechnet man nicht damit, dass einem Dosenlachs aufgetischt wird.‹
Die Wachsfigurenausstellung schien geschlossen zu haben – die Fenster waren mit grauer Spitze verhängt; der Altkleiderladen gleich daneben bekam gerade einen neuen Anstrich, dessen erste Schicht, lachsrosa, die abgelegten, im Schaufenster hängenden Sachen rahmte; die Rollläden des Vergnügungspavillons waren heruntergelassen; einer der Männer hatte sich von den Stacheldrahtschlaufen gelöst und war in das Lokal gegangen, jetzt kam er mit einer Tasse in der Hand an die Tür und rief seinen Kameraden, die andere Hand muschelförmig um den Mund gelegt, etwas zu. Seine Stimme drang von

fern über den Hafen zu Bertram herüber. Ja, das Licht schwand. Als Bertram sich umdrehte, sah er die weit über den Horizont verteilten Schleppnetzfischer. Einsamkeit überkam ihn. Er schlug seine Pfeife gegen die Mauer und machte sich auf den Rückweg über die geschwungene Mole. ›Bertram Herningway, R. N., i. R., der berühmte …‹ ›Auch andere Männer haben erst spät begonnen‹, unterbrach er sich selbst. ›Denk an …‹ Doch selbst wenn ihm ein Beispiel eingefallen wäre, bemühte er sich nicht weiter, denn da war die Frau wieder, jetzt in der anderen Richtung unterwegs, und verschwand in ihrem Haus, dieses Mal mit erhobenem Kopf, eine weiße Hand auf dem dunklen Schal um ihren Hals. Kein Krug. Anscheinend nahm sie ihn nie mit zurück. Es sei denn, sie kam aus der Wirtschaft. Dann ging sie langsam und vorsichtig wie ein kleines Mädchen.

Jetzt fuhr vor dem Haus, das sie gerade verlassen hatte, dem Haus des Arztes, ein Wagen vor. Er selbst stieg aus, schlug die Tür zu und hielt einen Augenblick inne, um die Fischerflotte zu betrachten (das taten die meisten), ging dann mit seinem Koffer in der Hand zum Haus, klopfte, wartete, wurde verschluckt.

Bertram schlenderte die Promenade entlang. ›Ja, ich habe eine oder zwei Skizzen gemacht‹, probte er für das Gespräch mit dem Wirt, ›die Silhouette eingefangen … interessante kubistische Effekte, diese Häusergruppen … aber dann schwand das Licht.‹

Im Fenster des Wachsfigurenkabinetts hing ein Schild, das in schattenhafter Schrift für die jüngste Attraktion warb – *Der Herzog und die Herzogin von Windsor*; ausgeblichenes, zerknittertes Papier lag ebenfalls dort und ein bisschen Mäusedreck.

Als er durch den Farbgeruch hindurchging, war ihm auf einmal, als bebte und verharrte die Luft, und tatsächlich – der Lichtstrahl vom Leuchtturm schwenkte kühn herüber … ein Blitzen, ein Zwinkern, eine Pause … und bestätigte, was der Künstler bereits entschieden hatte: dass der Tag zu Ende war.

»Frisch gebratene Gardinen«, las Bertram laut vom Fenster des Lokals ab, stutzte dann ungläubig – »Ach so! Sardinen!« Er lachte und wandte sich zum Wirtshaus.

Der Hafen wiederum beobachtete Bertram. Es waren schon öfter Künstler hier gewesen, aber mit Staffeleien und im Halbkreis von Kindern umstanden, und kaum je, bevor die Saison begann. Dieser Mann weckte ein wenig ihren Argwohn. Er hatte nicht die üblichen Attribute. Sein Bart war ein Seemannsbart, nicht der eines Bohemiens. Sie spähten hinter Laden- und Zimmergardinen hervor, und auch Mrs Wilson vom Wachsfigurenkabinett blickte aus ihrem Fenster im ersten Stock und überlegte, ob er ein Spion sei, nicht bedenkend, dass der Krieg vorbei war. Als sie den Lichtkegel über das Wasser schweifen sah, spürte sie Furcht und Verzweiflung angesichts des langen Abends, durch den sie sich würde lotsen müssen – mithilfe etlicher Tassen Tee und eines Briefs an ihren Bruder in Kanada oder der Strickarbeit, die sie auf den Boden hatte fallen lassen, als sie sich gegen die Scheibe lehnte, um Bertram zu beobachten, die Wange am kratzigen Stoff der Vorhangspitze, deren baumwollähnlicher, staubiger Geruch ihr durch und durch ging.

ORHAN PAMUK
ALLE MEINE SCHIFFE

Dieses Schiffezählen betreibe ich seit jeher. Ob rumänische Öltanker, sowjetische Kreuzer, Fischkutter aus Trabzon, bulgarische Passagierschiffe, Schwarzmeerschiffe der Türkische Schiffahrtsgesellschaft, sowjetische Beobachtungsschiffe, elegante italienische Ozeandampfer, Kohlenfrachter, Küstenfahrzeuge aus Varna, verrottende Frachtschiffe, verrottende, flaggenlose dunkle Schiffe: ich zähle sie alle. Was ich hingegen nicht zähle, sind die Motorboote, mit denen Beamte und Hausfrauen mit Einkaufsnetzen sich von einem Ende des Bosporus zum anderen bringen lassen, und die Stadtdampfer, auf denen in sich versunkene Fahrgäste rauchen und Tee trinken, denn die kenne ich mittlerweile so gut wie seinerzeit mein Vater, und so wie das Mobiliar in unserer Wohnung gehören sie unzertrennlich zu meiner Welt. {…}

Vielleicht wird mein Hang zu der Zählerei etwas nachfühlbarer, wenn ich erzähle, wie ich damit begann. Meine Eltern, mein Bruder und ich lebten damals, Anfang der sechziger Jahre, in einem Mietshaus in Cihangir, das mein Großvater hatte errichten lassen, in einer kleinen Wohnung mit Blick auf den Bosporus. Ich war in der letzten Klasse der Grundschule, also elf Jahre alt. Einmal im Monat stellte ich abends meinen Wecker, auf dem das Bild einer großen Glocke prangte, so, daß er ein paar Stunden vor Sonnenaufgang läutete. So erwachte ich gegen Ende der Nacht in einer dunklen Stille, und da ich den Ofen, der vor dem Schlafengehen immer ausgemacht wurde, nicht allein anzünden konnte, ging ich, um nicht zu frieren, in das leere Zimmer, in dem manchmal der Hausangestellte schlief, setzte mich auf das Bett, schlug mein Türkischbuch auf und wiederholte das Gedicht, das ich bis Schulanfang auswendig können mußte.

»O Flagge, ruhmreiche Flagge,
Flattere du im Wind!«

Wie jeder weiß, der schon mal einen Text, ein Gebet, ein Gedicht auswendig gelernt hat, gibt man dabei nicht besonders acht auf das, was man gerade vor Augen hat. Die »Augen unseres Verstandes«, wenn dieser Ausdruck einmal erlaubt sei, sind ganz mit den Bildern beschäftigt, die uns das Auswendiglernen erleichtern sollen. Unsere »normalen Augen« wandern indessen nach eigenem Gutdünken umher. So saß ich an jenen Wintertagen zitternd und memorierend da und sah dabei auf das Dunkel des kaum erkennbaren Bosporus hinaus. Zwischen den vier- bis fünfstöckigen Mietshäusern, den Dächern und Schornsteinen der verfallenden Holzhäuser, die in den darauffolgenden zehn Jahren samt und sonders niederbrennen sollten, und den Minaretten der Cihangir-Moschee sah man den Bosporus, doch da um diese Zeit die Stadtdampfer noch nicht verkehrten, lag er in fast völliger Dunkelheit. Nur die Lichter der alten Hebekräne in Haydarpaşa, auf der asiatischen Seite, die Scheinwerfer vereinzelter Frachtschiffe, diffuser Mondenschein oder die Lampe eines dahintuckernden Motorbootes spendeten manchmal genug Licht, damit ich die mit Moos überwachsenen, muschelbedeckten Pontons und den gespenstisch anmutenden weißen Leanderturm sehen konnte. Meist aber war das Meer in geheimnisvolle Finsternis getaucht. Selbst wenn es, noch vor Sonnenaufgang, bei den Häusern und den zypressenbestandenen Friedhöfen auf den Hügeln der asiatischen Seite schon langsam hell wurde, war der Bosporus noch so dunkel, daß ich meinte, seine Wasser würden ewig so bleiben.

Während also in dunkler Nacht mein Kopf vollauf mit dem geheimnisvollen Mechanismus des Gedächtnisses beschäftigt war, blieb mein Auge manchmal an einer seltsamen Silhouette haften, die schwerfällig durch den Bosporus pflügte. Und obwohl ich dem Gegenstand keine ernsthafte Beachtung schenken konnte, schien mein Auge ihn gleichsam unwillkürlich zu kontrollieren und ihn nur passieren zu lassen, wenn er eine wohlbekannte Form aufwies: Ja, das ist ein Frachtschiff, sagte ich mir dann, oder ein Fischerboot mit ausgeschaltetem Scheinwerfer. Ja, das ist ein Motorboot, das die ersten Fahrgäste von Asien nach Europa hinüberbefördert; ja, das ist ein altes Küstenschiff, unterwegs zu einem fernen sowjetischen Hafen …

EGON ERWIN KISCH

DEM LICHTMEER ENTGEGEN

Rechter Hand eine Lichterreihe: Coney-Island, wie man erfährt, linker Hand Staten-Island. Kaugummi-Reklame grüßt elektrisch, bewegt und eindringlich: »Wrigleys here, Wrigleys there, Wrigleys everywhere.«

Ebenso die »Statue der die Welt erleuchtenden Freiheit«. Man sieht sie zuerst im Profil, die Fackel weit von sich gestreckt, vom Sockel aus fällt ein Scheinwerfer auf ihre lückenlos durch ein faltiges Gewand verhüllte Gestalt. Vor nicht allzu langer Zeit fuhr ganz New York hierher, wenn jemand gehängt wurde. Der Galgen ist abgeschafft, der Elektrische Stuhl steht in Sing Sing und auf Bedloe-Island die Freiheitsstatue.

Und schon: steuerbords die Südspitze des Eilands Manhattan mit den Wolkenkratzern!

Mit diesen Wolkenkuckucksheimen der amerikanischen Realität! Um von den Fäusten und Ellenbogen der City nicht in den Hudson gestoßen zu werden, stülpen sich noch am äußersten Rand der Insel die Geschäfte und Kontore übereinander, vierzig, fünfzig, vierundfünfzig Stockwerke hoch.

Die berühmte »Skyline«, die Kontur der New Yorker Häusergiganten, hebt sich vom abendlichen Himmel ab.

Auf den Fassaden leuchten Rechtecke, viele Reihen, viele Etagen also. Darüber strahlen Kuppeln oder Türme. Die Vergleichsmöglichkeit fehlt – sieht man denn, daß das winzige Spielzeug, das achtlos auf der Erde liegt, acht- bis zehnstöckige Bauten sind? Erdrückt wird man nicht von einer spätabendlichen Begegnung mit den Wolkenkratzern. Nur bezaubert. Da steht das Ganze als ein einziger Block, ein Montsalwatsch auf senkrechtem Felsen, seine Zinnen glühen, und seine Wachtürme flammen.

Hart an der Stadt den Hudson aufwärts, an fünfzig stattlichen Häfen vorbei, die keine Häfen sind, sondern nur Anlegestellen des Hafens von New York.

Lichter und Lichtreklamen überall.

Unser Dampfer ist zu groß, um selbst in sein Landungsbassin zu manövrieren. So bugsieren ihn acht Schlepper. Zwei dieser »tugs« sind Vorspann, und zwei zerren seitlich das Schiff, zwei rennen mit verbundener Nase steuerbords und backbords unseren Rumpf an; wäre ihr Kiel nicht mit Hanf umwickelt, sie und wir würden Schaden nehmen.

Indes sich dieses possierliche Schubsen begibt, stehen auf dem Pier, tief unter uns, Menschen, viele Hunderte, tücherschwenkend, hüteschwenkend, schreiend.

Nur zwei Landungsbrücken werden vom britischen Steamer zum amerikanischen Land gespannt, die eine für die Passagiere der ersten Klasse, die andere für – das Gepäck der Erste-Klasse-Passagiere.

Alles drängt sich an Stellen zusammen, wo Blick und Schall eine Verbindung herstellen können zwischen Wartenden und Erwarteten. Erkennungsszenen, Wiedersehensszenen, Empfangsszenen par distance.

JENS EISEL
ZUM GLÜHENDEN ANKER

Karl stand am Fischmarkt und blickte über den Fluss. Im Trockendock gegenüber lag ein Kreuzfahrtschiff – keines von den ganz großen, aber dennoch war es beachtlich. Es war warm, es dämmerte, und die Lichter der Docks brannten schon. Auch das Schiff war hell erleuchtet, gedämpft drang das Hämmern und Schleifen zu ihm herüber. Die Arbeiter wirkten von hier aus klein, ihre Bewegungen waren kaum zu erkennen. Gerne hätte er sich auf dem Schiff einmal umgesehen, wäre durch die Gänge zu den Kabinen gelaufen oder hätte vom Deck aus hinüber zum Fischmarkt gesehen. Dorthin, wo er jetzt stand, dorthin, wo er täglich seine Arbeit begann.

Er zog an seiner Zigarette und warf sie in die Elbe. Ein letztes Mal sah er zum Schiff hinüber. Es war jetzt fast dunkel, und die Hafenkräne im Hintergrund waren kaum noch zu erkennen.
Er hatte den Einkaufswagen an eine Laterne gekettet. Früher hatte er ihn einfach so abgestellt, aber er war ihm ein paar Mal abhandengekommen, und dann hatte er die Idee mit dem Fahrradschloss gehabt.
Die erste Station, die er ansteuerte, war ein kleines Haus in der Hafenstraße, direkt unterhalb der Brücke. Um diese Uhrzeit war dort meistens noch nicht viel los, aber später würde sich das ändern. Aus der offenen Tür drang Musik, und auf der Treppe, die hinauf zu dem kleinen Park mit den Metallpalmen führte, saßen ein paar Jugendliche. Sie schienen ihn nicht zu bemerken, als er drei Flaschen, die neben einer Mauer standen, in den Wagen legte. In einem Papierkorb an einer Bushaltestelle fand er eine weitere Flasche.
Er hatte eine feste Route: Hafenstraße, Helgoländer Allee, Seewartenstraße, Bernhard-Nocht-Straße, Pinnasberg, Pepermölenbek und dann wieder von vorne. Unter der Woche musste er die Runde manchmal vier- oder fünfmal machen, um den Wagen vollzukriegen, aber am Wochenende reichte oft schon eine Tour. Die Reeperbahn mied er, auch wenn dort am meisten zu holen war; die Reviere waren fest abgesteckt, und auf der Reeperbahn bekam man leicht Probleme. Einmal hatte ihm so ein junger Kerl eine gelangt, als er eine Flasche von einer Treppe am Hans-Albers-Platz aufgehoben hatte.
»Verpiss dich, du Penner«, hatte ihm der Kerl nachgerufen, und als er am nächsten Tag aufwachte, war sein Auge geschwollen.
Die Flaschen im Wagen klirrten, als er am

Tropeninstitut vorbeilief. Es war seine dritte Runde, und es war schon einiges zusammengekommen. Er stieg die paar Stufen hinauf zu dem Mülleimer, aber der war leer, und als er wieder hinunterging, sah er zu den Gebäuden hinüber. In den großen Fensterscheiben spiegelten sich Lichter. Früher hatte hier die Brauerei gestanden. Karl dachte an die Bierkisten, die sich auf dem Hof getürmt und die Mauer überragt hatten. Er hatte sein ganzes Leben hier verbracht, und auch wenn er oft weg gewesen war, war er immer wieder hierher zurückgekehrt – sein Heimathafen eben. Aber seit einer Weile fühlte er sich fremd hier, und das, obwohl er die Stadt schon lange nicht mehr verlassen hatte.

Er sah die Leuchtreklame schon von Weitem – *Zum glühenden Anker* war über dem Eingang zu lesen. Eine der Neonröhren war kaputt und flackerte. Er öffnete die Metallpforte, die zum Hinterhof führte, und schob den Einkaufswagen zu den Mülltonnen, dann ging er wieder nach vorne. Er drückte gegen die Tür und betrat die Kneipe. In dem kleinen Fernseher, der in der Ecke über dem Dartautomaten hing, lief ein Boxkampf. Der Fernseher flimmerte, aber die zwei Männer, die an dem Tisch vorm Fernseher saßen, blickten zum Bildschirm hinauf.
»Abend«, sagte er und ging zum Tresen hinüber. Die Männer nickten, ohne den Blick vom Fernseher abzuwenden. Er setzte sich auf einen Hocker, holte den Tabak aus der Hosentasche und legte ihn auf die Theke. Karin war nicht zu sehen, aber er hörte sie in der Küche mit dem Geschirr klappern. Er drehte sich eine Zigarette, und als er sie anzündete, kam sie an den Tresen.
»Hallo«, sagte sie, nahm ein Glas aus dem Regal und hielt es unter den Zapfhahn.
»Halbzeit?«, fragte sie, und Karl nickte.
Er stand mitten auf dem Hans-Albers-Platz, zwischen all den Menschen. Überall blinkten Lichter, und er hatte immer noch Karins Worte im Kopf.
»Tut mir leid, Karl«, hatte sie gesagt. »Tut mir wirklich leid«, und dann hatte sie zu ihrer Hand geblickt, die neben seiner Hand auf dem Tresen lag.
Er lief ziellos durch das Viertel, vorbei an Kneipen und Spielotheken, in denen, wie er wusste, manchmal nur eine Person die ganze Nacht über alle Automaten bediente. In der Hoffnung, einmal den großen Gewinn einzustreichen.
Es wurde langsam hell, aber auf der Reeperbahn war noch viel los. Vor einem Kiosk standen ein paar junge Männer, die aus Plastikbechern tranken, und vor dem S-Bahn-Eingang durchsuchte eine Frau die Mülleimer. Sie hielt einen Stoffbeutel in der Hand, in dem sie jetzt eine Bierflasche verschwinden ließ. Sie war jung, vielleicht Anfang dreißig, aber sie hatte eine geduckte Haltung.

VICKY BAUM

DIE SCHIFFE DER FREMDEN TEUFEL

Am Meer lag die große Stadt, von der Chang Ah Tai schon gehört hatte. Es konnte nicht ausbleiben, daß er bei seinen Wanderschaften viel lernte, und an Verstand hatte er die Flußleute weit hinter sich zurückgelassen. Er hielt mit seiner Bildung nicht hinter dem Berg, sondern war stolz darauf und stellte sie zur Schau, wann immer er Gelegenheit hatte. »Dies ist das Zeichen Tien«, sagte er wohl, »dieses Zeichen stellt den Himmel dar«, und seine Genossen schauten respektvoll auf die Darstellung, die in vielen Läden zu sehen war; das Himmelszeichen, groß und mächtig, an dessen Fuß ein kleiner Mann hockte und aus seiner Schale aß. Es ging eine vollkommene Zufriedenheit von diesem Bild aus, und Chang selbst kannte diese Zufriedenheit gut. Fürwahr, ein kleiner Mann, an den großen Himmel gelehnt, aber auf der Erde sitzend und die Reisschale gefüllt.

Er hatte noch nie eine Stadt gesehen so groß wie diese. Drei Tage lang stand er nur herum und staunte. Die Straßen der Seidenhändler, der Garköche, der Barbiere, der Korbflechter, der Sargtischler, der Kerzenmacher, der Weihrauchverkäufer, die Märkte, die Läden mit Rindfleisch, mit Schweinefleisch, mit Geflügel, die geräucherten Enten, die in Reihen an ihren Hälsen aufgehängt waren, die Säcke mit Reis, der aus dem Süden kam, die stillen Läden der Teehändler, die in eleganten Seidenroben vor ihren zehntausend Zinnbüchsen saßen, die Schaustellungen der Medizinmänner, Hirschgeweihe, getrocknete Schlangen und Tierherzen. Zehntausend Banner und Fahnen hingen über den Straßen, und Laternen und Schilder aller Art; alle waren mit Schriftzeichen bedeckt und luden ein, priesen an oder enthielten vielleicht nur Gebete um Glück und Zufriedenheit. Seit Chang einige Zeichen erkennen konnte, beunruhigten ihn die vielen andern, die er nicht verstand. Er schob und drängte durch die Menge, und immer ragte sein Kopf über die andern hinaus. Die Kinder liefen ihm nach und riefen: »Großer, Großer, ist dein Vater ein Drache gewesen?«

Wie es ihm ein Freund geraten hatte, so fragte Chang sich durch bis zu dem Haus, in dem die Gilde der Lastträger ihre Geschäfte abwickelte. Es war ein kleines Haus, nahe am Hafen, und zwei alte Männer, die Tee schlürften und lange schwarze Roben anhatten, elegant, wenn auch nicht aus Seide, fragten ihn aus. »Es ist bekannt, daß die Männer von Shantung die größten im Mittleren Reich sind, aber du siehst zwischen ihnen aus wie eine siebenstöckige Pagode«, sagte der ältere der beiden Herren. Chang verbeugte sich geehrt. Er wurde ein Mitglied der Gilde, bekam Arbeit zugewiesen und zahlte seine Abgaben. Im Hafen lagen zehntausend Schiffe aller Formen und Größen. Obwohl Chang Ah Tai auf seinen Wanderungen zuweilen von solchen großen Schiffen vernommen hatte, so hatte er doch nur hingehört wie auf Märchen und Prahlereien. Aber da lagen sie im Wasser, größer als der Tempel am Berg. Sie konnten brüllen wie Tiere und schwarzen Rauch ausstoßen wie riesige Drachen. Es waren die Schiffe der Fremden Teufel, und sie hätten Chang Angst gemacht, wenn er gewußt hätte, was Angst war. Über lange, schmale, schwankende Stege trug er Kohlen auf seinem Rücken; eine Prozession von Männern schleppte Kohlen in den Bauch der großen Schiffe, kam zurück, lud neue Kohlen auf, zog über den Steg, eine Kette von Trägern, von Sonnenaufgang bis zur gelben Dämmerung. Sie sangen den Kuligesang, der wie ein Stöhnen klingt und dazu dient, den Atem zu regeln. Aber Changs Atem war groß und sicher. Im Hafen sah er zum erstenmal die Fremden Teufel, von denen neuerdings so viel die Rede war. Sie waren häßlich und frech, und es hieß, daß sie kleine Kinder kochten und aßen. Chang, der Kindern sehr zugetan war, konnte nicht daran denken, ohne ein heißes Jucken in seinen großen Fäusten zu spüren. Die meisten Hafenträger hatten Angst vor den Fremden, aber er ging nahe an sie heran, maß seine Größe und Kraft gegen die ihre und war sicher, daß er stärker war als ihr Nummer-eins-Mann. Da Chang nun täglich Arbeit hatte, verdiente er fast immer genug, um zu essen. In den kleinen Gassen am Hafen entlang gab es Teehäuser für die Träger und Schiffer, und eine dichte Menge bewegte sich abends unter den Laternen auf und ab. Aus manchen der Häuser drang das Singen hoher Frauenstimmen, dort waren die Mädchen.

ANNA SEGHERS
URALTES HAFENGESCHWÄTZ

Ich komme jetzt auf das Wichtigste. Es war am 28. November. Ich habe das Datum behalten. Mein zweiter Aufenthaltsschein sollte in kurzem ablaufen. Ich grübelte, was ich machen solle. Noch einmal neu ankommen auf den Lagerentlassungsschein, den mir Heinz geschenkt hatte? Zu den Mexikanern hinaufgehen? Ich setzte mich in den Mont Vertoux. In diesem Café saß ich jetzt vier- bis fünfmal die Woche.

{…}

Ich dachte an die Umstände dieser Abreise und an meinen eigenen Aufenthalt. Das Café Mont Vertoux liegt Cannebière, Ecke Quai des Belges. Was später kam, warf keinen Schatten voraus, weit eher ein klares Licht, das mich und alles an jenem Nachmittag erhellte, auch das Müßigste und Belangloseste meines ohnedies belanglosen müßigen Daseins. Zwischen mir und dem Büfett gab es zwei

Tische. An einem saß eine kleine Frau mit zottigem Haar, die immer da saß um dieselbe Zeit und immer den Stuhl schräg stellte und immer jedem dasselbe erzählte mit immer neuem Schreck in den Augen: wie sie ihr Kind bei der Evakuation von Paris verloren hatte. Sie hatte es auf ein Soldatenauto gesetzt, weil es müde geworden war. Da waren die deutschen Flieger gekommen, die Straße war bombardiert worden. Der Staub! Das Geheul! Und dann war das Kind nicht mehr da. Man hatte es erst Wochen später weitab in irgendeinem Gehöft gefunden, es würde nie mehr werden wie andere Kinder. An ihrem Tisch saß ein langer vertrackter Tscheche, der wollte durchaus nach Portugal, doch nur, um von dort nach England zu fahren, wo er mitkämpfen wollte, was er jedem zuflüsterte. Ich horchte sogar eine Weile hin, halb gelähmt vor Langeweile. Am anderen Tisch saß eine Gruppe von Einheimischen. Sie waren zwar nicht Marseiller, doch Festgesetzte, die hier ganz gut von der Furcht und der Abfahrtswut der Neuankömmlinge lebten. Sie erzählten sich lachend von einem Schiffchen, das zwei junge Ehepaare, die Männer waren gemeinsam aus dem Lager geflohen, für höllisch viel Geld gemietet hatten. Doch die Verkäufer hatten sie betrogen, das Schiffchen hatte ein Leck. Sie kamen bis an die spanische Küste. Da mußten sie wieder zurück. Sie fuhren noch in die Rhonemündung hinein, da wurden sie von der Küstenwache beschossen und bei der Landung gestellt. Ich hatte diese Geschichte auch schon hundertmal erzählen hören. Neu war mir nur der Schluß: Die Männer waren gestern zu zwei Jahren Bagno verurteilt worden. – Der Teil des Cafés, in dem wir saßen, stieß an die Cannebière. Ich konnte von meinem Platz aus den Alten Hafen übersehen.

Ein kleines Kanonenboot lag vor dem Quai des Belges. Die grauen Schornsteine standen hinter der Straße zwischen den dürren Masten der Fischereiboote über den Köpfen der Menschen, die den Mont Vertoux mit Rauch und Geschwätz erfüllten. Die Nachmittagssonne stand über dem Fort. Hatte der Mistral wieder begonnen? Die vorübergehenden Frauen hatten ihre Kapuzen hochgezogen. Die Gesichter der Menschen, die durch die Drehtür hereinkamen, waren gespannt von Wind und von Unrast. Kein Mensch bekümmerte sich um die Sonne über dem Meer, um die Zinnen der Kirche Saint-Victor, um die Netze, die auf der ganzen Länge des Hafendamms zum Trocknen lagen. Sie schwatzten alle unaufhörlich von ihren Transits, von ihren abgelaufenen Pässen, von Dreimeilenzone und Dollarkursen, von Visa de Sortie und immer wieder von Transit. Ich wollte aufstehen und fortgehen. Ich ekelte mich. – Da schlug meine Stimmung um. Wodurch? Ich weiß nie, wodurch bei mir dieser Umschlag kommt. Auf einmal fand ich all das Geschwätz nicht mehr ekelhaft, sondern großartig. Es war uraltes Hafengeschwätz, so alt wie der Alte Hafen selbst und noch älter. Wunderbarer, uralter Hafentratsch, der nie verstummt ist, solange es ein Mittelländisches Meer gegeben hat, phönizischer Tratsch und kretischer, griechischer Tratsch und römischer, niemals waren die Tratscher alle geworden, die bange waren um ihre Schiffsplätze und um ihre Gelder, auf der Flucht vor allen wirklichen und eingebildeten Schrecken der Erde. Mütter, die ihre Kinder, Kinder, die ihre Mütter verloren hatten. Reste aufgeriebener Armeen, geflohene Sklaven, aus allen Ländern verjagte Menschenhaufen, die schließlich am Meer ankamen, wo sie sich auf die Schiffe warfen, um neue Länder zu entdecken, aus denen sie wieder verjagt wurden; immer alle auf der Flucht vor dem Tod, in den Tod. Hier mußten immer Schiffe vor Anker gelegen haben, genau an dieser Stelle, weil hier Europa zu Ende war und das Meer hier einzahnte, immer hatte an dieser Stelle eine Herberge gestanden, weil hier eine Straße auf die Einzahnung mündete. Ich fühlte mich uralt, jahrtausendealt, weil ich alles schon einmal erlebt hatte, und ich fühlte mich blutjung, begierig auf alles, was jetzt noch kam, ich fühlte mich unsterblich. Doch dieses Gefühl schlug abermals um, es war zu stark für mich Schwachen. Verzweiflung überkam mich, Verzweiflung und Heimweh. Mich jammerten meine siebenundzwanzig vertanen, in fremde Länder verschütteten Jahre.

ALEX CAPUS
IM DAMPFKARUSSELL

Die Flaute hielt weitere drei Tage an. Erst am Morgen des 7. Dezember 1889, am sechsundzwanzigsten Tag auf See, kam Upolu in Sicht, die lange und schmale Hauptinsel Samoas, gebirgig und von dichtem Dschungel überwuchert. Vom Land herüber wehte der Geruch von Kokosnussöl, Holzfeuern, tropischen Blüten und von Brotfrucht, die auf heißen Basaltsteinen gebacken wird. Die Hafenbucht war gesäumt von einer einzigen, mit weißem Korallenkies bedeckten Straße, an der, halb verdeckt durch eine Doppelreihe Kokospalmen, die Hauptstadt Apia lag: einige Dutzend weißgestrichene Holzhäuser, fast alle von Europäern bewohnt, die meisten von ihnen Deutsche. Das größte Gebäude war der Sitz der »Deutschen Handels- und Plantagen-Gesellschaft für Südsee-Inseln zu Hamburg«, das von Apia aus den pazifischen Kokosnuss-Markt beherrschte. Daran reihten sich ein paar Wellblechdächer, dann das deutsche, das englische und das amerikanische Konsulat, gefolgt von der französischen Bruderschaft römisch-katholischer Priester und ein paar Kirchen aus Vulkanstein sowie dem Postamt, an dem ein Schild mit der Aufschrift »Kaiserlich Deutsche Postagentur« hing, und dann fünf oder sechs Läden für Lebensmittel und Haushaltswaren. Nach einer Stadt sah das nicht aus; eher nach einem etwas improvisierten Badeort. Es gab sechs Spelunken und Bars, in denen man Gin, Brandy und Soda sowie deutsches Bier (Flensburger und Pschorrbräu, die Flasche für eine Mark fünfzig in deutschem Geld) bekam; weiter eine Billardhall und eine Bäckerei sowie zwei Hufschmiede und zwei Baumwollentkörnungsanlagen. Etwas außerhalb der Stadt stand der deutsche Biergarten »Lindenau«, dessen Pschorrbräu immer dann angenehm kühl war, wenn das monatliche Postschiff aus San Francisco Eis mitgebracht hatte, und nahebei betrieb der deutsche Kegelklub seine Kegelbahn. Die wichtigste Attraktion in Apia aber war in jenen Jahren das alte Dampfkarussell am Hafen, letztes Überbleibsel einer US-amerikanischen Schaustellertruppe, die sich unter Zurücklassung des Arbeitsgeräts in alle Winde zerstreut hatte, als der Direktor die Löhne nicht mehr zahlen konnte. Ein französischer Barbesitzer übernahm das Karussell zu einem Spottpreis, und von da an stand es jeweils am Wochenende unter Dampf. Die jungen Männer des Städtchens spendierten ihren Mädchen für fünfundzwanzig Pfennig eine Fahrt auf einem wilden Löwen oder einem edlen Ross, und während das Karussell sich drehte, verkündete dessen Orgel endlos, dass das Männerherz ein Bienenhaus sei.

HANS ALBERS

AUF DER REEPERBAHN NACHTS UM HALB EINS

Silbern klingt und springt die Heuer,
heut' speel ick dat feine Oos.
Heute ist mir nichts zu teuer,
morgen geht die Reise los.
Langsam bummel ich ganz alleine
die Reeperbahn nach der Freiheit 'rauf,
treff ich eine recht blonde, recht feine,
die gabel ich mir auf.

Komm doch, liebe Kleine, sei die Meine, sag' nicht nein!
Du sollst bist morgen früh um neune meine kleine Liebste sein.
Ist dir's recht, na dann bleib' ich dir treu sogar bis um zehn.
Hak' mich unter, wir woll'n jetzt zusammen bummeln geh'n.

Auf der Reeperbahn nachts um halb eins,
ob du'n Mädel hast oder hast kein's,
amüsierst du dich,
denn das findet sich
auf der Reeperbahn nachts um halb eins.
Wer noch niemals in lauschiger Nacht
einen Reeperbahnbummel gemacht,
ist ein armer Wicht,
denn er kennt dich nicht,
mein Sankt Pauli, Sankt Pauli bei Nacht.

Kehr ich heim im nächsten Jahre,
braungebrannt wie'n Hottentott;
hast du deine blonden Haare
schwarz gefärbt, vielleicht auch rot,
grüßt dich dann mal ein fremder Jung',
und du gehst vorüber und kennst ihn nicht,
kommt dir vielleicht die Erinnerung wieder,
wenn leis' er zu dir spricht: Komm doch, liebe Kleine …

REPORTAGE VON LUTZ JÄKEL

DIE LETZTEN METER SIND ENTSCHEIDEND

Um alle Gäste an Bord eines Kreuzfahrtschiffs zu versorgen, müssen die Lagerräume in den Schiffsbäuchen stets gut gefüllt sein. Das ist nicht immer einfach, schließlich sind die Luxusliner auf der ganzen Welt unterwegs. Und man kann nicht auf einer entlegenen Insel im meist ohnehin kleinen Supermarkt für mehrere Hundert Gäste und die Crewmitglieder Lebensmittel einkaufen.

Verantwortlich dafür, dass stets genug Vorräte an Bord sind, ist der Hotel Inventory Controller, kurz der HIC. Er herrscht an Bord über 20.000 Artikel, die auf rund 800 Quadratmetern in den Unterdecks verstaut werden. Alle fünf bis sechs Wochen findet ein sogenanntes Heavy Storing statt: Egal wo auf der Welt die EUROPA, eines der beiden Flaggschiffe von Hapag-Lloyd Cruises, gerade festgemacht hat, stehen mehrere Lkw mit zehn bis zwölf 40-Fuß-Containern an der Pier, befüllt mit der Produktpalette eines mittleren Supermarkts und eines kleineren Feinkostladens. In Standardcontainern werden die Dinge des täglichen Bedarfs angeliefert, von Stecknadeln und Gläsern über Servietten bis zum Toilettenpapier, in Tiefkühlcontainern kommen Fleisch und Fisch, in Kühlcontainern die Getränke.

Im Durchschnitt verschwinden rund 170 Tonnen im Bauch des Schiffes. Etwa zehn Tonnen Fleisch, davon zwei Tonnen Rindfleisch mit rund 500 Kilogramm Filet, eine Tonne Butter, 5300 Liter Milch, drei Tonnen Mehl, 4000 Rollen Toilettenpapier, 2200 Liter Eiscreme, 6000 Flaschen Wein, 4200 Liter Bier, 2500 Flaschen Champagner und Sekt – und eine Tonne spezieller Reis für die philippinischen Crewmitglieder. Alle zwei bis drei Wochen muss zudem neue Frischware gebunkert werden, etwa 15 Tonnen an Obst und Gemüse und rund 15.000 Eier. Das wird entweder lokal eingekauft, oder es kommt mit dem Flieger, zusammen mit den Blumen aus Holland. Die rund 1200 Austern und 300 Hummer, die alle zwei Wochen angeliefert werden, liegen in Styroporkisten auf feuchtem Zeitungspapier und Seetang wohlgebettet. So sind sie gute vier Tage transportierbar – deshalb muss gerade dafür der Transportweg genau berechnet sein.

Den Schlüssel zum Allerheiligsten – dem Kaviarraum – haben nur drei Personen an Bord der EUROPA.

Stefan Femerling ist dafür verantwortlich, dass alles rechtzeitig an Ort und Stelle ankommt. Er koordiniert seit Jahren den Einkauf und die Kontrolle der Waren. Bereits Monate bevor in den Ladehäfen auf der ganzen Welt der Proviant an Bord geht, bekommt er einen imposanten Einkaufszettel von den Proviantmeistern der Schiffe – also von jenen, die für die Bestellung und Koordinierung der Waren zuständig sind. Doch was passiert dann? Er nimmt Kontakt zu den Händlern auf, schreibt die Lieferungen aus, holt sich Preise ein, bestellt die Ware. Diese wird verladen, verschifft und erreicht, wenn die Zollformalitäten geklärt sind, ein paar Wochen später das Kreuzfahrtschiff. Dennoch muss es bisweilen auch schneller gehen: Wenn die Routen der Kreuzfahrtschiffe kurzfristig geändert werden oder das Wetter die Einfahrt in einen Hafen unmöglich macht, muss der Logistiker reagieren und auch die Container umleiten. Wo das nicht mehr möglich ist, wird der Transport umgehend per Flugzeug organisiert.

Femerling hat überall seine Agenten sitzen und besitzt ein gut sortiertes Notizbuch mit Telefonnummern von lokalen Händlern auf der ganzen Welt. In den heiligen Hallen unter Deck befindet sich auch das Allerheiligste: die Kammer für den Kaviar. Nur drei Personen an Bord haben Zutritt: Kapitän, Hotel-Manager und HIC. Sie können jene dicken Türen öffnen, hinter denen die edlen Vorräte verstaut sind, meist rund 70 Kilo-

Der Schnelldampfer DEUTSCHLAND zu Beginn des 20. Jahrhunderts: Die Zeichnung zeigt die Ausrüstung und Verpflegung, die damals an Bord benötigt wurde.

gramm im Wert von rund 40.000 Euro. »Pro Reise werden etwa 15 Kilogramm verbraucht, allein am Galaabend rund sieben Kilo«, sagt Femerling.

Zu Beginn jeder Reise bekommt der HIC eine Liste von allen Abteilungsleitern mit den Sonderwünschen der Gäste. Manche sind Allergiker, einige essen nur glutenfrei, ein anderer verträgt kein Salz, manch einer trinkt nur eine ganz bestimmte Sorte Mineralwasser oder kann auf sein morgendliches Müsli aus dem Reformhaus nicht verzichten. Darauf muss man reagieren. Ein Nein gibt es nicht auf der EUROPA. So möchte eine Diabetikerin süßen Senf zum Essen. Süßer Senf ohne Zucker? Nach Rücksprache mit der Küche werden 500 Gramm gelbe Senfkörner bestellt, dann wird der Senf mit Fruchtzucker an Bord angerührt.

Um auch die jeweils regionalen Speisen anbieten zu können, gehen die Küchenchefs vor Ort auf Märkten auf die Suche nach einheimischen Spezialitäten. Was auf die Teller der Gäste kommt, wird von dem langjährigen HIC getestet. Der Einkauf von frischer Ware birgt immer ein Risiko: »Auf einem Fischmarkt in Südkorea haben wir Austern probiert – ich lag anschließend zwölf Tage mit einer Fischvergiftung im Krankenhaus«, so einer der Proviantmeister. Doch auch das Vorkosten gehört zu seinen Aufgaben. Für

Femerling gibt es noch andere Probleme: »Das größte Hindernis sind die letzten Meter vor dem Schiff. Tausende von Kilometern legen die Austern zurück, die Kühlkette kann über Tage eingehalten werden, alles klappt. Und dann fahren die Muscheln auf einer Kutsche bei 50 Grad Lufttemperatur zum Schiff. Das überlebt keine Auster.« Zu viel Kühlung schadet allerdings auch: Bei einer Getränkelieferung hatte an Bord des Containerschiffs jemand den Thermostat offenbar verdreht. Statt plus 6 Grad waren es minus 20 Grad. Die meisten Flaschen waren geplatzt, die Korken hatten sich aus den Weinflaschen gesprengt.

Manchmal sind es nur Kleinigkeiten, die den Logistikplan gefährden. Im argentinischen Ushuaia war einmal der Hafen überfüllt, die EUROPA lag an der Pier, doch das Containerschiff mit dem Nachschub auf Reede. Container in Sichtweite und doch unerreichbar. Wieder waren es die letzten Meter vor dem Schiff. Oder es sind die verschiedenen Einfuhrbestimmungen der jeweiligen Länder: Kanada und Australien tun sich besonders schwer mit der Einfuhr, obwohl es sich nur um Transitware handelt und die Ware gar nicht ins Land eingeführt wird. Auch Singapur hat hohe bürokratische Auflagen. So ist Alkohol dort verboten, deshalb möchten die Behörden es ganz genau wissen: Marken, Flaschen- und Gebindegrößen, Alkoholgehalt, Haltbarkeitsdatum etc.

Doch dieses Mal wird alles gut. Denn auch die beiden noch fehlenden Lkw mit der brisanten Ware sind gerade noch rechtzeitig eingetroffen. Aber jetzt zählt jede Minute, alle müssen anpacken. Eine Dreiviertelstunde später ist die Lieferung im Schiffsbauch verschwunden, der HIC macht seine Meldung: »Kapitän! Alles ist verladen, die Tür ist zu!« Das Schiff legt ab, die Reise geht weiter. Schon werden wieder die Warenbestände überprüft, und Stefan Femerling organisiert das nächste Heavy Storing. Da summt eine E-Mail im Posteingang: »Ist der Weihnachtsbaum schon bestellt?« *

Heute ist die Beladung bis ins Detail geplant – in kürzester Zeit muss der Proviant aufgefüllt werden.

DIE GESCHICHTE VON 1949 BIS 1970
WIRTSCHAFTSWUNDER UND STRUKTURWANDEL

Die BERLIN war zehn Jahre nach dem Krieg als erster Liner wieder auf der Transatlantik-Route unterwegs.

Aus den drei westlichen Besatzungszonen entstand 1949 die Bundesrepublik Deutschland, für die bis 1951 die Schifffahrtsbeschränkungen komplett aufgehoben wurden: Unter der schwarz-rot-goldenen Flagge des jungen Staates durften wieder Überseeschiffe in alle Welt fahren. Die Hapag und der Norddeutsche Lloyd konnten ihre Liniendienste auf den alten Routen wieder aufnehmen. Nach dem zweiten Zusammenbruch innerhalb von 30 Jahren war in beiden Reedereien eines klar: Eine wirkliche Chance gab es nicht mehr gegeneinander, sondern nur noch miteinander. So entschied man sich, viele der neuen Liniendienste zusammen zu betreiben. Als erster deutscher Schiffsneubau nach dem Krieg lief 1950 das Motorschiff HAMBURG der Hapag vom Stapel. Im gleichen Jahr trat es seine Jungfernreise nach Westindien an. Ein Jahr später bekam die Hapag den ersten ihrer wiederhergestellten Hamburger Kaischuppen zurück und konnte den eigenen Kai- und Hafenbetrieb wieder aufnehmen. Die traditionelle Nordamerika-Route wurde zunächst als reiner Frachtverkehr wiederbelebt, auch lateinamerikanische Häfen steuerten die Linienschiffe wieder an.

Das Wirtschaftswunder beflügelte bald auch die deutsche Schifffahrt insgesamt. 1953 eröffneten die Hapag und der Norddeutsche Lloyd einen Gemeinschaftsdienst mit monatlichen Abfahrten nach Ostasien, das für den deutschen Außenhandel ein immer wichtigerer Partner wurde. Die auf diesen Routen eingesetzten modernen, schnellen Kombischiffe transportierten zusätzlich zur Ladung auch Passagiere, ein Angebot, das vor allem ausländische Reisende gern wahrnahmen. Überhaupt: Der Tourismus, zunächst nur innerdeutsch, dann wieder international, hatte beiden Unternehmen beim schwierigen Neustart geholfen und nahm jetzt sprunghaft zu: Mit dem deutschen Aufschwung wuchs die Reiselust. Bereits 1948 gründeten die Hapag und der Lloyd das Gemeinschaftsunternehmen Hapag-Lloyd Reisebüro, das die Touristikaktivitäten beider Reedereien bündelte und in den Fünfzigerjahren weiter ausbaute.

Der Wiederaufbau der Schiffsflotten erforderte enorme Investitionen, die zum Teil durch Staatsdarlehen, zum Teil durch große Bankkredite finanziert wurden. Beide Reedereien waren noch vor Kriegsende reprivatisiert worden, und Banken beteiligten sich nun als Großaktionäre mehrheitlich an den Unternehmen – die Deutsche Bank bei der Hapag, die Dresdner beim Norddeutschen Lloyd. Zehn Jahre nach Kriegsende waren beide Unternehmen zurück auf allen großen Routen. 25 Frachtschiffe fuhren für die Hapag, 27 für den Lloyd, und der Überseehandel der jungen Bundesrepublik wuchs rasant weiter. Die Ladung war so unterschiedlich wie die Fahrtgebiete: Die Schiffe transportierten zum Beispiel Getreide aus Nordamerika, Baumwolle von der Golfküste, Wolle aus Australien, Kaffee aus Mittelamerika und Ölfrüchte aus Südostasien. Aus Deutschland verfrachteten sie Maschinen, Stahl und Chemieprodukte in alle Welt.

Passagiere oder Ladung?

1955 kehrte der Norddeutsche Lloyd in eine angestammte Domäne zurück: Die Bremer schlossen einen Gemeinschaftsvertrag mit der Svenska Amerika Linjen und beteiligten sich an dem 30 Jahre alten, 18.600 Bruttoregistertonnen großen schwedischen Passagierschiff GRIPSHOLM, das in BERLIN umgetauft wurde. Die Bremer hatten wieder einen Transatlantik-Liner unter ihrer Flagge, und zehn Jahre nach Kriegsende konnten die Passagiere auf der New-York-Route erneut den legendären Lloyd-Service genießen. Zum hundertjährigen Jubiläum 1957 bescherte sich der Norddeutsche Lloyd dann ein besonderes Geschenk: wieder ein Spitzenschiff. Er bot auf den französischen Ex-Luxusliner und Truppentransporter PASTEUR und bekam den Zuschlag. Zwar

Nicht immer nur Kreuzfahrten: Auf den Frachtschiffen des Lloyd war auch Platz für bis zu zwölf Passagiere.

Plakat von Oswahl Voh: »Erholung zur See auf der weissen Ariadne«, 1957/58

waren die Zeiten nüchterner geworden, vorbei war die Ära, in der Luxusliner Statussymbole ihrer Heimatländer waren, aber als schwimmende Botschafter galten sie immer noch. So kam für das 32.336 Bruttoregistertonnen große neue Lloyd-Flaggschiff nach der Modernisierung beim Bremer Vulkan natürlich nur ein Name infrage: BREMEN. Von 1959 an fuhr diese BREMEN wieder unter der blau-weißen Schlüsselflagge nach New York. 1966 ergänzte noch eine – ebenfalls von den Svenska Amerika Linjen angekaufte – 21.514 Bruttoregistertonnen große EUROPA den Nordatlantikdienst.

Die Hapag dagegen blieb ihrer Geschäftspolitik treu, setzte auf den Frachtverkehr und verzichtete darauf, die Nordatlantik-Linien-Passagierschifffahrt wieder aufzunehmen. Passagiere beförderte sie vor allem auf Kreuzfahrten. Ihr neues Kreuzfahrtschiff ARIADNE erwies sich jedoch am Markt als zu teuer und wurde 1960 wieder verkauft. Sowohl die Bremer als auch die Hamburger waren erfolgreich: Beide Unternehmen konnten 1960 eine Dividende von sechs Prozent zahlen. Der Norddeutsche Lloyd wollte im Gegensatz zur Hapag seine Flotte nicht mehr weiter ausbauen. Mit der BERLIN und den beliebten Nordlandreisen kehrten die Bremer ins Kreuzfahrtgeschäft zurück, spezialisierten sich aber auch zunehmend auf die Technik in den Werften. Die Lloyd-Werft in Bremerhaven besaß zwei große Trockendocks und beschäftigte bis zu 1900 Arbeiter.

Mit den Sechzigerjahren änderte sich das Reisen dramatisch: Das Düsenflugzeug begann das Linien-Passagierschiff zu ersetzen. Zeit ist Geld, und die Kunden wussten die deutlich kürzere Reisedauer zu schätzen. Die Schiffseiger hielten zunächst mit noch mehr Komfort an Bord dagegen, doch der traditionelle transatlantische Passagierdienst geriet bald in schwere Bedrängnis. Die Buchungen gingen immer weiter zurück. Der Lloyd setzte seine Spitzenschiffe, vor allem die EUROPA, noch intensiver auf Kreuzfahrten ein. Der Schiffsname EUROPA war schon auf dem Liniendienst im Nordatlantik ein Synonym für allerhöchste Qualität geworden und wurde jetzt auch für Schiffsreisen das internationale Gütesiegel, das er bis heute geblieben ist. Ihre erste Reise führte die EUROPA Anfang 1966 nach New York. Aus diesem Hafen lief das Schiff, das 845 Passagiere befördern konnte, im Frühjahr zu Karibik- und Südamerika-Kreuzfahrten aus. Den Nordatlantikdienst im Sommer unterbrach eine Island-Spitzbergen-Norwegen-Fahrt, und ab Oktober wurden Kreuzfahrten ab New York wieder aufgenommen. Auch die BREMEN und die BERLIN verließen 1966 gewohnte Gewässer: die BREMEN zu einer Nordlandreise, die BERLIN für insgesamt sieben Kreuzfahrten, die letzte eine Herbstreise in den Süden.

Die größte deutsche Reederei: Hapag-Lloyd AG

Grundlegende Veränderungen überall: Ende der Sechzigerjahre ging nicht nur die traditionelle Passagierfahrt ihrem Ende entgegen, sondern auch im Frachtverkehr warf eine Revolution ihre Schatten voraus. Bereits im April 1960 hatte die amerikanische Reederei Matson ein Schiff mit Behältern für den kombinierten See-Land-Transport, mit Containern also, in Dienst gestellt, das zwischen der amerikanischen Westküste und Hawaii verkehrte. Diese neue Technologie trat in den Sechzigerjahren ihren Siegeszug rund um den Globus an. Zwar investierte die Hapag noch 1965 in eine neue konventionelle Frachtflotte, doch die Entwicklung hin zu den praktischen weltweit genormten Kisten war nicht aufzuhalten. Die Nutzung von Containern revolutionierte in den folgenden Jahren das komplette Transportgeschäft, vor allem das über See. Die zahlreichen Vorteile lagen auf der Hand: Transit- und Lagerzeiten wurden kürzer, der Schiffsraum und die Hafenanlagen konnten besser ausgenutzt werden, der Umschlag der Waren gelang schneller und sicherer. Benötigt wurden nun weniger, aber dafür deutlich größere Schiffe für die gleiche Ladungsmenge. Viele Reedereien konnten mit der rasanten Entwicklung, die schnell hohe Investitionen erforderte, nicht mehr Schritt halten.

Selbst für die Hapag und den Norddeutschen Lloyd, die längst wieder zu den Großen der Branche gehörten, stand bald fest: Angesichts der fundamentalen Umwälzungen in der Schifffahrt konnten sie entweder gemeinsam bestehen – oder getrennt voneinander untergehen. Von 1968 an arbeiteten die beiden norddeutschen Unternehmen in den Hapag-Lloyd Container Linien zusammen. Am 25. Oktober 1968 eröffnete die WESER EXPRESS des Norddeutschen Lloyd den ersten europäischen Vollcontainerdienst nach New York. Die Hamburger ELBE EXPRESS folgte zwei Wochen später. Die Zukunft gehörte dem Containerverkehr, die erforderlichen Investitionen waren zu hoch für eine Reederei allein. So kam, was kommen musste: Am 1. September 1970 endete eine Rivalität, die 113 Jahre gedauert und der Weltschifffahrt oft entscheidende Impulse gegeben hatte. Die Hamburg-Amerikanische Packetfahrt-Actien-Gesellschaft und der Norddeutsche Lloyd fusionierten rückwirkend zum Jahresbeginn zur größten deutschen Reederei: der Hapag-Lloyd AG. ✶ SUSANNE WIBORG

Früher wie heute: An der Bar treffen sich die Reisenden.

Die Ruhe

NORA BOSSONG

BLAU

Das mit der Ruhe, das könne sie mir erklären, sagt meine Nachbarin im Treppenhaus zu mir, und ich glaube es ihr sofort, dabei ist sie nicht einmal Rentnerin. Wir wohnen in Berlin Mitte, hier ist man nicht in Rente, sondern immer unterwegs, mit Kindern, mit Projekten, selbst mit der Ruhe.

»Komm doch einfach mal bei mir vorbei«, sagt meine Nachbarin, die im Übrigen wie die Lebensgefährtin von Anne Will Frau Meckel heißt, aber sonst nicht viel mit Anne Wills Lebensgefährtin gemein hat. Sie greift meine Hand, nein, genau genommen überfliegt sie sie. Es ist der perfekt choreografierte Umgang für dieses Haus, ein Tändeln zwischen Nähe und Distanz. Ich habe lange versucht, Distanz zu meinen Nachbarn zu wahren, und auch, wenn ich mich nicht als Großstadtnomadin bezeichnen würde, schließlich habe ich Freunde, finde ich, dass man nicht mit jedem befreundet sein muss, nur weil man sich zufällig ein Treppenhaus teilt. Ich habe mit Menschen schon sehr viel Intimeres geteilt, Kühlschränke und Betten und Haarbürsten. Aber es gibt Dinge im Leben, die klappen, und Dinge, die klappen nicht so gut. Das mit der Distanz geht heute eher schief, und schon sitze ich bei Frau Meckel, die im Übrigen Laura heißt, im Wohnzimmer. Beruhigend erdfarbene Möbel, auf dem Sideboard eine Klangschale und ein Bonsai, das Sofa dann aber doch in Knallrot und von Ligne Roset. Eine Weile starre ich auf das Bild, das neben dem Bücherregal an der Wand hängt. Wellengang. Gleißend heller Himmel.

»Weißt du, die Lichtführung bei Turner …«, schwärmt Laura, die meinen Blick bemerkt hat. Segelboote. Dahinter ein Hauch von Land. »Blau beruhigt ja ungemein. Überhaupt Meer. Also das mit der Ruhe …!«, ruft sie, und um ihren Mund herum spielt ein fast maliziöses Lächeln. Auf dem Gebiet nämlich, da mache ihr keiner was vor. Sie hat es alles schon getan: Yoga, Zen-Kloster, aber dann auch ein katholisches, hier in Berlin, ob ich das kennen würde, in der Nähe vom Flughafen Tegel. Es gibt ayurvedische Gerichte, die zur inneren Mitte führen, CDs mit Regenrauschen, spezielle Balkonbepflanzung, »und auch im Sexuellen, also auch da, man glaubt es ja nicht, aber auch da …« Wieder überfliegt sie meine Hand. »Entschuldige, davon habe ich eigentlich nicht sprechen wollen.«

Laura trägt eine Bernsteinkette, von der ich nicht sagen kann, ob sie echt ist. Eigentlich kann ich bei Laura überhaupt nicht sagen, was an ihr echt ist. Nicht einmal das Maliziöse ist über jeden Verdacht erhaben, dabei würde man doch zumindest beim Bösen glauben, dass man sich auf es verlassen kann. Scheinheilig, habe ich bislang geglaubt, sei man ausschließlich im Guten.

Ob ich etwas zu trinken …? Sie habe Kokosnusssaft da, wie wäre es mit Kokosnusssaft? Ich nicke, Kokosnusssaft kann nicht so schlimm sein, obwohl er eigentlich doch einigermaßen schlimm klingt, nach dem Inneren grüner, exotischer Früchte, das in Tetrapacks gefüllt und mit einem Biosiegel versehen wird. Während Laura in der Küche ist, überlege ich, was es bedeutet, dass meine Nachbarin offensichtlich ganz genau registriert hat, dass der Mann, den ich anderthalb Jahre lang gesehen habe, der zudem über ein Jahr lang regelmäßiger Besucher meiner Wohnung, also auch unseres Treppenhauses war, nicht mehr erscheint. Mit einem Mal fühle ich mich beklommen, ausgehorcht, noch bevor ich überhaupt viel gesagt habe. Ich höre das Gläserklirren aus der Küche und denke kurz an die Stasi. Was für ein Blödsinn! Die wären mir nicht mit Ayurveda und Kokosnuss gekommen, und da ist Laura schon wieder zurück, strahlend. Der Saft sieht aus wie verkalktes Wasser.

»Gut für die Haut«, sagt Laura. Und gut für die innere Ruhe, füge ich in Gedanken hinzu, dabei sollte ich ihr zuhören, denn Ruhe ist das, was ich seit ein paar Wochen mehr brauche denn je. Die Zwillinge wachen jede Nacht um eins auf, um halb vier, um sechs und schreien mich aus dem Schlaf. Dabei sind es nicht mal meine eigenen, sondern die meiner Nachbarn, aber die Wände, die zwischen ihnen und mir stehen, taugen nicht als Lärmschutz, und vor meinem Büro reißen sie den schäbigen Plattenbau ab, der dort über vierzig Jahre stand, wie ein fauler Zahn, den man ein Leben lang akzeptiert hat. Und jetzt, plötzlich, muss er raus. Hätten sie nicht wenigstens warten können, bis die Zwillinge nachts durchschlafen?

Wenn man sich die Hände über die Ohren hält, hört man angeblich Meeresrauschen. Es ist aber nur der Wind über den Wellen, es sind nicht die Wellen selbst. Ich weiß das, denn ich halte mir jeden Tag die Hände über die Ohren, um die Rückkehr des Kranfahrers zu ignorieren und meine Mittagspause zu verlängern, während er drüben beim Bäcker seinen Kaffee trinkt und ich kurz in einen panischen Halbschlaf fallen kann. Ich träume von Dünen, ich träume von Sand und Wasser, das in kleinen Wellen aufs Land schuppt. Ich habe keine Ahnung, welche Insel es ist, Sylt, Langeoog oder Hiddensee, weiß nicht einmal, ob Ost oder West, vielleicht ist es auch nur die friesische Küste. Der Kranfahrer gewinnt am Ende immer.

»Ich habe auch ein Bild von Turner«, sage ich.

»Echt?«, fragt Laura begeistert. Diesmal greift sie zu, meine Hand in ihrer. Gleich werden wir Schwestern sein oder beste Freundinnen oder etwas ähnlich Bedrohliches.

»Hängt in meinem Schlafzimmer. *Der Abend der Sintflut*. Beruhigt mich irgendwie nicht so.«

»Ist der Blauanteil denn hoch?«

»Es geht mehr ins Grünliche«, gebe ich zu.

»Siehst du«, triumphiert Laura. »Grün regt die Kreativität an, aber im Bett sollst du ja nicht kreativ sein, sondern entspannt. Also ich meine …«, Laura kichert, »du weißt, was ich meine, manchmal natürlich auch kreativ.«

Ich nippe an meinem Kokosnusssaft, wässriges Raffaello, und überlege, ob womöglich alles anders gekommen wäre, wenn der Mann, der mich nicht mehr besucht, dem Bild in meinem Schlafzimmer mehr Beachtung geschenkt hätte. Vermutlich nicht. Er ist die Ruhe selbst. Wahrscheinlich besteht sein ganzes Leben aus Blau, so etwas gibt es doch bestimmt, Augen, die einen Blauschleier über die Umwelt legen, so wie manche Menschen eine Rot-Grün-Schwäche haben.

»Am besten ist immer noch ein Spaziergang am Meer. Das Wasser spült dir über die Füße und zieht sich wieder zurück. Neapel, Nizza. Kann aber auch ganz schlicht sein, Nordsee zum Beispiel.« Laura lacht auf. »Wir verlernen das ja immer mehr: uns zu beschränken. Auf das Wesentliche zu konzentrieren. Es muss immer alles gleich Nizza sein! Aber selbst an die Nordsee kann man nicht jeden Tag.« Sie seufzt und spielt mit ihrer Bernsteinkette. »Also, ich komme grad mal hier in Berlin zum Lietzensee alle zwei Wochen. Einfach zu viel zu tun. Kennst du ja.«

Ich nicke beflissen. Klar. Viel zu tun. Und dann an die Nordsee im Sommer. Unseren ersten und einzigen Urlaub haben wir tatsächlich an der Nordsee verbracht, der Mann, der mich nicht mehr besucht, und ich. Ein Ferien-

haus mit Reetdach und einer Frühstücksterrasse, Blick auf Strandkörbe, Dünen, glitzerndes Blau. Nachmittags kurz, sehr kurz, ins Wasser, das auch im August noch zu kalt war. Einmal untertauchen, dann hatte man sich an die Temperatur gewöhnt.

»Räucherstäbchen übrigens bringen gar nichts«, erklärt mir Laura und wedelt abfällig mit der Hand. »Nur Kopfschmerzen. Sollte man nie im Schlafzimmer anzünden.«

Ich nicke wieder, aber vielleicht kippt auch nur mein Kopf nach vorn. Ich bin mit einem Mal so schläfrig, dass ich mich kaum noch aufrecht halten kann, müde und gelöst, wie ich es seit unserem Urlaub im August nicht mehr gewesen bin. »Neben dir schlafe ich so tief, als könnte mir gar nichts passieren«, habe ich dem Mann, der mich nicht mehr besucht, am dritten Tag beim Frühstück gesagt. Das sei wohl eher die Seeluft, hat er geantwortet, in seinen blassen Toast gebissen und Richtung Meer geblinzelt. Ich habe genickt, beflissen. Klar. Seeluft. Aber nein, jetzt, dank Laura, ist es mir klar: Blau, meine Ruhe lag damals einfach nur am Blau.

»Noch etwas Saft?«, fragt sie in weiter Ferne. Ich nicke wohl noch, doch meine Lider sind schon geschlossen, mein Körper ist schwerelos, vor mir fließt das Blau eines Wellengangs von William Turner, und gleich, das spüre ich, gleich sinke ich in einen tiefen, windstillen Schlaf.

*

HANNS-JOSEF ORTHEIL

LAUTLOSES SCHWEBEN

Als ich hörte, wie hier und da wieder die Musik angeworfen wurde, entschloß ich mich, noch weiter hinauszuschwimmen. Der Küstenlinie war ein schmales Riff vorgelagert, es bestand aus mächtigen Felsbrocken, die starken Wellengang brechen sollten. Ich sah einige Felsspitzen, ockergelb, bleich streckten sie sich in der Sonne, ich schwamm auf sie zu und tauchte dann mit offenen Augen wenige Meter vor ihnen ab.

Unter Wasser waren die Felsen dicht mit Muscheln besetzt, ihre wüstenartige, staubtrockene Dichte machte sie zu einem urzeitlichen versteinerten Wald, Schwärme buntgestreifter Fische kreisten, unaufhörlich die Schwimmrichtung wechselnd, zwischen den im Rhythmus der Wellen hin und her schwankenden Gräsern. In der Tiefe erschien das Grün des Wassers wie aufgeladen, eine gallertartige schlingernde Masse voller Treibstoffe, auf den Sandböden taumelten die flachen Rautenkörper der Rochen über den Kalkzonen geborstener Schalen. Ich griff nach den Muscheln, ich tastete an ihren Körpern entlang, sie fühlten sich pelzig und doch so lebendig an, als pulsierten sie tief in ihrem Innern.

Ich versuchte, immer länger unter Wasser zu bleiben, die Welt dort unten hatte etwas Geheimes, Abgeschlossenes, das sich jedem Zugriff entzog und einem nur noch die Rolle des Beobachters ließ. So war die Wahrnehmung auf das Visuelle beschränkt, schon die Lautlosigkeit sorgte dafür, aber auch die Distanz zur Umgebung, keine Berührung, lediglich ein Schweben, wie eine unendlich angenehme Schwerelosigkeit, ich konnte mir sofort vorstellen, daß man nach diesen Zuständen süchtig werden konnte, der reine Selbstbezug der Wahrnehmung euphorisierte.

STEN NADOLNY

DIE MELODIE

Das war ein ewiger Abendhimmel, die Schatten so riesenhaft lang, und wenn die Nebelschwaden aufstiegen, wurden sie sogleich zu rötlichen Wolken und änderten alle Farben bis an den nördlichen Horizont.

John blickte ins Eis, studierte die Formen und versuchte zu verstehen, was sie bedeuteten. Das Meer konnte eben doch aus eigener Kraft über sich selbst hinauswachsen, hier war der Beweis. Hier fand er, was seine Träume gemeint hatten.

Stunde für Stunde zeichnete er die Formen der Eisberge ins Strafenbuch. Er schrieb die Farben dazu: »Grün auf der Linken, rot auf der Rechten, und nach zehn Minuten umgekehrt.« Er versuchte zu benennen, was er sah, aber das gelang schlecht. Es war eher eine Musik, die man in Notenschrift hätte schreiben müssen. Das feingerippte Meer umspielte und trug die Eisfiguren wie ein Takt, und sie selbst hatten, wie Klänge, eine Harmonie, obwohl sie doch etwas Gesplittertes und Geborstenes waren. Aber sie wirkten ruhig und zeitlos, so etwas konnte nicht häßlich sein. Hier war es friedlich.

HENRIK IBSEN
GEZEITENDENKEN

Haben Sie nie bemerkt, daß die Leute draußen am offenen Meer einen besonderen Menschenschlag bilden? Es ist beinah, als lebten sie des Meeres eigenartiges Leben. Nicht bloß in ihrem Fühlen, auch in ihrem Denken ist Wellengang und Ebbe und Flut.

D. H. LAWRENCE
DIESE REISE DARF NIE ENDEN

Wir dampfen hinaus. Und fast plötzlich fängt das Schiff an, ganz langsam und schwingend zu rollen. Es schaukelt sanft nach oben und sanft abwärts, schwingt sich unter uns davon. Die BK wird bleich. Sacht steigt das Deck und schwingt wieder allmählich herab, es senkt sich mit diesem unbeschreiblichen Gleiten nach vorn. Es ist alles ganz höflich – wirklich überaus höflich. Aber oh! – so langsam, langsam, dass einem ganz schwindlig wird.

»Ganz hübsch!«, sage ich der BK.

»Ja, wirklich *sehr* liebenswert«, antwortet sie nachdenklich. Um die Wahrheit zu sagen: In diesem langen, sanften Aufschwingen des Schiffes, in seinem langen, sanften Vornübergleiten liegt etwas, was mich begeistert. Es ist eine Bewegung voller Freiheit. Ich fühle, wie das Schiff sich hebt – dann sachte nach vorn gleitet, ich höre das Wasser malmen, es ist wie das magische Schwingen des Himmels, das magische Schwingen des Elementarraumes. Dieser lange, langsame, galoppierende Rhythmus, der das Schiff hebt und senkt, und die Wasser schnauben, als besäßen sie Nüstern, o Gott!, welches Entzücken für die ungezügelte, innerste Seele. Endlich fühlt man sich frei – man schwingt im sanften Flug der Elemente, treibt dahin. O Gott!, so befreit zu sein von all dem gestauten Leben – dem Schrecken menschlicher Beschränktheit, der Hölle des Maschinenwesens. Welch ein Todeskampf bedeutet für mich tatsächlich eine Eisenbahnfahrt. Und welch ein lang hingezogener Todeskampf ist das Leben zwischen den zähen, widerstrebenden Landmenschen. Und nun dieses langsame, sachte Heben und Senken des fast leeren Schiffes zu spüren, wenn es vom Wasser gepackt wird! O Gott!, Freiheit, Freiheit, elementare Freiheit! Ich wünschte von Herzen, die Reise möge für immer andauern, das Meer solle nie enden, ich wollte in alle Ewigkeit in diesem schwingenden, bebenden, langen und saugenden Pulsschlag dahinfluten: in einem unendlichen Raum ohne Rückkehr, und ohne je einen Blick zurückzuwerfen.

HEINRICH HEINE
DIE NIXEN

Am einsamen Strande plätschert die Flut,
Der Mond ist aufgegangen,
Auf weißer Düne der Ritter ruht,
Von bunten Träumen befangen.

Die schönen Nixen, im Schleiergewand,
Entsteigen der Meerestiefe.
Sie nahen sich leise dem jungen Fant,
Sie glaubten wahrhaftig, er schliefe.

Die Eine betastet mit Neubegier
Die Federn auf seinem Barette.
Die Andre nestelt am Bandelier
Und an der Waffenkette.

Die Dritte lacht, und ihr Auge blitzt,
Sie zieht das Schwert aus der Scheide,
Und auf dem blanken Schwert gestützt
Beschaut sie den Ritter mit Freude.

Die Vierte tänzelt wohl hin und her
Und flüstert aus tiefem Gemüte:
»O, daß ich doch dein Liebchen wär,
Du holde Menschenblüte!«

Die Fünfte küßt des Ritters Händ,
Mit Sehnsucht und Verlangen;
Die Sechste zögert und küßt am End
Die Lippen und die Wangen.

Der Ritter ist klug, es fällt ihm nicht ein,
Die Augen öffnen zu müssen;
Er läßt sich ruhig im Mondenschein
Von schönen Nixen küssen.

EDUARD VON KEYSERLING
BRENNENDES GOLDROT

Der Himmel wurde jetzt farbig, die Wolken am Horizont bekamen dicke goldene Säume und eine Welle von Rot übergoß den Himmel. Auch in das Graugrün des Meeres mischten sich blanke Fäden, und die Höhlungen der brechenden Wellen am Strande füllten sich mit Rosenrot, und plötzlich begann das Meer weiter dem Horizonte zu ganz in Rotgold zu brennen. Knospelius blieb stehen und machte mit seinem langen Arm eine große Bewegung auf das Meer hinaus, als wollte er das Meer vor Doralice ausbreiten. »Sehen Sie«, sagte er, »das ist nun der allmorgendliche Farbenspektakel. Eine hygienische Maßregel. Die Natur wird ganz rücksichtslos da mit all diesem Rot und Gold überschüttet. Das soll anregen, wie uns die Morgendusche oder der Morgenkaffee.«

THOMAS MANN

DEM KOSMOS EIN SCHNIPPCHEN SCHLAGEN

Den 22. Mai.

So geht es denn, ohne daß die Maschine je ruht, Tag um Tag in gleichmäßigem Vorwärtsstreben durch die Weiten des Ozeans, und bei dem klebrigen, leicht faulig duftenden Bade in warmem Meerwasser am Morgen, das die Haut mit Salz imprägniert und das ich sehr liebe, ist es angenehm zu denken, daß man im Schlaf über Nacht wieder ein gutes Stück Unabsehbarkeit aufgerollt hat. Das Wetter will sich zuweilen erhellen. Bläue tritt hervor und verschönt auch das Wasser mit farbig südlicherem Schein, doch verschlingt bald wieder Trübheit dies wärmere Licht. Gegen Abend stehen wir gern im Fahrtwinde auf dem vorderen Bootsdeck, unsere Reise durch die Kreisrundheit des Ozeans gen Westen beobachtend. Immer geht es der untergehenden Sonne zu, und nur um ein Geringes wechselt der Kurs; wir hielten gestern genauer auf die Stelle des Niedergangs, heute weichen wir etwas nach Süden ab. Schön und stolz ist das Dahinziehen so eines Schiffes durch die Horizonte, als Bewegungsart würdiger, entschieden, als das Um-die-Kurven-Rasen der Schnellzüge. Auffallend die absolute Leere des Gesichtskreises – auf einer »Strecke«, die doch von den Schiffen aller seefahrenden Länder befahren ist. Es ist der vierte Tag; aber auch nicht die Rauchfahne eines Dampfers haben wir bis heute zu sehen bekommen. Die Erklärung ist einfach. Es ist allzuviel Platz da. Die Geräumigkeit hat etwas Kosmisches; die vielen Schiffe verlieren sich darin wie die Sterne im Raum, und ein seltener Zufall ist es, daß eines dem andern begegnet. Täglich hält die schwarze Tafel uns an, unsere Uhren um eine halbe Stunde bis vierzig Minuten, 39 waren es gestern, zurückzustellen. Offiziell geschieht es um Mitternacht, aber wir vollziehen den bedeutenden Akt schön bald nach dem Diner, so daß, wenn uns die Nacht nicht allzu lang werden soll, sich uns der Abend verlängert und wir bei Musik und Lektüre ein Stück schon verlebter Zeit repetieren. Ja, nicht ohne Nachdenklichkeit lassen wir die Zeiger ein Stück Zeitweges wieder antreten, das sie heute zum dritten Male durchmessen. Zehnmal neununddreißig Minuten, das sind sechseinhalb Stunden, die wir auf dieser Fahrt verlieren, nein, gewinnen werden. Wie, gehen wir in der Zeit zurück, indes wir im Raume vorwärtsdringen? Allerdings, da die Reise gen Untergang, der Erdumdrehung entgegen, geht. Das Wort »kosmisch«, das mir vorhin in die Feder kam, ist erst hier am Platze. Welt-raum-zeitliche Beziehungen machen sich geltend, die ungeachtet eines Komforts, welcher das Elementare banalisieren und seines Ernstes berauben möchte, das Bewußtsein beeinflussen.

Wir gleiten in fremde Tage hinein, zu Gegenden der Erdoberfläche, die sich anders als die sonst bewohnten an der Sonne vorüberdrehen, werden noch Nacht haben und schlafen, wenn es heller Tag ist bei denen daheim. Es ist klar und bekannt, aber wir erörtern es für unser Teil aufs neue: Reisten wir immer weiter nach Westen, so daß wir übers äußerst Östliche nach Hause kämen, so würde unterwegs der Zeitgewinn auf das Höchste, bis auf einen ganzen Tag und bis zum Kalenderbruch, anschwellen und dann wieder dahinschwinden, also daß er am Schluß zerronnen sowie gewonnen wäre; und das wird er auch sein, wenn wir nicht auf dem Wege rundum, sondern auf dem der Rückkehr in unserem Erdteil uns wieder einfinden. Es ist nicht schade darum. Denn Zeitgewinn ist nicht Lebensgewinn, und wenn wir versuchten, dem Kosmos ein Schnippchen zu schlagen und, drüben angelangt, weder vorwärts noch rückwärts gingen, sondern mit unseren sechs Stunden sitzenblieben und sie hüteten wie Fafner den Hort, so würde damit der uns organisch beschiedenen Lebensfrist nicht eine Sekunde hinzugefügt sein.

Was für Schuljungengedanken! Aber ist es nicht so, daß der kosmologischen Weltbetrachtung im Vergleich mit ihrem Gegensatz, der psychologischen, etwas Pueriles anhaftet? Wobei ich mich der blanken und kugelrunden Kinderaugen Albert Einsteins erinnere. Ich kann mir nicht helfen: die humane Erkenntnis, die Vertiefung ins Menschenleben hat reiferen, erwachseneren Charakter als die Milchstraßenspekulation – in tiefstem Respekte möchte ich's wahrhaben. »Dem einzelnen«, heißt es bei Goethe, »bleibe die Freiheit, sich mit dem zu beschäftigen, was ihn anzieht, was ihm Freude macht, was ihn nützlich deucht; aber das eigentliche Studium der Menschheit ist der Mensch.«

JULI ZEH
UNTER WASSER WIRD ALLES LEICHT

Ich gab das Zeichen zum Abtauchen, und wir sanken.
Augenblicklich umfing uns Stille. Das besondere Schweigen des Meeres. Bewegungen verlangsamten sich, Kommunikation wurde zu einer tänzerischen Choreographie aus Zeichen und Gesten. Unter Wasser waren die Beziehungen einfach, Bedürfnisse eindeutig und Reaktionen radikal. Wer zehn Meter in die Tiefe tauchte, reiste zugleich zehn Millionen Jahre in der Evolutionsgeschichte zurück – oder an den Anfang der eigenen Biographie. Dorthin, wo das Leben begann, im Wasser schwebend und stumm. Ohne Sprache keine Begriffe. Ohne Begriffe keine Begründungen, ohne Begründungen kein Krieg. Ohne Krieg keine Angst. Nicht einmal die Fische fürchteten uns. Einige kamen neugierig heran und begleiteten uns ein Stück. Verhielten wir uns ruhig, warfen sie intensive Blicke in unsere Taucherbrillen. In exotischen Welten war der Tourist zugleich Attraktion. Mich faszinierte der Unter-Wasser-Frieden, in dem Jäger und Beute zusammenlebten, einander höflich auswichen, unterbrochen nur vom kurzen Aufflackern des Hungers, der kein Verrat, sondern ein allgemein akzeptierter Vorgang der Auswahl war.
Dem Wellengang zum Trotz war die Sicht erstaunlich gut. Vor unseren Augen erstreckte sich einer der schönsten Tauchplätze der Insel. Die bizarre Vulkanlandschaft setzte sich unter Wasser fort, eine steinerne Stadt aus Türmen, Säulen, Torbögen und Zinnen. Als oben die Sonne durch die Wolken brach, schwebten wir inmitten eines Doms aus aufsteigenden Luftblasen und Licht. Ich spürte das Glück wie eine Faust im Magen.

ERICH FRIED
MEER

Wenn man ans Meer kommt
soll man zu schweigen beginnen
bei den letzten Grashalmen
soll man den Faden verlieren

und den Salzschaum
und das scharfe Zischen des Windes
einatmen
und ausatmen
und wieder einatmen

Wenn man den Sand sägen hört
und das Schlurfen der kleinen Steine
in langen Wellen
soll man aufhören zu sollen
und nichts mehr wollen wollen
nur Meer

Nur Meer

EDMONDO DE AMICIS

DENKEN IN MEEREN

Das Meer genoss man vor allem bei Anbruch der Nacht, wenn die Passagiere bis auf zwei, drei Einzelgänger das Achterschiff geräumt hatten. Zu dieser Stunde, wenn am Himmel im Westen noch ein heller Schein stand, zeichnete das Meer eine schnurgrade Linie, und da es schwarz war wie ein Meer aus Pech, lenkte es den Blick in keine bestimmte Richtung, und man konnte sich dem angenehmen Kommen und Gehen unverbundener, zerstreuter Gedanken überlassen, das den Bewegungen von Traumbildern ähnelt. Freilich nehmen die Gedanken um diese Zeit die Farbe des Meeres an. Angesichts dieser grenzenlosen Wasserfläche, auf der es keinerlei Spuren des Menschen und der Zeit gibt, erscheint uns der Zweck unserer Reise, unsere Ziele, unser Land, all das erscheint uns so fern, so verwirrt, klein und erbärmlich! Dabei war man drei Tage vor der Abreise vom kalten Gruß eines Freundes noch tief verletzt … Wie lächerlich! Jetzt sind das Erinnerungen an ein anderes Leben, die kurz auftauchen, um gleich darauf in jenen bodenlosen schwarzen Abgrund unter uns und um uns zu stürzen. Also überlassen wir uns diesem Meer auf einem imaginären Schiff, das ununterbrochen fährt, über die Grenzen der Welt hinaus, immer weiter auf diesem immensen südlichen Ozean, von dem aus alle Kontinente wie auf der nördlichen Halbkugel zusammengedrängt erscheinen, aus Angst vor seiner Einsamkeit. In dieser Einsamkeit verirrt sich unsere Fantasie und fliegt, vom heftigen Bedürfnis angetrieben, zur Menschheit zurück, mitten zwischen die am meisten geliebten Wesen, in ein Zimmer, wo sie alle versammelt sind. Doch ihre Gesichter lächeln nicht, auf allen Mienen liegt eine nachdenkliche Unruhe, der Gedanke, dass jede Umdrehung der Schiffsschraube den ungeheuren Abstand vergrößert, der uns von ihnen trennt. Ein ungeheurer Abstand? Versuchen wir, ihn zu verringern, indem wir uns den Planeten im Vergleich zum Universum vorstellen: ein Tropfen Wasser auf einem Molekül Schlamm. Welchen Abstand könnten die Protozoen zwischen sich legen? Doch der Gedanke wird gewaltsam auf den Vergleich zwischen der Welt und uns selbst zurückgeführt, und das gewohnte Erstaunen kehrt zurück. Ja, ein ungeheurer Abstand trennt uns. Vergessen wir also diese Gesichter. Denken wir wieder ans Meer, lassen wir unseren Geist auf diesen unendlichen Gewässern entschlummern. Was für ein herrliches Meer! Und welch ein Frieden!

UWE TIMM
GLÜCK

Frühmorgens, noch vor Sonnenaufgang, ging er hinunter zum Strand und blickte diesem ersten grauen, dann sich ins Orange wandelnden Schimmer auf dem Meer entgegen, das sich plötzlich mit dem ersten Auftauchen des Lichts rot färbte, um wenig später in ein helles Gleißen überzugehen.

Selma hatte, wenn sie eben zusammen gewesen waren, die Angewohnheit zu fragen, ob er glücklich sei. Eine Frage, die aus ihrem Mund mit diesem eben noch hörbaren, nach Osten weisenden Klang der spät erlernten Sprache nichts Peinliches hatte, ja dem Wort eine erstaunliche Kraft zurückgab. Und er sagte dann jedes Mal Ja, was nicht falsch war.

Jetzt, die Sonne war eben über dem Meer aufgegangen und lag wie das goldene Vlies auf dem Wasser, konnte er es ganz eins mit sich sagen: Ja.

KLAUS MODICK
WENN DIE STERNE AUFGEHEN

Die letzte Nacht der Reise ist so düster und ungemütlich, daß sich keine Runde mehr zusammenfindet. Als Uwe Randers gegen acht Glasen an Deck kommt, um Luft zu schnappen, hat der Wind sich immer noch nicht gelegt, aber die Wolkendecke ist aufgerissen und ans Ende des Horizonts getrieben, und im Nachtschwarz erscheinen dick und deutlich die Sterne. Über dem Tosen des Winds und dem stetigen Rollen der See sieht er Venus, so klar wie in Sommernächten auf Schlengenoog, wenn er nach getaner Arbeit an der Pier saß, seine Pfeife rauchte und den Kopf in den schmerzenden Nacken legte, so klar wie mitten im Indischen Ozean, wenn er im Mastkorb Wache stand und der Clipper unter ihm klein wie ein Spielzeug aus Kindertagen war. Die Maschine stampft, die Schaufelräder heben sich tosend aus dem Wasser, lassen den Dampfer vom Bug bis zum Heck erbeben, und Leinen klatschen schwer gegen die Wanten. All's Well! singt die Wache über die Decks. Randers steht leewärts an der Reeling und sieht zum Schornstein hoch, der Rauch in den Himmel speit; und wenn das schwarz verrußte, monströse Topsegel bei jedem Windstoß seitwärts schlägt und eine Mondsichel in Sicht kommen läßt, die so dünn und scharf wie die Schneide eines Messers ist, steigen die Bilder in ihm auf, vor denen er davonläuft, aber mit jeder Meile werden sie blasser. Und wie er dann auf einmal Sterne aufgehen sieht, die er zu Hause nie gesehen hat, ergreift ihn das Gefühl, daß sein Unglück wenig zählt, daß es vielleicht sogar ein Glück ist, und daß in der Dunkelheit überm Mast unbegreiflicher Friede herrscht.

JAKOB VAN HODDIS

EN EGO

Wir gehen schweigend an dem weiten Strande
Und denken kaum – einst sprachen wir so bang –
Hört wer den Dank aus trägem Nebellande?
Hört wer den jähen Sang vom Untergang?

Bin ich noch der, der Gottes Heere zwang?

Komm! laß uns sterben, denn die Sonne kreißt
Und zürnt den Stätten wo ich Kühlung fände.
Die hellen Meere sind vereist.
Die Wälder ruhn. Sie harren auf das Ende.

GERALD HÜTHER

GEDULD

In den Achtzigerjahren des vergangenen Jahrhunderts hat ein Psychologe in den USA ein sehr aufschlussreiches Experiment mit fünf- und sechsjährigen Kindern durchgeführt. Sie wurden alle in einer langen Reihe an einen Tisch gesetzt, auf dem an jedem Platz eine Süßigkeit, ein Marshmallow, lag. Und dann wurde den Kindern gesagt, dass diejenigen von ihnen, die nicht gleich zugreifen und das Marshmallow aufessen, sondern zehn Minuten warten, noch ein zweites Marshmallow bekämen. So kam es, wie es kommen musste. Manche der Kinder konnten so lange warten, andere nicht. Das Verhalten der Kinder wurde dokumentiert, und 20 Jahre später, als sie erwachsen waren, schauten die Forscher nach, was aus ihnen geworden war.

Das Ergebnis war sehr bemerkenswert: Diejenigen, die damals als Kinder das Marshmallow nicht gleich gegessen, sondern die zehn Minuten davorgesessen und gewartet und dafür ein zweites Marshmallow bekommen hatten, waren nun, als junge Erwachsene, in jeder Hinsicht ihren damals ungeduldigeren Kameraden überlegen: Sie hatten bessere Ausbildungen durchlaufen, waren in anspruchsvolleren Berufen tätig, verdienten mehr Geld, hatten mehr Freunde, stabilere Partnerschaften und waren sogar weniger oft krank. Offenbar, und das zeigt ja diese Studie recht überzeugend, ist es sehr vorteilhaft für die gesamte weitere Entwicklung, wenn Kinder schon sehr früh das lernen, was die Hirnforscher »Impulskontrolle« nennen und was normale Menschen unter »Geduld haben« verstehen.

Im weitesten Sinne ist dieses »Wartenkönnen« Ausdruck einer übergeordneten Kompetenz, einer sogenannten Metakompetenz. Und die heißt Selbstdisziplin oder auch Affektkontrolle. Dazu zählt neben der Impulskontrolle auch die Frustrationstoleranz, also die Fähigkeit, nicht gleich aufzugeben und alles hinzuwerfen, wenn etwas nicht so klappt oder so läuft, wie man es gern hätte. Auch das gehört zu dem, was wir unter Geduld verstehen.

*

Das können Kinder nicht von Anfang an. Über diese Metakompetenzen verfügt ein Kind erst dann, wenn die dafür erforderlichen sehr komplexen Nervenzellverschaltungen in seinem Frontalhirn hinreichend ausgebildet und stabilisiert worden sind. Aber das geschieht eben nicht von allein. Diese Vernetzungen in seinem Frontalhirn entstehen nur dann, wenn ein Kind möglichst oft Gelegenheit bekommt, die beglückende Erfahrung zu machen, wie schön es ist, wenn es nicht immer sofort das macht, was ihm gerade als Impuls aus den tieferliegenden Bereichen des Gehirns »in den Kopf schießt«, wenn es also nicht immer alles bekommt, was es haben will, und macht, wonach ihm gerade der Sinn steht. Wenn also nicht gleich jedes Bedürfnis gestillt und jeder Impuls auch sofort umgesetzt wird.

*

Damit sich die für diese Selbstdisziplin erforderlichen Verschaltungen im kindlichen Gehirn herausbilden können, nützt es allerdings nichts, wenn es von außen, also durch seine Eltern, Lehrer und Erzieher, diszipliniert wird. Wenn ihm also vorgeschrieben und gesagt wird, was es zu tun und zu lassen, dass es geduldig und brav zu sein hat. Diese für die Fähigkeit zur Selbstdisziplin erforderlichen Verschaltungsmuster bilden sich eben erst durch die konkreten eigenen Erfahrungen heraus, die ein Kind mit dem »Geduldhaben« macht.

Und wenn ein Kind die Erfahrung machen muss, dass es ständig diszipliniert und mit Druck dazu gebracht wird, sich so zu verhalten, wie das von ihm verlangt wird, so entwickeln sich in seinem Frontalhirn nicht solche Verschaltungen, die für Selbstdisziplin gebraucht werden. Dann entstehen bestenfalls solche Netzwerke, die für das verantwortlich sind, was es als eigene Lösung für derartige Disziplinierungsmaßnahmen findet; nämlich zu befolgen, was ihm gesagt, zu machen, was von ihm verlangt wird. Das aber hat mit Selbstdisziplin nichts zu tun, das ist Gehorsamkeit. Und ein Kind, das gelernt hat, gehorsam zu sein, funktioniert ja dann auch so, wie es soll. Für solch ein Kind gibt es dann auch keinen Grund mehr, Selbstdisziplin zu entwickeln. Das ist dann nicht so gut, weder für das Kind noch für sein Zusammenleben mit anderen.

*

Um diese Metakompetenzen zu erwerben und die dafür zuständigen Vernetzungen im Frontalhirn herauszubilden, müsste ein Kind die Erfahrung machen, dass es, wenn es sich etwas vorgenommen hat, gut und hilfreich, ja sogar wunderbar ist, wenn es dabei bei der Sache bleibt, nicht jedem Impuls folgt und sich nicht von Fehlschlägen und Misserfolgen entmutigen lässt. Wenn es also geduldig ist. Wenn es anders als mit Geduld gar nicht ans Ziel kommt und deshalb auch nichts zustande bringt.

Es müsste also, statt diszipliniert zu werden, den Nutzen von Disziplin, von Selbstdisziplin, erfahren. Dann würde es sich auch selbst darüber freuen können, dass es so geduldig gewartet und so tapfer bei der Sache geblieben ist. Und nur dann würden in seinem Gehirn auch die tieferliegenden, für diese Freude zuständigen emotionalen Bereiche mit aktiviert. Und nur wenn die dort liegenden Nervenzellen erregt werden, schütten sie an den Enden ihrer langen Fortsätze auch diese besonderen neuroplastischen Botenstoffe aus, die wie Dünger auf die für die Impulskontrolle und die Frustrationstoleranz zuständigen Nervenzellverschaltungen im Frontalhirn wirken.

Wer also Selbstdisziplin erlernen will, müsste sich darüber freuen können, wenn es klappt. Sonst geht es nicht. Sonst lernt man nur, die Zähne zusammenzubeißen und durchzuhalten. Aber so wird kein Kind seine angeborene Freude am eigenen Entdecken und Gestalten bewahren und seine Talente und Begabungen entfalten können. Jetzt wird auch verständlich, weshalb sich all jene Kinder, die im Alter von fünf oder sechs Jahren dieses Marshmallow vor ihrem Platz nicht gleich aufgegessen hatten, so viel besser entwickelt haben als ihre ungeduldigen Altersgenossen.

*

So weit, so gut. Aber wo findet ein Kind möglichst viele Gelegenheiten, um den Nutzen von Disziplin zu erfahren? Welche Erfahrungsräume sind dafür besonders gut geeignet? Sie ahnen es schon, solche Gelegenheiten sind selten im Kinderzimmer zu finden, auch nicht unbedingt im Kindergarten oder in der Schule. Aber mit Sicherheit draußen, in der Natur.

Dort also, wo man nichts mitbekommt und nichts zustande bringt, wenn man nicht geduldig abwarten kann. Wo man darauf warten muss, bis die Vögel zum Futterhaus kommen, die Maus aus ihrem Loch herauskommt oder der Frosch im Teich seine Backen aufbläst und zu quaken beginnt. Wo man im Reiterhof sein Pferd erst geduldig putzen, ihm die Hufe reinigen und es satteln muss, bevor man damit losreiten kann. Wo man dem Fisch im Teich nicht befehlen kann, den Köder an der Angel zu schnappen, sondern still und ruhig darauf warten muss, dass er anbeißt.

Wo ein in die Erde gelegtes Samenkorn nicht auf Knopfdruck auskeimt und zu einer blühenden Pflanze wird. Wo man abwarten muss, bis die Kirschen und Äpfel an den Bäumen reif sind, wenn man süße Früchte essen und nicht Bauchkrämpfe und Durchfall von dem grünen Obst bekommen will.

Dort, draußen in der lebendigen Natur, lernt also jedes Kind das Schwierigste, was es für ein gelingendes Leben braucht, von ganz allein.

Wer Geduld lernen darf, von der Frucht der selbst bestandenen Herausforderung kosten kann, der hat es auch später leichter mit Muße und Ruhe, die es im Leben braucht, um gesund zu bleiben und das Gute genießen zu können, das es bereithält. Ob es sich um ein berührendes Buch handelt, die Begegnung mit einem Freund oder eine Reise – lebendig ist, wer Muße und Ruhe kennt und sich ihr immer wieder hingeben kann.

*

DIE GESCHICHTE VON 1970 BIS HEUTE
ALBERT BALLINS VISIONEN WERDEN WIRKLICHKEIT

Zurück von großer Fahrt: die EUROPA 2 vor den Landungsbrücken im Hamburger Hafen

Mit mehr als 10.000 Beschäftigten, 112 Seeschiffen und einem Umsatz von über einer Milliarde Deutsche Mark startete die neu fusionierte Hapag-Lloyd AG 1970 als eine der weltweit größten Linienreedereien. Zum Neuanfang kam auch ein tiefer Einschnitt: das Ende der Linien-Passagierschifffahrt über den Nordatlantik, für die sowohl die Hapag als auch der Norddeutsche Lloyd einst gegründet worden waren. Die BREMEN wurde verkauft und lief im Dezember 1971 zum letzten Mal aus New York aus. Eine Ära war Vergangenheit, die Zukunft des Passagierverkehrs lag im Tourismus. Die Kreuzfahrten von Hapag-Lloyd erwiesen sich von Beginn an als Erfolg. Besonders die komfortable EUROPA, nun ausschließlich im Seetourismus eingesetzt, machte sich am Markt schnell einen Namen.

Die Schifffahrt ist eine internationale Branche. Sie verbindet den gesamten Globus, und so haben weltweite Entwicklungen stets die Geschichte der Hapag-Lloyd AG unmittelbar mitbestimmt. Auch der Sechstagekrieg zwischen Israel und Ägypten wirkte sich über die Ölkrisen der Siebzigerjahre hinaus direkt auf das Unternehmen aus: 1975 lief der konventionelle Hapag-Frachter MÜNSTERLAND in den Hamburger Hafen ein und wurde dort begeistert in Empfang genommen. Kein Wunder, kehrte

Die Uniformen für die ersten Hapag-Lloyd-Besatzungen entwarf der Modeschöpfer Heinz Oestergaard.

er doch von einer unfreiwilligen Rekordreise zurück. Das Schiff war, wie 13 andere Handelsschiffe auch, 1967 auf dem Suezkanal zwischen die Fronten geraten und acht Jahre lang auf dem Großen Bittersee im gesperrten Kanal festgehalten worden. Als die Geiselhaft sich hinzog, taten sich die Schiffsbesatzungen aus acht Nationen zusammen, versorgten die Flotte gemeinsam und lebten mitten im Kriegsgebiet miteinander das Prinzip Hoffnung. Die Great Bitter Lake Association, wie sich die Gemeinschaft der Seeleute aus Ost und West nannte, bildete über Jahre hinweg einen friedlichen Kontrast zu zwei Nahostkriegen und harten Ost-West-Spannungen. Im halbjährlichen Rhythmus wechselten die Hapag und später Hapag-Lloyd die Crewmitglieder aus, um ihr Schiff fahrtüchtig zu halten. So gelang die Rückfahrt der MÜNSTERLAND in den Heimathafen am Ende aus eigener Kraft.

Reisen in die Lüfte

Der Tourismus spielte im Konzern eine immer bedeutendere Rolle, und auf diesem Markt standen die Zeichen auf Konzentration. Hapag-Lloyd übernahm eine Reihe kleinerer Veranstalter und hielt eine Beteiligung an Deutschlands größtem Reiseveranstalter, der TUI (Touristik Union International) in Hannover. Hapag und Norddeutscher Lloyd hatten sich von Anfang an auch in der Zivilluftfahrt engagiert. Sie waren Mitbegründer der Lufthansa und blieben über ihre Reisebüros der Luftfahrt immer eng verbunden. 1972 folgte ein logischer nächster Schritt: eine eigene Gesellschaft, die Hapag-Lloyd Flug GmbH, wurde gegründet, und die erste Maschine des Unternehmens startete am 30. März 1973 nach Ibiza.

Ende der Siebzigerjahre hatte die Fluggesellschaft hart zu kämpfen. Mit der Übernahme der Bavaria Germanair im Jahr 1977 bekam Hapag-Lloyd Flug viele ältere Flugzeuge mit zu hohem Treibstoffverbrauch in die Flotte. Die Fluggesellschaft stürzte in ein tiefes Minus. Zum ersten Mal seit der Fusion zahlte das Unternehmen 1979 keine Dividende. Doch in den Achtzigerjahren kamen Hapag-Lloyd Flug die starke Deutsche Mark und die niedrige Dotierung des Dollars entgegen. Die Passagiere zahlten in harter Mark, einen Teil der Kosten konnte die Fluggesellschaft aber in anderen, weicheren Währungen begleichen. So erholte sich die Flugsparte bald wieder und konnte weiter expandieren. Die Luftflotte wurde komplett modernisiert und neue Langstreckenflugzeuge angeschafft. Im Winter 1989/90 startete das Unternehmen auch in die Ferntouristik, zunächst nach Kenia und in die Karibik, dann in die Vereinigten Staaten. Heute erschließt Hapag-Lloyd Cruises seinen Gästen eine neue Dimension des Flugreisens: besonders exklusiv und gleichzeitig individuell im Privatjet ALBERT BALLIN.

Diese farbenfrohe Aufnahme vom Deck der EUROPA stammt von einem Werbeplakat aus den Siebzigern.

Und das hat Tradition. 1928 schon war die »Erste Schiff-Flugzeug-Kreuzfahrt«, angeboten vom Norddeutschen Lloyd und der Lufthansa, eine Sensation gewesen und hatte die Ära der See-Luft-Kreuzfahrten eingeleitet. Hapag-Direktor Ballin hatte schon 1908 geplant, »das Luftschiff dem Verkehr nutzbar zu machen«. Der Jet, der heute seinen Namen trägt, übertrifft seine kühnen Visionen bei Weitem. Für die maximal 44 Gäste gibt es viel Raum an Bord, ausschließlich beste Plätze und erstklassigen Service. Kreuzfahrten über den Wolken – eine Kombination aus Flug, erlesenen Hotels und individuell abgestimmten Programmschwerpunkten – erschließen in kurzer Zeit einmalige Einblicke jenseits gängiger Linienflugverbindungen.

Während die Fluggesellschaft expandierte, verließ im Seetourismus eine Legende das Unternehmen: Die EUROPA, zunächst einer der letzten Nordatlantik-Liner des Lloyd, dann eine Institution im Kreuzfahrtgeschäft, wurde nach Panama verkauft. Sie wich einem luxuriösen Neubau, der 1982 auf Jungfernfahrt ging und wieder den Namen trug, der im internationalen Seetourismus zum Markenzeichen für besten Service und allerhöchste Erlebnisqualität geworden war: EUROPA. So lebte die Legende weiter – bis zur Luxuskreuzfahrt der Gegenwart.

Auch zwei Schiffsgenerationen weiter ist der Pool das Zentrum des Sonnendecks.

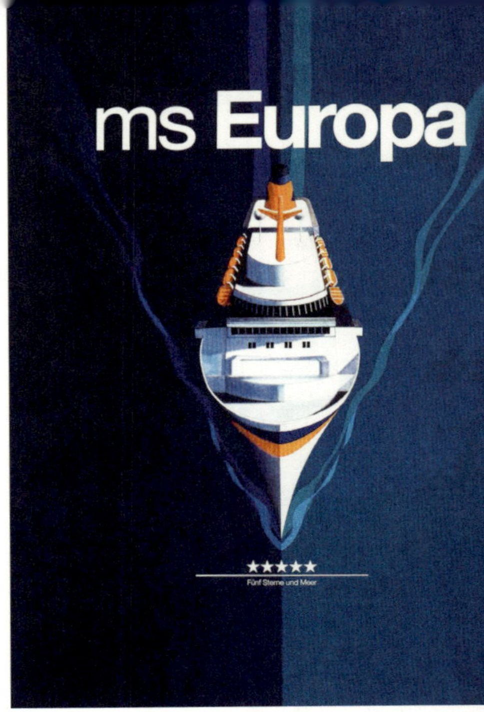

Seit ihrer Jungfernfahrt wurde die EUROPA jedes Jahr mit dem Prädikat 5-Sterne-plus ausgezeichnet.

Anknüpfen an Ballins Tradition

Hatte die »alte« EUROPA für den Übergang von der Linienschifffahrt zum Seetourismus gestanden, so begann mit ihren Nachfolgerinnen ein neuer Siegeszug der Kreuzfahrt, die im folgenden Jahrzehnt konsequent ausgebaut wurde. Heute gelten die 1999 in Dienst gestellte EUROPA und ihre Namensschwester EUROPA 2 – seit 2013 Teil der Flotte von Hapag-Lloyd Cruises – als beste Kreuzfahrtschiffe der Welt. Sie halten einen einmaligen Rekord: Im Ranking des renommierten Berlitz Cruising & Cruise Ships Guide setzen sich beide mit der Bestnote 5-Sterne-plus kontinuierlich an die Spitze – und das Jahr für Jahr, seit sie in Dienst gestellt wurden. Unter 275 Kreuzfahrtschiffen vergleichbarer Größe können sich die EUROPA seit 2000 und die EUROPA 2 seit 2013 mit höchsten Punktzahlen immer wieder auf den ersten beiden Plätzen behaupten.

Kein Zufall, sondern Unternehmensphilosophie: Seit Ballin 1891 mit der AUGUSTA VICTORIA in den Orient aufbrach, hat Hapag-Lloyd immer wieder Maßstäbe gesetzt. Der ersten modernen Kreuzfahrt folgten das erste nur für Kreuzfahrten gebaute Schiff, die ersten Luftreisen, Reisen rund um den Globus, kombinierte See-Luft-Reisen – und immer wieder Schiffe, die schwimmende Superlative waren und sind.

Ferne im Blick und Heimat an Bord

Die Kreuzfahrtschiffe trugen auch in den Neunzigerjahren erheblich zum Erfolg des Unternehmens bei. Hapag-Lloyd war inzwischen größter deutscher Kreuzfahrtveranstalter mit einer Flotte, die allen Ansprüchen gerecht wurde. Als Ergänzung zur knapp 200 Meter langen 5-Sterne-plus-EUROPA kamen zwei kleinere luxuriöse Expeditionsschiffe dazu. Es folgte die HANSEATIC, das zweite 5-Sterne-Schiff der Flotte und damit wieder ein Superlativ: das weltweit einzige Expeditionsschiff mit dieser Auszeichnung (lt. »Berlitz Cruise Guide«). Sie wurde auf der finnischen Rauma-Werft gebaut, zunächst von »Hanseatic Tours« bereedert und 1997 übernommen. Mit 123 Meter Länge, 8378 Bruttoraumzahl und einem Tiefgang von nur 4,91 Metern kann sie mit ihren maximal 175 Passagieren auch kleine Häfen und ursprüngliche Regionen besuchen, die größeren Kreuzfahrtschiffen verschlossen bleiben.

Sie besitzt die höchste Eisklasse für Passagierschiffe, die das Schiff für die nautisch anspruchsvollen Gewässer der Arktis und Antarktis prädestiniert. Ihre Passagiere besuchen Forschungsstationen ebenso wie Pinguinkolonien und lernen die Wunder der Erde sowohl theoretisch bei Expertenvorträgen an Bord als auch praktisch per Zodiac-Schlauchboot kennen. Echtes Entdecken, großer Komfort – das sind auch die Markenzeichen des zweiten Expeditionsschiffs von Hapag-Lloyd Cruises. Als FRONTIER SPIRIT wurde es in Japan gebaut, kam 1993 zur Hapag-Lloyd-Flotte und bekam den Traditionsnamen BREMEN. Wie ihre legendären Vorgängerinnen setzt die 111 Meter lange, 6752 Bruttoraumzahl große BREMEN auf ihrem ureigenen Gebiet Maßstäbe. Auch sie besitzt die höchste Eisklasse für Passagierschiffe, und ihre Verbindung aus Komfort und Abenteuer, aus Ferne im Blick und Heimat an Bord, ist ebenso außergewöhnlich wie ihre Expeditionsrouten. Diese sind nicht nur international ausgezeichnet worden, unter anderem mit dem Kreuzfahrt Guide Award. Sie haben auch eindrucksvoll bewiesen, wie gerechtfertigt der gute Ruf der BREMEN als Expeditionsschiff ist: Auf einer Antarktisreise beispielsweise entdeckten Expeditionsleiter und Gäste im Südpolarmeer nicht nur einen unbekannten Kanal, sondern auch gleich noch eine Insel, die bis dahin auf keiner Karte verzeichnet war. Heute, nach Anerkennung durch die Fachwelt, tragen beide offiziell den Hapag-Lloyd-Traditionsnamen: Bremenkanal und Bremeninsel.

Eine neue Ära beginnt

Im Jahr 1997 feierte Hapag-Lloyd 150-jähriges Jubiläum. Bewegte anderthalb Jahrhunderte lagen seit der Hapag-Gründung 1847 hinter dem Unternehmen. Zweimal musste wieder ganz von vorn begonnen werden. Das Hamburger Hauptverwaltungsgebäude am Ballindamm wurde zu Ehren des großen Hapag-Direktors und Kreuzfahrterfinders Ballin-Haus getauft, und als Jubiläumsgeschenk der besonderen Art wurde die Hapag-Lloyd-Stiftung gegründet. Sie engagiert sich in den Bereichen Kultur, Wissenschaft und Soziales vor allem in Hamburg. Ende der Neunzigerjahre erwarb die Preussag AG eine Mehrheitsbeteiligung an der Hapag-Lloyd AG. Danach übernahmen die Hannoveraner die TUI. Reiseträume statt Montanindustrie: Der durch Ankäufe entstandene Konzern wurde neu gruppiert und umgetauft. Das

Dank ihrer Eis-Klasse können die Expeditionsschiffe sogar eine Festdecke von 50 Zentimetern durchfahren.

Geschäft mit dem Tourismus ging zur Preussag AG über und firmierte fortan unter TUI Group. Die Hapag-Lloyd Container Linie und Hapag-Lloyd Kreuzfahrten gehörten nun zur TUI, blieben aber unter dem bewährten Markennamen in Hamburg. Im März 2008 entschied sich die TUI, einen Mehrheitsanteil am Hapag-Lloyd-Containergeschäft zu verkaufen. Um eine Übernahme aus dem Ausland zu verhindern, erwarb ein hanseatisches »Albert-Ballin-Konsortium« die Mehrheit der Anteile an der Containerlinie. Das touristische Geschäft der Hapag-Lloyd und insbesondere die Kreuzfahrten verblieben bei der TUI. Heute bildet Hapag-Lloyd Cruises eine zentrale Säule des Kreuzfahrtgeschäfts der TUI Group, die in den vergangenen Jahren zum weltweit führenden Touristikkonzern aufgestiegen ist.

Auf zu neuen Ufern

Unter die Flagge von Hapag-Lloyd Kreuzfahrten kam 2013 ein Schiffsneubau, und zwar einer, den der renommierte Berlitz Cruising & Cruise Ships Guide schlicht als »bestes Kreuzfahrtschiff der Welt« bezeichnet: die EUROPA 2. Nach dem Motto »Flexibel wie eine Jacht, entspannt wie ein Resort« bietet sie eine zwar ebenfalls komfortable, aber eher legere und lifestylebetonte Variante ihrer berühmten Namensschwester. Ihre maximal 500 Gäste genießen zum legendären EUROPA-Luxus ein Höchstmaß an Privatsphäre und individueller Freiheit. Die EUROPA 2 bietet zum Beispiel das größte Raumangebot pro Passagier. 44.000 Bruttoraumzahl für nur 500 Reisende bedeuten einen Weltrekord an Privatsphäre – egal ob in den Suiten, die alle freien Meerblick von privaten Veranden haben, in der Spa-Landschaft oder in der Spitzengastronomie. Dass das Schiff dabei, wie die gesamte Flotte, allerhöchsten Sicherheits- und Umweltstandards gerecht wird, versteht sich von selbst.

Am 13. August 2014 lief die HANSEATIC in Nome, Alaska, zu einer ausgebuchten Weltpremiere aus: Sie schaffte als erstes nicht russisches Passagierschiff die Durchfahrt der schwierigen Nordostpassage von der Beringstraße bis zum Weißen Meer. Im Nordpolarmeer erlebten die Gäste dabei sogar einen weiteren Rekord: Eine glückliche Eislage ermöglichte einen Abstecher an den nördlichsten Punkt, den bis zu diesem Zeitpunkt jemals ein Passagierschiff erreicht hat. Die BREMEN ist ihren Spuren im Jahr 2015 gefolgt und hat ebenfalls die Nordostpassage befahren. Nautische Spitzenleistungen dieser Art sind eine Spezialität von Hapag-Lloyd Cruises: Mehrfach schon haben die BREMEN und die HANSEATIC auch die legendäre – und legendär schwierige – Nordwestpassage gemeistert.

»Niemals ist eine Vergnügungsreise unternommen worden, die sich mit der heute angetretenen vergleichen ließe«, hatte die Bordzeitung 1891 sozusagen live die Aufbruchsfreude und Erwartung an Bord festgehalten, als Albert Ballin und seine »kühnen Reisenden« zum ersten Mal zu neuen Ufern aufbrachen. Ein Fazit, das heute ähn-

Die EUROPA 2 in Sanya: Die künstliche Phoenix-Insel mit ihrem futuristischen Panorama ist eines der beliebtesten Urlaubsziele Chinas.

Polarfahrten waren und sind beliebt. Links: Historisches Vorbild; rechts: Plakatadaption heute

lich auf die immer wieder individuellen Touren der EUROPA und der EUROPA 2, auf die Expeditionen der HANSEATIC und der BREMEN zutrifft. Auch das neue Logo des Kreuzfahrtunternehmens, das seit 2016 den Markennamen Hapag-Lloyd Cruises trägt, kombiniert diese Vergangenheit mit der Zukunft: Ist der Name nun international, weil sich das Unternehmen zukünftig noch weiter auf einen internationalen Markt ausrichten will, so steht die zentral platzierte Jahreszahl 1891 für die Geburtsstunde der modernen Kreuzfahrt. Als zukunftsträchtig erwies sich auch das Motto, unter dem die Reisepioniere damals starteten: »Jedem steht es in weiten Grenzen frei, zu leben, wie es ihm gefällt, teilzunehmen an der Geselligkeit oder sich abzusondern, wenn es seine Stimmung mit sich bringt. Nicht nur für das leibliche Wohl ist auf das Umfassendste gesorgt, sondern auch Musik und Spiel werden die Stunden beflügeln, während der schwimmende Palast immer neuen Zielen entgegenfliegt.« Ballin hatte sich als Visionär erwiesen: Die moderne Kreuzfahrt, der Urlaub, in dem die Hapag zum ersten Mal maximalen Komfort, kombiniert mit persönlicher Freiheit, anbot, war auf Anhieb ein Riesenerfolg – und ist es bis heute geblieben. ✶ SUSANNE WIBORG

S. 1: CHARLES BAUDELAIRE, *Les Fleurs du Mal. Die Blumen des Bösen,* Übersetzung von Monika Fahrenbach-Wachendorff, © 1980 Philipp Reclam jun., Stuttgart;
S. 28: ERNEST HEMINGWAY, *Der alte Mann und das Meer,* Übersetzung von Annemarie Horschitz-Horst, © 1952 Ernest Hemingway, renewed 1980 Mary Hemingway; 1952, 1977 Rowohlt Verlag GmbH, Reinbek bei Hamburg;
S. 30 (und S. 105): ALESSANDRO BARICCO, *Oceano Mare,* © 1993, 2002 by Alessandro Baricco; all rights reserved; für die deutschsprachige Ausgabe © 2016 by Hoffmann und Campe Verlag, Hamburg;
S. 30: JOHN GRIESEMER, *Rausch,* Übersetzung von Ingo Herzke, © 2003 by mareverlag, Hamburg;
S. 32: CEES NOOTEBOOM, *Schiffstagebuch. Ein Buch von fernen Reisen,* aus dem Niederländischen von Helga van Beuningen, © 2001 Suhrkamp Verlag, Frankfurt am Main. Alle Rechte sind vorbehalten durch Suhrkamp Verlag Berlin;
S. 33: ALBAN NIKOLAI HERBST, *Traumschiff,* © 2015 by mareverlag, Hamburg;
S. 33: HERMAN MELVILLE, *Moby-Dick,* Übersetzung von Matthias Jendis, herausgegeben von Daniel Göske, © 2001 Carl Hanser Verlag, München;
S. 34: MARGRIET DE MOOR, *Sturmflut,* aus dem Niederländischen von Helga van Beuningen, 2006 Carl Hanser Verlag, München, © Margriet de Moor;
S. 34: JUAN RAMÓN JIMÉNEZ, *Heute blaues Bewußtsein,* aus: Lindner, Gisela (Hrsg.): *Blau, die himmlische Farbe,* © 2012 Insel Verlag, Frankfurt am Main;
S. 34: TSCHINGIS AITMATOW, *Der Junge und das Meer,* aus dem Russischen von Charlotte Kossuth, © 2009 by Unionsverlag, Zürich;
S. 35: THOMAS MEINECKE, *Hellblau,* © 2001 Suhrkamp Verlag, Frankfurt am Main. Alle Rechte sind vorbehalten durch Suhrkamp Verlag Berlin;
S. 36: RAINER MARIA RILKE, *Lied vom Meer,* aus: Rainer Maria Rilke, *Die Gedichte,* © 1986 Insel Verlag, Frankfurt am Main;
S. 60: E. ANNIE PROULX, *Schiffsmeldungen,* Übersetzung von Michael Hoffmann, © 2012 btb Verlag, in der Verlagsgruppe Random House GmbH, München;
S. 60: CHRISTOPH RANSMAYR, *Die Schrecken des Eises und der Finsternis,* © 1984 by Christian Brandstätter Verlag & Edition, Wien. Alle Rechte vorbehalten S. Fischer Verlag GmbH, Frankfurt am Main;
S. 62: MAX FRISCH, *Homo Faber. Ein Bericht,* © 2001 Suhrkamp Verlag, Frankfurt am Main. Alle Rechte sind vorbehalten durch Suhrkamp Verlag Berlin;

S. 64: JULES VERNE, *Die Reise zum Mittelpunkt der Erde,* aus dem Französischen neu übersetzt und herausgegeben von Volker Dehs, © 2005 Patmos Verlag GmbH & Co. KG, Artemis & Winkler Verlag, Düsseldorf und Zürich;
S. 66: DANIEL DEFOE, *Robinson Crusoe,* Übersetzung von Franz Riederer, © 1966 Winkler Verlag, München;
S. 68: EBBA D. DROLSHAGEN, *Wie man sich allein auf See einen Zahn zieht,* © 2015 CORSO in der Verlagshaus Römerweg GmbH, Wiesbaden;
S. 69: T. C. BOYLE, *San Miguel,* aus dem Amerikanischen von Dirk van Gunsteren, © 2013 Carl Hanser Verlag, München;
S. 72: ARUNDHATI ROY, *Der Gott der kleinen Dinge,* aus dem Englischen von Anette Grube, © 1997 Karl Blessing Verlag, in der Verlagsgruppe Random House GmbH, München;
S. 73: HOMER, *Illias · Odyssee,* in der Übertragung von Johann Heinrich Voß (Ilias, Hamburg 1793; Odyssee, Hamburg 1781), © 1979 Deutscher Taschenbuchverlag GmbH & Co. KG München, Lizenzausgabe des Winkler Verlags, München;
S. 94: MICHAEL ONDAATJE, *Katzentisch,* aus dem Englischen von Melanie Walz, © 2012 Carl Hanser Verlag, München;
S. 95: B. TRAVEN, *Das Totenschiff. Die Geschichte eines amerikanischen Seemanns,* 1954 Rowohlt Taschenbuch Verlag GmbH, Hamburg, mit Genehmigung des Wolfgang Krüger Verlags GmbH, Hamburg, © 1962 R. E. Lujan and/or H. Croves, Mexico City;
S. 96: ARTHUR RIMBAUD, *Das trunkene Schiff. Le Bateau ivre,* übertragen von Paul Celan, herausgegeben von Joachim Seng, © 2008 Insel Verlag, Frankfurt am Main. Alle Rechte bei und vorbehalten durch Insel Verlag Berlin;
S. 100: ROALD DAHL, *Einsatz,* aus: Roald Dahl, *… und noch ein Küsschen! Weitere ungewöhnliche Geschichten,* Übersetzung von Hans-Heinrich Wellmann, © 1963 Rowohlt Verlag GmbH, Reinbek bei Hamburg;
S. 103: GEORG WILHELM FRIEDRICH HEGEL, *Vorlesungen über die Philosophie der Geschichte,* Sämtliche Werke, Jubiläumsausgabe, Bd. XI, © 1928 Reclam, Stuttgart;
S. 104: JONATHAN FRANZEN, *Die Korrekturen,* Übersetzung von Bettina Abarbanell, © 2002 Rowohlt Verlag GmbH, Reinbek bei Hamburg;
S. 105: ANNA ENQUIST, *Letzte Reise,* Übersetzung von Hanni Ehlers, © 2006 Luchterhand Literaturverlag, in der Verlagsgruppe Random House GmbH, München;
S. 108: HORAZ, *Sämtliche Werke: Lateinisch/Deutsch,* herausgegeben von Bernhard Kytzler, © 2006 Reclams Universal-Bibliothek, Stuttgart;
S. 132: ELIZABETH TAYLOR, *Blick auf den Hafen,* Übersetzung von Bettina Abarbanell,

S. 168: EDMONDO DE AMICIS, *Auf dem Meer,* aus dem Italienischen von Annette Kopetzki, © 2015 CORSO in der Verlagshaus Römerweg GmbH, Wiesbaden;
S. 169: UWE TIMM, *Vogelweide,* © 2013 Verlag Kiepenheuer & Witsch GmbH & Co. KG, Köln/Germany;
S. 169: KLAUS MODICK, *Der Mann im Mast,* 1997 Schöffling & Co. Verlagsbuchhandlung GmbH, Frankfurt am Main, © Klaus Modick;
S. 170: JAKOB VAN HODDIS, *En Ego,* aus: Jakob van Hoddis, *Dichtungen und Briefe,* herausgegeben von Regina Nörtmann, © 1987 by Arche Verlag AG, Raabe + Vitali, Zürich.

Für die Beiträge von Andreas Altmann (S. 52), Nora Bossong (S. 156), Elke Heidenreich (S. 22), Gerald Hüther (S. 171), Lutz Jäkel (S. 146), Daniel Kehlmann (S. 88), Tilman Rammstedt (S. 126) und Susanne Wiborg (S. 12, 18, 42, 77, 114, 150, 175) liegen die Rechte bei den Autoren.

BILDNACHWEISE

Umschlag & S. 10/11, 20/21, 50/51, 86/87, 124/125, 154/155: © Gerhard Schröder;
Vorsatz: © Jan Tove Johansson; Nachsatz: © Alex Zaitsev;
S. 2–7, 12–16, 18, 19, 43, 44, 49, 77, 79–85, 114, 116, 118–120, 122, 123, 148, 150–153, 176, 177 (oben), 178, 181 (links): © Hapag-Lloyd AG, Hamburg;
S. 8, 17, 37–39, 41, 74–76, 109–111, 113, 146, 147, 149, 171, 175, 177 (unten), 179, 180, 186–192: © Hapag-Lloyd Kreuzfahrten GmbH, Hamburg;
S. 1, 25, 55, 56, 92, 128, 131, 159, 160: © Rainer Groothuis;
S. 42/46: © akg-images, Berlin;
S. 89: © phoenixie/photocase.com;
S. 181 (rechts): © Mutabor Design GmbH, Hamburg

Von Meeren und Menschen erscheint anlässlich des 125. Geburtstags der Kreuzfahrt im Carl Hanser Verlag.

2. Auflage, Dezember 2016

Projektleitung Hapag-Lloyd Cruises Sabrina Behr, Anne Berger, Regina von Hesse, Julian Pfitzner; *Konzept/Gestaltung/Produktion* Hanser, Groothuis Allianz für Corporate Publishing, München/Hamburg; www.hansergroothuiscorporate.de

Reproduktion Alexander Langenhagen, edelweiß publish, Hamburg; *Druck und Bindung* Gutenberg Beuys, Feindruckerei, Langenhagen; *Material* Schleipen FLY Extraweiß und IGEPA Stardream crystal

ISBN 978-3-446-25390-2

FSC www.fsc.org MIX Papier aus verantwortungsvollen Quellen FSC® C009051

Dieses Buch wurde auf FSC®-zertifiziertem Papier produziert.